嫌妻當家 3

芭蕉夜喜雨 著

文創風 239

目錄

第二十七章

那天，喬明瑾給了周晏卿圖紙，就再沒見過周晏卿。

喬明瑾沒多想，她不擔心會吃虧。

又忙了幾天，先是作坊全部弄好，工錢結清，開了門窗晾曬。再來就是喬明瑾的那五間廂房也全部弄好了，還在院子後面加蓋了一座馬房，分做兩間，一間關了牛，一間關了那匹叫元寶的馬；還整了一間雜房，平時就放馬車廂及牛板，隔了半間放雜物及存柴火。

只曬了一天，那間雜物房就用了起來。

除了房子外頭的馬房、雜物房之外，還在籬笆地那裡蓋了一間茅房，是模仿後世的蹲式馬桶做的，用光亮的青磚砌成，雖比不得後世的瓷磚光滑，但也沒差多少。裡面還砌了一個石池子，可以裝水，後面就挖了一個糞坑，平時用蓋子蓋著。

自家用或是村裡誰家缺肥，都可以舀了去。

整個茅房也不小，比一個成人伸展雙臂的寬度還大一些，連牆面都刷了白灰，讓村裡人看了嘖嘖稱奇，個個都說要回家去弄一個。

連關師傅等人都不住地稱讚，說是有些大戶人家都沒這樣的條件。

族長當場見到，立刻拉著關師傅等人到家裡去了。

那茅房弄得也快，幾乎一天就能弄一個出來。這段時間，村裡人挖木樁都有存了一些錢，這等又方便又能存肥的茅房，眾人雖有點肉痛，但還是咬咬牙給自家弄了一個。

最後，整個下河村幾乎一半的人家都學著喬明瑾弄了個新式茅房出來。

其實想起上廁所這事，她還真的挺心有餘悸，說起來就是一把辛酸淚，喬明瑾早就想著要弄一個新式茅房了。

這次她雖然沒蓋新家，只是蓋了五間廂房，但還是把屋頂整了一遍，四間正房及五間廂房的地上全都鋪了青磚。

院裡雖然還是泥地，但她鋪了幾條青石板路，一條從正屋到廚房，另一條從廂房到正房，另兩條是從正房到大門，廂房到大門。

若是把整個院子都鋪上青石板，一是費錢，二是太惹眼了，另外她也不知能住多久，索性只鋪了這幾條。

但饒是這樣，等她全部弄妥當之後，還是惹得全村人眼紅了一遍。

村裡還沒幾戶人家能在院裡鋪青石板路、房間裡鋪青磚，都說這喬明瑾是苦盡甘來，鹹魚翻身了。

孫氏和于氏自然也是聽到了，也趕著來看，回去後誇大地說給吳氏聽，話裡話外，就是說喬明瑾傍著城裡的老爺發財了，一方面言語泛酸，一方面就透著來錢不正當的話；當然另一方面也是想著吳氏能好強些，不願落於被趕出門的兒媳婦後面，索性刺激她，沒準兒能讓吳氏掏錢蓋間新屋子住呢。

兩妯娌算盤打得好，但吳氏哪裡是那麼容易激的人？何況是讓她掏錢的事，跟要她的命一樣。

村裡大半人都咬牙建了新茅廁，不管有錢沒錢，就是家境不如岳家的都建了，岳老二、岳老四看了之後，都回來慫恿老岳頭和吳氏弄一個。

老岳頭看了也說好，可誰都沒說動吳氏，誰讓吳氏捂著全家的銀子呢？

吳氏不僅不出銀子，還把一家人都罵了一遍。

「多矜貴呢，門外的茅廁不是茅廁哪？人都沒飯吃了，沒地睡了，還要弄個什麼茅廁！嫌錢多嗎？」

她罵了家裡人一遍，又指桑罵槐地站在院子裡數落了一通。

喬明瑾家裡裡外外都弄好後，整個面積可是大了不少，圍牆也加高、加固了，新的茅房、馬房都是嶄新的，屋頂也重新整了，屋子瞧著就跟新做的一樣，讓村裡不少人看了豔羨不已。

房間都弄好後，秋收開始了。

喬明瑾因為自己沒種地，倒沒感受到什麼秋收的緊張氣氛。

她一是不大會種地，二來也沒什麼時間去料理，當時買了地後，索性就佃租給了老岳頭的四弟一家，讓蘇氏和呂氏他們種，說好他們家去付稅賦，然後給喬明瑾五成糧。

這四畝地對於呂氏他們來說，也只不過多搭把手而已，她家人多，勞力多，就是幹活索利的，一個人就能把四畝地料理妥當了，能讓他們得近五成的糧，蘇氏一家人都是極高興的，很領喬明瑾的情，平日裡也經常帶一些自家裡有的東西來給她們娘倆。

喬明瑾後來一直都沒買過什麼菜，就連家裡的雜糧、芋頭、豆子、芝麻之類的，也沒買過，都是蘇氏從家裡拿過來的。

秋收開始後，蘇氏跟她說了，不須她操心，就由他們家弄好、曬好後，再把稻穀給她送過來；還說若是她要舂成米，他們也會幫她舂好了送來，讓喬明瑾很是窩心。

雲錦和何父等人也都回了自家進行秋收，明琦也跟了雲錦回去。

她和琬兒則留下來打理新家，準備再開門曬一、兩天，就回雲家村幫忙。

雲家村喬家眾人瞧見喬明瑾母女回來，非常高興，特地從田裡趕了回來。

「姊、姊！」

「小舅舅、大舅舅……」

馬車還未停穩，琬兒就高興地撲了過去。

「怎麼你們也回來了？」

喬明瑾看著明玨把女兒高高地舉了起來，拉著湊到她近前的明珩問道。

「二哥說家裡只有娘一人，怕她忙不過來，反正我和二哥在劉家，又不是在書院，沒那麼多規矩，跟劉員外說了一聲，他就放我們回來了，說是等家裡忙完了再過去。」

喬明瑾聽完點了點頭。

「小舅舅，你快看我們家的馬車，剛才琬兒坐了馬車來的呢！是娘駕的馬車！」

小東西興奮地趴在明珩的肩頭哇哇叫喚。頭一次坐了她娘趕的馬車，連車廂都不願多待，就和她娘一同坐在駕車的位置上，一路哼著曲過來，此時臉上通紅通紅的，也不知是熱的，還是因為興奮過頭。

喬母兩手還沾著泥，看著自己這五個孩子都聚到一起了，開心得很，在院門口嘴角微揚，看著幾個孩子在自家門口打鬧。

「快進屋吧，這麼一夥人站在門口成什麼樣。」祖母藍氏說道。

眾人便相攜著進了屋。

明琦和明瑜從廚房給眾人端了水，喬明瑾看著這個早回來兩天幫忙的小妹，笑著問道：「在家可是幫忙了？有沒有偷懶？」

明琦鼓著嘴，嗔道：「哪有偷懶？天不亮，娘就拎著我起來了，都不讓我多睡一會兒，一大清早就頂著露水拉著我下了地。」

喬明瑾聽著這丫頭噘著嘴說完，笑了起來，拉著她看了看，才回來兩天，確實黑了一些，的確是沒有偷懶。

聊了小半個時辰，又吃過中飯，沒歇息，全家一起出了門。

喬母讓喬明瑾待在家裡，喬明瑾沒答應，換了一件明瑜的舊衣就帶著興奮的琬兒跟著出了門。

農忙是個全家出動的日子，不管老少。

就是藍氏這等上了年紀，平時不下地的，都要在廚房裡忙活一家人的飯菜及茶水，一天跑幾趟拎著到地裡，又是送水又是送飯的，還要包攬家裡的家務。

喬父也不捧著書本了，這段時間他身子養好了不少，雖然腰腿不好，割不了稻，不過也會幫著抬一抬稻子，打一打稻穀，或是幫忙翻曬穀子。

家裡雖是人多，不過在地裡割稻的主力其實是喬母和明瑜、明琦三人。

如今喬明瑾來了，她也不大會割稻子，喬母心疼她，便支使她和喬父去打稻。

這活看著輕鬆，但卻不然。

喬明瑾捶打得滿面通紅，汗流如雨，初時的新鮮，沒打兩下就蕩然無存，兩手抬都抬不起來，連彎腰下去抱稻稈都沒辦法。

本來這是個輕鬆活，熟練的人幹下來，速度應是會比田裡割稻的人快的。

只不過她看著明珩從車板子上卸了小山一樣的稻穀在地上，就覺得一陣陣無力，怎麼她打了這麼久，那稻穀還越來越多？

看來真是安逸日子過慣了。

喬父看她在一旁直喘氣，很是心疼，開口道：「瑾娘，妳把地上脫粒的穀子攏一攏，把它們送到妳祖母那邊，好讓她趁著日頭曬了。」

喬明瑾看了喬父一眼，喘了幾口粗氣，很沒形象地拿袖子往額頭上抹了一把，就拖著兩個籮筐把喬父脫下來的穀子鏟了裝進去。

然後她挑了滿滿兩籮筐的穀子到相隔不過兩、三米的藍氏那裡，好讓她揚去雜物，把摻在穀子裡面的稻稈等東西除掉，再把穀子攤在草蓆上晾了。

「娘、娘！」

喬明瑾艱難地把兩筐穀子放下，琬兒就朝她奔了過來。

「娘，我幫太婆婆幹活了！」

喬明瑾摸了摸女兒細軟的頭髮，看著她跑得紅通通的小臉蛋，笑著說道：「喔，琬兒都幫太婆婆幹什麼活了？」

「我幫太婆婆把來偷吃穀子的雞都趕跑了，我還幫著翻曬穀子呢，不過那竹耙不好用，太高、太大了，娘沒帶琬兒的小竹耙來。」

喬明瑾笑了笑。「沒事，那妳就慢一些耙，可要好好盯著啊，不能讓雞來把穀子吃了喔。」

「嗯嗯，雞一來，琬兒就把牠們打跑！」

旁邊的藍氏看著臉上冒汗的喬明瑾，說道：「快歇一歇，旁邊的壺裡還有水，喝幾口緩一緩。」

藍氏看到喬明瑾應了一聲就轉身去倒水，暗自嘆口氣，如果當初她不是……瑾娘怎麼會做這樣的活，她的孫子、孫女怎麼會像現在這樣辛苦……

晚上，天擦黑，一家人才把晾得半乾的穀子裝在牛車上拉了回去，其他的打稻床、石滾、籮筐等物全留在空地上。

時下的鄉村路不拾遺，這些東西家家都有，不會有人偷了去。

藍氏先行回家做晚飯，一家人累得幾乎脫力，也不管面前擺的是什麼，張著嘴就往裡面送，連琬兒都吃得比平日多了一碗飯。

累了一天，沒顧得上說幾句話他們就各自歇息去了。

直到次日一早醒來，喬明瑾才問喬母。「娘，妳都沒請人嗎？還有我買的那一百畝水田，不會也要我們自己收吧？」

喬母笑著說道：「那可是一百畝水田，我們家就這幾個人，得忙到什麼時候？我和妳奶奶商量過了，咱自家留了十畝自己種，家裡也就娘一個人，加上咱家現有的那五畝，十五畝地娘還能打理得過來。另外給了妳兩個舅舅一人二十畝，妳奶奶作主，只收妳兩個舅舅三成的租金；剩下的五十畝就全租給人了，不須我們操心。咱家這十五畝地，妳兩個弟弟會回來幫忙，家裡忙幾天還是能忙得過來的，再說這個點上很難請到人，就是能請到，那工錢也高得很。」

喬明瑾聽完點了點頭，又問道：「那荒地怎麼樣了？還有那片山地呢？」

「那荒地倒是整治出來了，只是才剛下雜糧種子和瓜種，現在不到收穫的時候。那處山頭我們請了人在弄，這幾天恰逢農忙，便歇了假，過幾日他們才會再來。」

「嗯，有娘和舅舅們幫我管著，女兒很放心呢。」

她娘和兩個舅舅、外祖父母都是經年的老莊稼戶，這些田間地頭的事也不須她太操心。

一大清早的，趁著日頭未起，全家人便早早起了，準備到田裡收割稻子，要趁著日頭出來之前，把穀子脫粒，好趁早晾曬，才好在雨季來臨之前，把穀子曬好收倉。

出門前，喬明瑾把自家那匹馬套上家裡的獨輪板車拉著。

前幾日，雲錦和明琦已是把喬明瑾的那頭牛拉了回來，今天再加上馬拉板車，有了一馬一牛，好歹能加快些速度。

喬明瑾今日動作比之昨日熟練了不少，做得有模有樣，速度也快了很多。

午飯是藍氏提到田頭的。

藍氏招呼地裡正割稻的喬母和明瑜，又招呼打稻的喬父等人，一家人便在平整的晾穀場邊尋了一塊陰涼的地方，準備坐下來吃飯。

喬明瑾帶著幾個孩子到田裡，找了一處乾淨的水窪洗了手腳，才上了坡。

忙累了這半天，大夥都是又累又餓，好些人家也都是在晾穀場尋了陰涼處席地坐著吃。

藍氏做飯的手藝很好。

喬家裡一般都是藍氏操持廚房的活計，在喬明瑾的記憶中，家裡就算沒有油腥，她祖母依舊能把普通的青菜弄得很好吃，而且擺盤還講究得很，不光好吃，還十分好看。

若是喬母去弄了，沒油，菜就跟從水裡煮的一般，擺在盤裡，鏟子鏟起來是什麼樣，盤子裡就是什麼樣，顏色又不好看。

喬母每每看著喬父望著菜擰眉，就再不敢鼓起勇氣進廚房了。

後來，喬明瑾等人都大了，藍氏便把廚房的手藝教給了喬明瑾。

喬明瑾也能把沒油、水煮出來的東西弄得好，擺盤還像朵花一樣；後來喬明瑾出嫁了，家裡炒菜做飯的活計就輪到明瑜身上，只是這幾日農忙，藍氏才接了手。

如今家裡過得比以前好了，有喬明瑾給的銀子，還有明珏的束脩，為了給喬父補補年輕時損耗太過的身子，家裡現在經常能見到油腥；加上這次農忙，藍氏每天都會買上一刀五花肉，燉了肉給眾人吃。

一家人坐下後，藍氏才掀了飯盒的蓋子，一股肉香就飄了出來，連坐在附近的雲錦都端著碗過來了。

「藍奶奶，您這又燒什麼好吃的啦？」

明珩斜了他一眼。「表哥你那是狗鼻子啊？」不過並沒有趕他。

坐在幾米遠外的雲大舅就笑了起來，大聲說道：「明珩啊，你那表哥又端著碗到你家討吃的了，從小就那副德行，可別把好吃的挾給他啊，不然晚上他該找不著家門了。」

雲錦本來正蹲著往籃子裡瞧去，聽了這話，把身子往後扭，對著雲大舅喊道：「爹啊，你還是我親爹嗎？莫不是稻草堆裡把我撿來的？」

曬穀場上，好幾家聽了都哈哈大笑起來。

一家人分好食，雲錦挾了一塊紅燒肉迫不及待地塞進嘴裡，吃得滿嘴流油，連連稱讚，把他的兒子小雲巒都吸引了來，端著小碗就往這跑，連他娘在後面如何喚他都不回。

琬兒把自己碗裡的肉塊很是慷慨地挾到這個小表哥的碗裡。

大舅母謝氏見了父子倆這模樣，遠遠地就說道：「雲錦這孩子從小就愛上他姑家蹭飯，就是大了都當爹了，還是不改那習慣，把我孫子都教壞了去。」

老雲頭這會兒正和兒子、孫子們坐在一起吃飯，也遙遙對喬家這邊喊道：「瑾娘啊，妳這次要多待幾天哪，等妳舅舅這邊忙完了，兩家再一起吃個飯啊！」

「好的。」喬明瑾也大聲應了。

藍天白雲，清風徐徐，綠草如茵，整個晾穀場周圍的林子裡圍了十來家一塊吃飯，邊吃邊聊上一、兩句，孩童們端著碗到處竄，這家吃上塊肉，那家吃上一筷子菜，很是熱鬧。

吃過飯，有些田地多的人家都沒怎麼歇，放下碗又下了地，喬家倒是和雲家齊齊坐在一塊兒聊起天來。

不過他們沒聊多久，正準備下地去忙活的時候，聽見小琬兒大叫。「爹爹！」就往後頭跑去。

眾人齊齊扭頭去看，看到岳仲堯風塵僕僕地從遠處走了過來。

喬明瑾看到他彎身抱起女兒，還笑著和女兒抵了抵額頭，單手抱著女兒闊步朝眾人走來。

他怎麼來了？

「祖母、岳父、岳母、外祖父、外祖母、大舅、二舅……」

喬父看著這個女婿，心情很是複雜。

當初就是看他相救自己於危難，又揹著自己到醫館請醫問藥，覺得這小夥子人品不錯，瞧著也是個上進的，他才把自己最珍愛的大女兒嫁給他；但是現在，竟讓自家女兒陷入這樣難的境地……

藍氏狠瞪了岳仲堯一眼，就拎著空盤、空碗回去了，連岳仲堯在後面喚她都沒理會。

喬母看他站在那裡尷尬，忙起身道：「仲堯，你怎麼來了？衙門讓你請假啊？」

岳仲堯忙回身對著喬母說道：「回岳母，知縣大人體貼，對家中田裡活計多的，會給調幾天假，往後可以再頂回去。早上我回了下河村，見家裡人手多，活也快忙完了，又看瑾娘和琬兒不在家，我就過來了；岳母看有什麼活計做的，儘管吩咐我去做。」

他說完發現明玨和明珩也在，便說道：「你們也回了？有姊夫在，還是讀書要緊。」

明珩哼了一聲正要開口，卻被喬父瞪了一眼，摸著鼻子坐了回去再不敢吱聲了。

明玨看著岳仲堯說道：「一直在讀書，也正好鬆泛鬆泛。」

岳仲堯點頭道：「正是，我聽你姊說過什麼勞逸結合的，不過也別累到了。」

他轉頭又去跟雲家眾人打招呼，還說忙完了就過去幫他們，倒惹得雲家外婆連連誇他。

老人家看著如今一家三口在一起，心裡別提多高興，沒有多說，只略聊了幾句就紛紛下田裡去了。

岳仲堯拿過明琦的鐮刀，脫了鞋子，高高捲了褲子也準備下田。

走了幾步，他又從懷裡掏了個荷包遞給喬明瑾。「瑾娘，妳幫我收著，一會兒恐怕會掉進田裡。」

喬明瑾自他來了後還沒張口說過話，看他把荷包遞過來，眾人又都在看著，只好把那荷包接了過來。

岳仲堯揚起嘴角笑了笑，對喬明瑾說道：「瑾娘，那我下去了，一會兒有什麼活妳別累到了，做不動就等著我上來做。」

他又對巴巴地跟在他屁股後面的女兒說道：「琬兒乖，妳在坡上玩，要幫著做些活喔。」

小東西雞啄米似地點頭。「嗯。爹爹，早上我還幫著看穀子了的，還趕了來偷吃的雞呢！」

「好，琬兒真乖。妳好好跟妳娘在坡上面，爹要下去幫妳外婆做活了……」

喬明瑾看著父女倆親親熱熱地說完話，再看著岳仲堯索利地下到田裡，彎腰麻利地割稻，動作很是嫻熟，不一會兒就把明瑜和喬母遠遠地拋到了後面。

喬明瑾站在坡上看著，心情有些複雜。

喬家境況一直不好，又是雲家村的外來戶，沒田沒地的，家裡也沒別的進項，又因這些年喬父吃藥花去不少銀子，家裡的日子一直過得很苦。

這麼多年來，喬家沒整修過房子，房頂經常是破了就現補一塊，所以瞧著東一塊、西一塊的，斑駁得就像衣裳上打的補丁一樣。

喬家房子的格局跟喬明瑾的房子差不多，都是堂屋一間，分了上下左右四個房間。

以前喬明瑾和女婿回來，喬父和喬母就把自己的房間讓出來，而他們則和兒子、女兒擠著睡，不然就把明珩和明琦趕到外祖家睡一晚。

如今，岳仲堯來幫活，他睡在哪裡就成了喬明瑾這一天的心事。

岳仲堯並不知道喬明瑾在想什麼，他只顧著埋頭幹活，他一個人就能頂兩個人，麻利得很，地裡的活計一下午就去了大半。

眾人一直忙到天黑才停了下來。

收工後，喬明瑾聽到女兒向她爹撒嬌。「爹爹，晚上琬兒和爹爹睡。」

喬明瑾才想起來，她還沒想好該怎麼安排岳仲堯呢。

到家後，天還沒黑透，用不著點油燈，眾人洗了手腳在院裡聊天等著吃晚飯。

小琬兒高高興興地坐在她爹的大腿上，纏著她爹說話。

喬明瑾看了一眼親親熱熱在一旁說話的父女倆，便鑽進廚房幫活去了。

不一會兒就聽到院裡喬母的聲音。「明玨、明珩，你們領著你姊夫先去洗澡再回來吃飯。」

「好的，娘。」明玨應了一聲，又問岳仲堯。「姊夫，你帶了衣物嗎？」

「帶了。」

於是三人便一同到外頭的小河邊洗澡。

等他們回來，飯已經好了，一家人就坐在一起吃飯，也沒分桌，都圍著一張大桌吃飯。

岳仲堯看岳父一家子不像他們家那樣分兩桌而食，一家子親親熱熱的，你給我挾菜，我給你盛湯，很是溫馨，看著很是感慨，頻頻往喬明瑾那邊投去熾熱的目光。

這才是家的樣子。

只可惜喬明瑾沒回應他，倒是小琬兒坐在他身邊嚷嚷著，讓他挾這個、挾那個，氣氛倒也熱烈……

飯後，待喬明瑾洗漱完，家裡已是把房間分配好了，讓岳仲堯和明玨、明珩一間房，他自己睡一張床，明珩、明玨睡一張床。

眾人都沒異議，只有明珩狠狠瞪了岳仲堯一眼，並不大樂意和這個姊夫睡一個房間。

這孩子見過喬明瑾初時的辛苦，心裡對岳仲堯一直存著一股氣。

喬明瑾臨睡前把岳仲堯白日裡交給她保管的荷包遞給他。

岳仲堯沒接。

「瑾娘，妳幫我存著吧。」

喬明瑾見他不接，便抓過他的手，把荷包強塞到他手裡，轉身就想拉琬兒去睡，只是這丫頭抱著她爹的腿，死活要跟她爹一塊兒睡。

喬明瑾瞪了她好幾眼，也沒讓她把巴著岳仲堯的手放下來，只好隨她去了。

岳仲堯看著喬明瑾回了房，關上門，才一臉黯然地抱了女兒回房。

在蚊帳裡趕了一會兒蚊子，他又把蚊帳細心掩好，給女兒蓋上被子，和女兒躺在被窩裡說話。

琬兒拉著他的手問荷包裡裝了什麼。

「這荷包裡裝著爹爹最珍貴的東西。」岳仲堯摸著荷包說道。

「是什麼東西？爹爹一直帶在身上嗎？」

「嗯，爹爹一直帶在身上……」

女兒睡熟之後，岳仲堯在暗夜裡把荷包裡的東西掏了出來。

除了幾塊銀角之外，裡面還有一個暗袋。

暗袋裡，裝著他和喬明瑾的婚書，還有新婚之夜，他絞下兩人的青絲結成的髮束。

結髮為夫妻，白首不相離。

這麼多年過去了，即便在那烽火連天、血流成河的戰場上，這個荷包他都一直貼身帶著，想娘子的時候便拿出來看一看。

這是他這輩子最珍貴的東西。

岳仲堯到喬家的第二天，就幫著喬家把十五畝水稻收完了，再馬不停蹄地幫雲家大舅、二舅把水稻收了。

這幾天下來，岳仲堯不僅在水稻田裡割稻又快又麻利，還幫著挑擔、打穀、揚穀、翻晾，往家裡挑穀子……什麼活都搶著幹，樣樣俐落，任勞任怨，贏得了雲家村好多鄉親的交口稱讚，說喬父、喬母給瑾娘找了個好女婿。

有那知情的，反倒來家裡勸喬父、喬母和喬明瑾，說他要娶平妻也實屬無奈之舉，這正是他有擔當、知恩圖報的表現。

喬明瑾都只是聽著，沒有其他反應。

而這幾天裡，岳仲堯每次都試圖找喬明瑾單獨相處一會兒，或是說些貼心的話，但喬明瑾一直沒給過他機會，不免讓他有些失落。

在他來的第四個晚上，喬、雲兩家地裡的活計終於全部忙完了，便齊聚在喬家寬闊的庭院裡吃飯，還請了幾個交好的，及農忙時說要來蹭飯的漢子過來一起吃。

喬家當天殺了兩隻雞，又買了幾刀五花肉，幾根帶肉的骨頭，拔了好幾種自家菜地裡新鮮的蔬菜，燒了三桌還算豐盛的農家菜。

席間，岳仲堯做為喬家唯一的女婿，穿行其中，與人敬酒搭訕，姿態放得低，還一副謙遜知禮的模樣，為他博得了好幾句誇獎，讓喬父的神色更是複雜。

當天晚上，因為就要離開，岳仲堯便想跟喬明瑾說幾句知心話，只是喬明瑾藉故躲了。

岳仲堯一整個晚上翻來覆去的，沒能合眼。

次日吃過早飯，岳仲堯抱了抱淚眼汪汪拉著他捨不得放手的女兒，又看了一眼和眾人一起送他，卻沒叮囑他半句話的妻子，一臉黯然地回了城。

同去的還有明玨和明珩。

岳仲堯走後，喬明瑾吃過早飯，也帶著女兒回了下河村。

明琦並沒有跟回去，喬明瑾讓她在家多待兩日，等稻穀曬乾收倉了，等雲錦去下河村的時候再同去。

喬明瑾回到家，就忙著折騰自己的家，想把房間裡多餘的床搬到廂房，可又搬不動，只好把一些家具椅子什麼的都先搬了過去，又去作坊那邊轉了一圈。

從雲家村回來後兩天，周晏卿終於上門了。

第二十八章

喬明瑾瞧他臉色不好，一副疲憊的樣子，以為是洗頭椅的事不順利。

這廝見了她，倒是不急著解釋，饒有興趣的跟琬兒玩鬧了起來。

周晏卿舉著琬兒拋了兩下，再抱著小東西平地轉了幾圈，小東西尖叫著說暈了，周晏卿才停了下來。

「周叔叔，你等著啊，琬兒給你拿好吃的去！」剛下地，小東西就邁著短腿蹬蹬蹬地進房去了，不一會兒就拿了一個油紙包出來。

「這是我太婆婆炸的花生餅，可好吃了，又香又脆，給周叔叔吃。」

周晏卿拿著巴掌大的一塊花生餅在手裡看了看，圓圓的一小塊，中間嵌著十來粒花生，金黃金黃的，賣相挺好，像懷著蓮子的蓮蓬。

他咬了一口，脆脆的，帶著花生的清香。

「不錯。」周晏卿不吝地說了一句。

小東西立馬笑咪咪地偎過去。「好吃吧？我太婆婆炸的喔，給琬兒帶了一大包回來。」說著還用手比了一下，生怕別人不知道有多大包。

周晏卿一邊吃著一邊逗她說話，知道了好多訊息，也得知她那個爹農忙的時候還去幫忙了。

喬明瑾在他看過來的時候問道：「怎麼，事情不順利？」

周晏卿聽了喬明瑾的話並沒有立即回答，過了許久，他看了她一眼，問道：「岳仲堯去妳娘家了？」

喬明瑾很是詫異。

她沒跟他說過女兒的爹叫什麼名字吧？

不過，想想人家是青川城裡數一數二家族出來的，還打聽不到這個嗎？恐怕她家祖上八代都被打聽清楚了……便朝他點了點頭。

周晏卿見了也不說話，只仰頭嘆了一聲。

難道這婚姻大事真是人生之必然？這些天他都快要被煩死了，甚至沒處躲個清靜。

良久，周晏卿從懷裡取了幾張銀票遞給喬明瑾。

「這是一千兩，妳先拿著。那個雅榻賣了一些，也收了一些訂單。前頭做的都是用好料，賣得都貴一些。青川城裡還沒人有那個膽跟我們周府搶生意，所以這門生意倒是能做得；其他城裡，圖紙我也命人快馬送過去了，待賣了之後，結了帳再給妳算錢。」

喬明瑾接了過來，在手裡略翻了翻，有一百兩的，有五百兩的，總共是一千兩的銀票。

她沒問太多，畢竟她只是出個主意，從找工匠製作、銷售，她都沒參與，能得了這一千兩銀子已經極不錯了，後頭有多少她並不在意。

「叫雅榻嗎？」

「對，圖紙我找人又再做了一些修改，前面都是往大門大戶裡賣的，做得都很精緻，洗頭椅聽著太俗氣了，叫雅榻還好聽些。」

「嗯，確實不錯。」

然後喬明瑾向他提了作坊的事，說是要請人做一些家具、床什麼的放進去，雖然弄了廚房、浴室、吃飯間，但是裡面還什麼都沒有，而且還得找人挖個井。

「妳且放心去做，我會讓周管事來幫妳，錢就先記著帳，到時我會讓周管事來跟妳結算。」

「好。」

兩人聊了一會兒後，就沈默了下來。

喬明瑾瞧著周晏卿眼下的青色，想了想，開口問道：「你是不是遇上什麼事了？」

周晏卿看了她一眼，才略帶疲憊地說道：「也不是什麼大事。」又看了一眼喬明瑾好看的側臉，猶豫了一下接著才說道：「我跟妳說過我家裡的事嗎？」

喬明瑾搖搖頭。「不曾。」

「那妳聽過我家的事嗎，或是關於我的？」

喬明瑾聽了，側頭看了他一眼。

眼前這個男人，眼神清明，碧玉簪髮，丰神俊美，身上帶著富貴人家的氣勢，側著頭、很是期待地等著她的回答。

「略瞭解一些。」

周晏卿聽了，轉頭目視前方，很出神的樣子。

他良久才道：「我十八歲那年，母親為我訂了一門親事，是舅舅家的表妹，小時候常在一處玩的，談不上多喜歡，只是覺得不討厭；與其找個不瞭解的，倒不如聽母親的話，找個知根知底的……之後相安無事過了一年，只不過她身子弱，在生產時沒能挺過去，孩子最後沒生下來……」

喬明瑾還是第一次聽到這個，不知要如何安慰他。

但很明顯周晏卿也不是要尋個人求安慰，大概他只是想找個人聽他說說話。

果然又聽到他說道：「四年了，我一直沒再成親，其實不是沒有不合適的，只是我並不想。我母親以為我是因為前頭妻子的緣故，以為我是傷心過了頭，也沒狠催我，倒讓我過了幾年安穩的日子。」

他許久又道：「妳知道吧，我家有六個兄弟，我是最小的那個，是嫡三子。我母親生了我大哥、我三哥，也就是文軒的爹，還有我；二哥、四哥、五哥都是我爹的小妾生的。父親雖不在了，但有母親和大哥，家裡還挺太平……

「我大嫂的父親是臨縣的知府，她是家裡的庶女。當年我家下聘時，給了不少聘禮，她那知府的爹一直瞧不上我家商戶的身分，沒有多看重這門親事，可能還覺得我們家有些高攀了；不過自從京裡的周家今年在聖上面前得了臉，他倒是又想起我周家來了。

「我大嫂前段時間又提了我的親事，說她家有一個庶妹很合適。我那幾個嫂子也各有想頭，如今瞧著我管著家裡大部分產業，都是各有打算；而我舅家，也一直想再打發個表妹嫁過來，好讓這門親戚一直做下去……」

喬明瑾耐心地聽著，都知道大戶人家裡複雜，聽他這麼一說，也不知該回些什麼。

她是知道這個周六爺曾娶過親的。

他有這樣的家族，已是二十出頭的人了，又是嫡子，若是庶子，嫡母打壓，的確有可能婚事不順；可一個管著家裡大半產業的嫡子，二十出頭沒成親，就說不過去了。一般大戶人家的公子，不說妻子，就是妾室、通房都不少。

只是她不知道這些具體的情況。

她一直沒聽說他兒女的消息，瞧著他不像是不能生的人，竟沒想到是這樣的情景。

「想必你母親一直想讓你能留個後吧？你不是最小的兒子？怕是在為你操心了。」

周晏卿聽了，看了她一眼，又說道：「前頭妻子有孕時，我是很歡喜，只是最後沒能生下來……家裡還有一個妾室，是有一年我到京裡，族叔送的；另還有兩個通房，都是前頭妻子陪嫁的丫鬟。我們這樣的家庭，也沒有承爵什麼的，倒也不在意嫡子一定要生在庶子前面，庶子不過家產分得少些罷了。這些年，都沒人給我添個一兒半女的；去年有一個通房有過身孕，母親還說生下來就晉她為姨娘，只是後來又小產了……」

「你很想要個孩子嗎？」

「其實沒有多想，反正我還年輕，只是母親一直念叨，她又看不上我大嫂家的幾個妹妹，還是想著我舅家那幾個表妹。這段時間，家裡一堆表妹，幾個嫂嫂家也都有妹妹過來……」

喬明瑾笑了笑。「那不是很有眼福？」

周晏卿斜了她一眼，嘁了一聲。「眼福？什麼眼福，鬧得我不得安生。」

喬明瑾不厚道地笑了起來，想到他一回到家，各路表妹守在他必經的路上，環肥燕瘦，釵環響叮噹，塗脂抹粉，香飄十里的，都只為了博得周六爺的一個青睞。

周晏卿又斜睨了過來。

他到底是哪根筋不對？要把這些事說出來，還害得她當熱鬧一樣笑話他一通。

喬明瑾看他兩眼圓瞪地看向自己，一副恨不得吃人的樣子，便止了笑，揚著嘴角，說道：「這等豔福你看起來還不高興？別人想遇都遇不上呢。」

「我倒寧願清清靜靜的。今年得了妳的幾個好東西，才知道自己的不足。我家如今只有在青川縣能算得上拔尖的，但是別說京城，就是到了臨縣幾城，都還不算什麼。我跟母親說暫時不想成親，母親卻說成親和我要做的事不衝突……」

「是不衝突啊。難道外面成大事者，都是不成親的？」

周晏卿轉頭看了她一眼，這個女人還是那樣如幽蘭芳香一樣的面孔，不施粉黛，但仍是面嫩膚白，杏眼瓊鼻……

周晏卿在心裡深深地嘆了一口氣，又盯著前方看了起來。

喬明瑾看來，前方除了一堵圍牆，並沒有什麼有趣、值得研究之物了。他的眼裡沒有焦距，不知在想些什麼，是想著以前的妻子嗎？

中午，周晏卿在喬家吃了一頓午飯，仍是自帶的食糧，讓喬明瑾做了，不算豐盛，但味道很好。

周晏卿吃得很是文雅，慢條斯理，席間也不說話，富貴人家的好教養表露無遺，吃得雖沒往日那麼捧場，不過還是添了飯。

飯後，兩人又到作坊看了看，擇了挖水井的地方，再商量了該添置的物事和簡單家具等物，然後又進山裡看村民挖木樁。

現在眾人皆知他是個大金主，除了木樁，以後沒準兒作坊還會請人，他們看見周晏卿都很是熱絡地放下手頭的事，過來跟他打招呼。

周晏卿有一點好處，沒有富貴人家那股高高在上的凌人氣勢，對於身分比他低的，並不會用鼻孔看人；對下河村的人說不上多親切，但也好心地有問必答，讓人覺得很容易接近，一副平易近人的模樣。

如今山上連著挖了那麼多天，山上的木樁已是被挖得差不多了，也沒有挖出木樁就留下一個個深坑的狀況，都照著喬明瑾說的，把坑填了回去，瞧著頗為平整。

在林子裡，他看到一戶人家挖出的木樁，很大，根枝極為發達，密密地纏在一起，木樁也很健康，當場就跟喬明瑾耳語，說這個可以做一個孔雀開屏的大擺設。

喬明瑾很意外地看了他一眼，木樁挖出來的時候，她也很興奮，也想到了這個，沒想到這廝竟跟她想到一塊兒去了。

周晏卿看了她的樣子，還有什麼不明白的？高興地給那個木樁定了二兩的銀子，當場就付了錢，還賞了兩個銀豆子給那家的小孫子，喜得他們對他連連拜謝，恨不得跪下來。

林子裡的人都興奮了，拉著他到各家看了起來，希望能得到他的認可，也能定個高些的價格……

這一天，周晏卿眼底的鬱色慢慢散去，還在喬家吃過晚飯才回了城。

當天晚上，周晏卿回到府裡時，院裡已亮起了一排的大紅燈籠，燭光搖曳，大紅燈籠隨著夜風微微蕩漾。

守門的小廝見著自家六爺回府，連忙點頭哈腰地把他迎了進去。

周晏卿左右瞄了瞄，不見白日的人影，覺得今天回來得正是時候，沒有聒噪的人在路上守著，耳根都清靜了不少。

夜了，他也不想到上房請什麼安，徑直到自己院裡美美的洗了個澡，香噴噴地從浴桶裡出來，又喝了一杯小廝奉上來的香茶，這才轉身去書房處理庶務。

周六爺本以為今晚耳根能得清靜了，沒想到屁股還沒坐熱，門口就有聲音傳來。

「六爺回來了嗎？石頭，快幫我稟報一聲，我給六爺送夜消來了，這雞湯我燉了一天了，他在外頭奔波了這麼久，定是沒好好吃飯，這會兒正好補一補。」

周六爺的貼身小廝石頭，忍不住抬頭望天。

夜空裡，黑漆漆的，也沒個星星看。

他家六爺最煩這些全身弄得香噴噴的女人了，最不耐煩應付她們，本以為今晚能落個清靜，沒想到又有人來。

只是這些人不是跟老太太就是跟各位夫人搭親連脈的，他只不過是一個小廝也不敢把人得罪狠了。

「吳小姐，您看，這會兒已經太晚了，我們爺也快歇息了，這雞湯就不用了吧。」

石頭覺得他的語氣還算溫和，就是拒絕了，眼前這位小姐應該也不會拿他怎樣的，哪知他心裡想得正好，卻聽到那位吳小姐身邊捧著雞湯的丫鬟一聲喝斥。「狗奴才！你也知道這會兒晚了啊？沒瞧見我家小姐說這雞湯已是燉了一天了嗎？一會兒涼了，耽誤了我家小姐的事，看要不要打你板子！」

石頭做為府裡六爺身邊最得臉的小廝，什麼時候讓人罵過「狗奴才」了？頓時就起了氣，也不客氣，說道：「我是狗奴才，妳又是什麼？不過是跟著妳家小姐來客居的罷了，倒好意思在我家爺書房前大聲喧譁！」

那位吳姓小姐聽了，臉上有些掛不住，瞪了身邊的丫頭一眼，這麼大的聲音，是怕裡頭的人聽不到嗎？

她忙從身上掏了一個荷包塞給石頭，堅決不讓他推辭，笑著說道：「石頭，你不必跟她一般見識，她就是看我給你們爺熬了一天的雞湯，又等到這麼晚，還一路捧過來，替我辛苦罷了。你幫我跟你家爺說一聲，我也不打擾他，送了雞湯就走。」

石頭暗自捏了捏手裡的荷包，硬硬的幾塊，喜上心頭。

可他不敢把人放進去，眼睛轉著，正在猶豫，黑暗裡又走來兩個人，也是一主一僕。臨近了，才看到這回來的不是大太太娘家的姪女，是來了老太太娘家的人。

來的這位林小姐，在老太太面前更是得臉，一年裡頭有一半時間是住在府裡過的，前不久因著仲秋才回家，這會兒又被接了過來。

不管是老太太還是林府，都是希望這位先六太太的娘家妹妹能當他家六爺的續弦。

夜色裡，嫋嫋而來的佳人，吳家小姐自然也是看到了，捏著繡帕的手緊了緊，恨不得把帕子擰出花來。

一個商戶女還敢跟她爭？她爹可是知府老爺呢！

「呦，林妹妹，這麼晚了，也是送雞湯來的？消息倒是靈通嘛。」

出口的這位小姐姓吳，閨名吳嬌，是周府大太太娘家的庶妹，兩姊妹都是知府老爺的庶女。

本來她一個知府的女兒，雖是庶女，但好歹是個官家之女，不說高嫁，就是尋個普通官家的子弟，也是能嫁過去當個正頭娘子的。

可是誰讓那京裡的周家又在聖上面前露臉了呢？

再說，那吳知府都已連任兩屆，早盼著升官晉階，當個京官了，可他政績平平，想著要當京官還得有門路哪！

若是能把一個庶女嫁到這生意做到京裡的周家，再加上京中周家的幫襯，他還怕不能往上動一動嗎？

因此他聽了大女兒的話，老早就把這個庶生女兒打包送過來了。

而那位林家小姐，閨名碧玉，是老太太娘家兄長的女兒。

林老太太家裡也是商戶，跟周家算是門當戶對，只是林家朝中沒人，生意做得也沒周家大。自古官商官商，官要靠錢財撐著，而商家呢，又要靠著官家來打通關係，林家自然是要好好巴結住周家的。

林碧玉聽了吳嬌的話，拿帕子掩著嘴，低低地笑了起來。「我哪裡有姊姊消息靈通啊？妹妹我是有給表哥熬了一鍋雞湯，只是以為表哥不回來了，便拿去給姑母用了，姑母倒是說我有孝心。這會兒想著表哥奔波了一天也該乏了，便泡了一壺茶過來，卻是比不得姊姊的雞湯了；只不過這夜裡喝著雞湯，怕是太油膩了吧……」

石頭看著兩位小姐又要打起嘴仗來，只覺得頭大如斗。

這兩位小姐自從來了周家後，都覺得自己勝券在握，誰也不服誰。

一個仗著是老太太的娘家姪女，又是表哥、表妹的，誰都看不上；而另一個則仗著有個知府的爹，又是當家太太的娘家妹妹，也是借了不少勢擾了不少人，連幾位太太都不放在眼裡的。

吃苦受罪的都是他們這些倒楣的下人。

而現在，因得了他家六爺的吩咐，他守著書房不能讓人進去，眼看著兩位小姐又要在門口掐起架來，只好頂著頭皮勸慰。「兩位小姐，這天都晚了，我家六爺在外跑了一天，積了不少庶務，正忙著打點，好快些弄完能早些歇息，兩位小姐就體諒些，明天再來吧。」

兩位小姐聽完，一個說是不會打擾太久，只放了雞湯看著六爺喝完就走，另一個則是說只端了茶進去，也不耽誤，放下就走。

石頭就是因為嘴巴笨，才被他家六爺取了個名叫「石頭」，這下子哪裡能招架得住，只急得額上冒汗，他家六爺在裡頭也不出一聲。

正當他抵擋不住的時候，遠遠地又來了人。

石頭只覺得今天就不該搶了另一位小廝的差，以為守門是多輕省的活呢……

來的是六爺那位京裡族叔贈送的美妾，名喚麗娘。

這會兒杵在門口的兩位小姐見著來人，立刻同仇敵愾了起來，鼻孔裡齊齊哼了一聲。一個小妾而已，主母沒了，竟然得瑟起來了！等進了門就要她好看！大晚上，都入秋了，還穿得這麼單薄，這又紅又黃又綠的，唱戲呢！

這位麗娘倒像是沒看到兩位小姐的眼色一樣，和顏悅色地對石頭說道：「爺在裡頭呢？這麼晚回來，也不知在外頭吃飽了沒，可喝了酒？我給爺準備了醒酒湯，還備了一桌酒菜，都讓人溫好幾遍了，就等著爺回來吃，石頭你且幫我跟爺說一聲吧。」

石頭很是為難。

這位在府裡也算是有些地位。他家爺去了一趟京城，京裡周府那位族叔送來的，聽說是位落魄官家的小姐，琴棋書畫都可信手拈來的，長得又好，脾氣不差，又因著是京裡周家送的，在府裡，老太太也是要給幾分顏面的。

另外六房沒了主母，就她這一個姨娘，平時爺的事多是她在打點的，石頭也不想得罪了人。

正想開口，吳嬌便對著麗娘說道：「妳不過是一個小妾，主母沒了，妳倒是得臉了；可凡事都得講個先來後到，我可是第一個來的，若是周大哥要吃飯，該先應了我的約。」

林碧玉聽完皺了下眉頭，不過卻沒開口，這會兒她和吳嬌是一夥的，她早就看這個麗娘不順眼了，平時一副人畜無害的面孔，其實內裡還不知是怎麼樣的，好人家的女兒能給人當妾？

麗娘聽了吳嬌的話不見惱火，只是拿著帕子掩著嘴角笑了笑，說道：「吳小姐和林表妹都是來府裡做客的，若是我家六爺覺得睏了、倦了，妳們兩人都還是未嫁之身，怕是不好服侍的吧？」

那吳嬌聽了，跳了起來。「好個沒羞的！我們只不過給周大哥燉了湯、泡個茶而已，妳竟然想到那齷齪的地方去了，瞧我明天不告訴老太太和大太太，妳想毀我名聲，也得看我爹答不答應！」

林碧玉也是忍不住嗆聲。這聘者為妻、奔為妾，她是來當正妻的，可不想被人拿了名聲說事，最後只能委屈當個小妾。

不就是想把人拉到她房裡嗎？如今六房主母不在了，只剩她一個小妾上臺了？

她和吳嬌一樣都很是不憤，聲音變得越來越高。

不過，麗娘聲音倒是一貫的溫和，絲毫不見生氣的模樣，仍是一副好脾氣的樣子，讓那兩人見了她這模樣更是生氣。

林、吳兩位小姐聲音越來越高，就聽見書房裡傳來「砰」的一聲響，像是什麼東西用力砸在門上的聲音。

石頭嚇了一跳，回過神來，連忙張著手把人往外趕。「三位姑奶奶，我求求妳們了，這夜深沈了，三位快回院裡歇息著去吧！我家爺都發火了，一會兒小的又得挨板子。兩位小姐，麗姨娘，求妳們行行好吧！」

麗娘、吳嬌和林碧玉三人自然也聽到書房的那聲響了，全都嚇了一跳。

這位六爺發起脾氣來連老太太都制不住，她們頓時噤了聲，怯怯地往書房看了一眼，便攙著丫鬟腳底抹油開溜了。

書房裡，周晏卿聽著腳步聲遠去，用手揉了揉額頭，連著吐了好幾口濁氣，才算是緩過勁來……

農忙過後，雲錦和何父等人都到下河村來了，雲錦也把明琦和表嫂何氏帶了過來。

喬明瑾鬆了一口氣，她要帶孩子，又要顧著家，作坊那邊還真的要有個人幫襯才行。而且有時候不管是她還是明琦，都不大方便幫那些師傅做收拾房間衣物等事，有了何氏就好辦多了。

何氏很是勤快，到了喬家，就裡外地忙開了。

作坊那邊的廂房還沒有家具，所以雲錦等人暫時還是住在喬家。

現在幾個人都沒進行根雕創作，而是聽喬明瑾的全部趕製一些簡單的家具出來，至少床是要趕出來的。

請他們來做活，可不能讓人睡在地上，受了潮、生了病也是一筆花費，還會耽誤時間。

何父等人來了之後，喬明瑾又請了上次來家裡打井的人，在作坊裡也打了一口井，同樣砌了井臺，又讓雲錦夫妻駕著馬車到城裡置辦了好些東西回來，被褥、帳子、廚具、柴米油鹽等等，家常用的必要用品，林林總總置辦齊全後，床也打出來了。

床很快就擺了進去，桌子、椅子也都有了，雲錦等人就從喬家搬了過去。他和何氏要了一間夫妻間，其他人都是單間，就連岳大雷也把自己的被褥搬了過去，中午在作坊吃一頓，順便眯一會兒，晚上再回自家。

很快就到了吉日吉時，作坊開張的日子。

開張那天，周晏卿也來了。周管事隔三差五地來，他倒是有幾天沒出現了，也不知是不是因為被美女纏身。

吉時，周晏卿領著人在作坊大門口放了鞭炮之後，又給看熱鬧的村民散了糖塊果子，在作坊轉了幾圈，他才得空跟喬明瑾說起話來。

「工匠我都選好了，挑了八個手藝精湛的，不過要等一段時間。現在鋪子裡訂雅榻的人多，鋪子一時有些忙不開，何師傅等人就先受些累；另外我在別處尋得的木樁，再過幾日也會運過來，都在當地做了簡單的處理，運過來只要再做乾燥，就能進行雕刻了，我尋的都是一些極好的木料。」

喬明瑾點了點頭。「好。如今前期從山裡收過來的木樁，都是做好乾燥處理的，現在他們已經在創作了。他們練手的一些小東西，你先拿到鋪子那邊賣賣看，試試市場的反應，若是能賣個好價錢，對於他們來說也是一種激勵。」

之前何父等人拿著小木根和竹根練手，已是做了不少好玩意出來，他們還手癢的弄了很多竹製品，竹刻畫、竹製筆筒、棋盤、竹杯、竹碗、食盒、化妝匣子等等。

何父還雕了一個四扇的竹製屏風，雕的花鳥栩栩如生，喬明瑾看了都忍不住想要把它據為己有，小琬兒更是下手搶了一個小巧的竹碗不放手，還說這個摔不破，硬是不讓喬明瑾拿回去。

周晏卿聽了便說道：「我看了，很不錯，雖然不值什麼錢，不過貴在精緻，倒是不愁賣。等我走的時候，妳拿來給我。」

兩人邊說著邊往喬家走。

「對了，你方才看到岳大雷正在做的東西了嗎？」

周晏卿讓自己走得儘量與她同步，聽她問話，微微側過頭來看向她。「妳是想先把茶臺做出來？」

喬明瑾仰著脖子看他，這傢伙高了自己不只一個頭，仰得她脖子痠得很。

「嗯。我想著，那木雕製作工期太長，雖然已是經過處理，並進行分批乾燥，但從他們上手到成品出來，一個月的時間大概是要的；前期他們都不是很熟練，雖然是用小型木樁來製作，不過這時間也快不了。」

她看著周晏卿一副認真傾聽的樣子，嘴角揚了揚，又道：「那茶臺製作時間就短得多了，只要照著圖紙雕出來就行，照何曉春的速度，三、五天就能得一個；就算要上漆加工晾曬，也花不了多長時間。我是想著先讓他做幾張精緻些的，拿幾個到你的鋪子裡放著，讓他們知道我們有這個東西，好先搶了這個市場再說。」

「嗯，妳這是要把他們分成兩批人來使？」

「也不是，根雕因為用時太長，短時還看不到收益，我是想著先做點小東西出來，讓大家先看到收益，也好增加他們創作的信心。簡單的木匠活，岳大雷和雲錦還是行的，他們的精雕就差了一些火候，先讓他們把茶臺先做出來，再把何曉春配給他們，讓他倆先把坯打出來，最後精雕加工讓何曉春來做，而何父則帶著兩個徒弟專門製作根雕。」

兩人說話間已是進了喬家院子，喬明瑾引著他進了堂屋，讓明琦泡了茶來。

「茶臺雖然還沒做出來，但你已經看圖紙了，你覺得如何？」

周晏卿抿了一口茶，這女人如今有了錢，也懂得附庸風雅了，想著之前他第一次來的時候，還問他是要米漿還是白開水。

他周六爺什麼時候喝過米漿那東西？聽都沒聽過，就是白開水，總共也沒喝過幾回。

「不錯，我看了都忍不住守在那裡等做好後直接帶回家了。東西很是雅致，約上三五好友，對坐品茗，好茶好水，若是連茶具、茶臺都讓人看得賞心悅目的話，這相談之事怕可能會事半功倍。到時我訂一張大的茶桌放在花廳，一張小的茶臺放在我的書房。」又道：「到時也給妳家院裡置一張茶桌，就記爺的帳上。」

喬明瑾看著他一副豪爽大氣的樣子，笑了笑，有人付錢還不要？自家院裡若是置一張雅致的茶桌，再配上幾張木頭椅子，家裡立馬升了一級。

「那我在這裡先謝過六爺了。」

「不客氣，爺有的，妳也有。」他說完，意思未明地看了喬明瑾一眼。

喬明瑾一愣，定定地瞧了他幾息，才彆扭地轉過頭。

等再回頭的時候，發現他也正看過來，兩人目光相接，喬明瑾有些詫異。

好像……他看向自己的目光多了一些東西，不再像之前那麼放肆隨意了。

到底是什麼呢？審視？好像又不是。她一時也說不上來，但他目光似乎溫和了不少。

喬明瑾覺得他今天有些不同，可哪裡不同，卻又說不出來。

「六爺餓了吧，我給你做午飯吧，今兒你帶了幾條新鮮的魚過來，我做幾道魚吃吧？」

「好，妳做什麼我都喜歡吃。」一見喬明瑾扭頭看他，他又道：「妳手藝不錯。」

喬明瑾盯著他看了兩息，不明所以，只好轉身去了廚房。

今天他怎麼怪怪的，在家受刺激了？

連著好幾天，周晏卿都日日往下河村來，像是定時上班一樣，比那周管事都來得頻繁。

喬明瑾覺得奇怪，那廝卻解釋說作坊剛開張，他做為主家，自然是要盡些心的。

喬明瑾看他每日來了之後，除了在她家吃飯歇午，大部分時間都是在林子裡或是作坊轉悠，不是向何父等人請教，就是去看何曉春、岳大雷等人製作茶臺，面上也瞧不出什麼異樣，就隨他去了。

人家作為主家之一要關心作坊的進展、關心生意，哪裡有什麼奇怪的。

幾日後，周晏卿再來的時候，帶來二十兩銀子，說這是賣了那些竹製作品得的錢。

那竹製刻畫等物，雖然看起來很奇巧，但都不大，而且材料也是廉價之物，只有那竹製小屏風多賣了一些錢，全部能得這二十兩銀子，著實是不少了。

喬明瑾很高興，她沒要，全給了何父等人。

何父連忙要推辭，這在主家裡做活，材料工具都是主家的，出的成品按道理自然也是主家的，再說主家都付工錢了，如何還能再接這額外的錢？

但喬明瑾堅持不收。

她其實並不是看不上這二十兩銀子，二十兩銀子放在莊戶人家，已經是一筆鉅款，她把這錢給何父等人，只是覺得有必要激起他們的鬥志而已。

但這錢卻讓何父等人收著不安。

他之前到別人家裡做家具，一個月也就一兩銀子，多的話也就二、三兩；雖然之前他幫著做算盤，已是分過一百兩銀子，可是這竹雕刻卻是在喬明瑾指點下做出來的，且他們每月還有拿工錢。

喬明瑾看他不收，便說道：「何叔，你且安心拿著吧，這都是你們幾個辛苦得的，雖是練手之作，不過你們也看到了，自己的手藝並不比別人差；那麼小的東西都賣出這麼多銀子，那根雕若是做好了，還能差了？所以你們要有信心，慢工出細活，不用著急，這根雕太急躁了，可能會做不好。」

何父聽了只好說道：「是，姪女說的是，是何叔著急了。之前在姪女這住了這麼久，一直沒給妳帶來什麼收益，妳每月還給我們開那麼高的工錢，何叔心裡真是挺不安的；這根雕我們也是頭一次做，不像之前是別人定了活，是別人真正需要的，這東西做出來若是沒人買，只怕還得搭上妳的工錢……」

喬明瑾聽了何父的話，心裡安慰。

這也是她看中這幾個人的緣故，這些人不像別人那樣拖拖拉拉，都希望工期長些，能多拿一些工錢，反而是做了活還擔心賣不出去，對不住主家發的那一份工錢。

跟這樣的人合作，她很放心。

喬明瑾便又朝他說道：「何叔，你不用著急，咱雖然在鄉下沒見過什麼世面，但人家周六爺走的地方多，過的橋都比咱們走的路多；既然六爺也看好這個根雕市場，那就說明咱們做的這個事是有利可圖的，你們只管放手去做，要做精又要做得奇巧，可不能像秋收那樣搶時間。你們只管做細緻些，人家那古董鋪子不還有一句話嗎？『三年不開張，開張吃三年』，咱不著急。」

周晏卿一直在旁邊靜靜地聽著喬明瑾跟大夥說話。

對於這個女人，他越來越欣賞了。

這女人不僅識字，見識也不低，每次還都能給他帶來一些驚喜。他並不是頭一次跟女人合作，可是瞧著這麼舒服，能讓他這麼放心的，她還是頭一個。

周晏卿看了眾人一眼，說道：「你們只管放手去做，這東西做出來，我也不是只在青川賣的，大部分都是要往北邊大的城池及京城運過去。那裡不僅有錢人多，而且名人雅士也不少，就是賣不掉也沒什麼，劈了當柴燒，又能浪費幾個本錢？」

何父等人聽了周六爺這般豪氣的話，心裡都有底了。

之前他們還束手束腳的，不敢放手去做，一個木樁收來就要一、二兩銀子，萬一下刀後廢了，真的就只能當柴燒了；加上根枝也多，一時還真是小心翼翼的，不知如何下手。

何父便說道：「既然六爺這麼信任我們，那我們就放手去做了，一定會好好做，不辜負六爺對我們的信任。」

周晏卿點了點頭，又道：「過一段時間，我會從城裡打發八個匠人過來，他們也是頭一次接觸這個東西，到時你們有了經驗，就可以帶帶他們，將來做得好了，自有你們的好處。」

何父等人聽了，面上帶了些激動。

尤其是何曉春、何夏等人都是年輕人，一腔熱血，沒什麼比聽到將來能有前途更重要的了。

有了周六爺這一句話，他們將來的前程還會差了嗎？

幾個人對著周晏卿和喬明瑾拍胸脯表示了一番，就急忙回工作間忙活去了。

才過了幾天，何父和他的兩個徒弟就已經把各自的木樁做出了雛形。

雖然還挺粗糙，只是打坯階段，但已能瞧出模樣，就像是掩著蓋頭的新娘，若隱若現的，讓人心裡癢癢的，很是期待掀開蓋頭之後能看到新娘美麗的面孔。

而何曉春和雲錦、岳大雷三人，做的茶臺也快好了，雲錦和岳大雷負責劈木料打坯做些雜活，何曉春就負責精雕。

那看著粗陋的木頭在三個人的手中，成了好看雅致的茶臺，錯落有致，就著木頭天然的形態，雕出好看的圖案，飄渺的雲朵、盛放的荷花、滾珠的蓮葉、垂髫小兒戲水、仙人對弈……雕刻得栩栩如生，有一個荷葉滾珠的茶臺，剛打坯出來還沒上色，就被周晏卿訂下來，說他要放在書房裡，日日對著飲上幾杯。

又過了幾天，周晏卿和周管事親自領了八個木匠藝人過來了。

八個人年紀都不大，最大的也就四十幾歲，最小的一個才十五歲，是其中一個師傅親傳的弟子。

雙方引見了一番，喬明瑾瞧著他們這些城裡大鋪子來的匠人並沒有瞧不起何父等人，態度很是謙恭，稍稍放了心。

喬明瑾讓表嫂何氏帶著人去分了房間，給他們領了日常用品，又讓何父領著他們參觀了一遍作坊。

中午，喬明瑾帶著何氏在作坊裡為他們做了一頓豐盛的歡迎宴，讓這八個人消除了一些生疏和失落。

席間，傳杯換盞，八個新來的匠人很快就和何父等人熟絡了起來，雙方都從對方身上看到了自己的不足，態度也越發謙恭，喬明瑾瞧著便真正放下心來。

而自從八個匠人來了之後，何氏就有些忙不過來了。

這幾個匠人埋頭在工作間裡創作根雕，經常廢寢忘食，除了上茅房，幾乎都不出工作間，換洗的衣裳堆了老高。

何氏要做飯，又要在村裡買菜，還要給這十幾個人漿洗衣物，又要收拾院子，感到有些忙不過來了。

喬明瑾跟她商量，決定給她找個幫手。

她先問了秀姊，只是秀姊家裡雖然簡單，沒公婆要伺候，男人也在作坊裡，但還有兩個孩子要帶，地裡還是有一些活計的，便向喬明瑾推薦馬氏。

馬氏一聽喬明瑾請她來幫工，一個月有一兩銀子，活也不重，就是早上幫著在村裡買些菜，然後幫著何氏一起漿洗那些匠人的衣物，再幫著做飯，打掃院子而已，立馬就應了。

這些事她在家裡也是要做的，如今到作坊幫活，她在家就不用做活了，還能領固定的工錢。一兩銀子呢！一年可不就有十二兩了？十二兩銀子蓋三間廂房都夠了，到時她掙了銀子，蓋廂房，公公、婆婆還能不分他們一間？以後住的地方就寬敞了。

馬氏沒有絲毫猶豫就應了下來，她婆婆呂氏還專門帶著她到喬明瑾家來道謝。

村裡人得知了這等好事，都紛紛來找喬明瑾，讓喬明瑾很是煩惱了一段時間。

第二十九章

喬明瑾家裡日日都有人上門求活計，也不空手來，都帶著幾條蘿蔔、一簍青菜、十來個雞蛋或是一些曬乾的山珍山貨。

誰都不想錯過了這個機會，就連岳老二和岳老四都親自找上門來，孫氏和于氏也來過幾趟，只是喬明瑾都沒應承下來

後來，喬明瑾看著上門的人實在太多，都是鄉親，著實難打發，跟周晏卿及眾人都商議之後，決定再添兩個男丁。

如今作坊已是正式開工了，又多了城裡來的八個木匠，大夥都是卯足了勁想做一個前所未有的成品出來，廢寢忘食，只恨不得太陽不要落山，夜裡亮如白晝。

一些雜活自然是有何氏和馬氏負責，只是從山裡搬運木樁到作坊，及木樁曬晾完收庫，都需要勞力搬運。

城裡來的八個匠人想在周晏卿心裡留下更深的印象，不管周六爺是看中他們，還是因為什麼別的原因打發他們到這鄉下來，他們都得做出成績來，讓周六爺看到他們的價值。

而何父等人知道自己的不足之後，也奮起直追，他們先接觸過這些東西，跟喬明瑾也算從無到有，自然知道這作坊是如何來的；若他們不能做一些成績出來，會對不起喬明瑾給的

那份工錢及看重。

很快的，喬明瑾便在秀姊和岳大雷的引薦下又請了兩個人。

一個是村西的岳冬至，十九歲，瞧著精瘦，但是力氣不小。

他家裡有四個兄弟，他是老么，家裡本來就不寬裕，前頭幾個哥哥成親分家後，家裡更是連良地都沒了，只餘幾畝荒地，留下給他帶著兩個老父母過活。

他三個哥哥娶了嫂子，心裡都是只有自家，雖然這些天都有找他湊在一起挖木樁，可是分到他手裡的錢著實不多，攤下來一天的勞力也就幾文錢。

而他幾個嫂子都是悍的，想從她們手裡搶銀子，那是難如登天。

但不要這幾文錢，他和年邁的父母只分得幾畝荒地，一年產的粗糧大約就幾百斤，就算再省也吃不到年尾。

岳大雷把他的情況跟喬明瑾說了一通，喬明瑾便應了下來。

而另一家是外姓搬來的，姓石，叫石根，二十歲。

他家跟岳冬至倒正好相反，一家和睦，三兄弟沒有分家，或是把老父母推給未成親的弟弟這等事，一家人還擠在一處。

三兄弟已都各自成家，有兒有女，石根在去年得了一個閨女，只是妻子自生了閨女後身子就不好，一家人都到林子裡挖木樁，他妻子就留在家裡煮飯。兩個兄弟體諒他，便讓他留在家裡忙著田間地頭的事，也好就近照顧家裡的小閨女和妻子。

石根是秀姊親自領了來的，來的時候還帶著他的妻子，抱著未滿一週歲的女兒過來。

琬兒很是喜歡這個小妹妹，許是沒見過比她還小的孩子，非常高興地逗孩子玩，給她餵軟軟的糕點。

喬明瑾瞧著那石根對他妻子照顧備至，雖是鄉下粗漢，但目光裡有著對妻女的溫情，也不是那種諂媚的人，當場就定了下來。

人選定下來後，她才算是鬆了一口氣。

自從得知定了人後，村裡人倒也沒說什麼，如今他們挖的木樁還等著喬明瑾估價收貨呢，所以不敢輕易有什麼怨言。

倒是孫氏和于氏上門說了幾句歪話，但喬明瑾沒理會她們。

門外有鈴鐺的聲音由遠而近地傳來，叮叮噹噹的，清脆響亮，兩個小東西豎著耳朵聽了，眼睛齊齊一亮。

喬明瑾見到便笑了笑，把女兒放下地，道：「跟小姨去吧。」

兩個小東西就牽著手跑了出去。

清脆的鈴鐺聲之後，又隱約能聽到外頭的喧譁。

喬明瑾閒來無事，也掩上門往外走去。

外頭一輛馬車被人圍了個嚴實，一匹瘦馬在地上刨著土。

「我說姚小郎，你這都快一個月沒到我們下河村來了，可是嫌我們下河村太小，發不了財？」

一個胖胖的婦人一邊說著，一邊在敞開的馬車上挑著可心的貨品。

「瞧嬸子說的，回回得了新東西，我哪次不是先到下河村來？我可是日日惦記著嬸娘喜歡我的頭花呢，這回我各種顏色款式都進了不少，一得了手，就一刻不停歇趕過來了。嘖嘖嘖，瞧我對嬸子的這一片丹心吶……」

「哈哈哈……」

圍作一圈的婦人聽了他這話，個個笑得打跌，紛紛打趣起來，那胖嬸也笑得紅光滿面。

笑完，有人便玩笑道：「我說春分他娘，妳兒子這都要說親了，還要打扮成二八少女勾著人家姚小郎啊？小心回去，春分他爹把妳打出去。」

那胖嬸被人這般打趣也不惱，說道：「他敢？借他十個膽子！」邊說著邊把一朵頭花插在一側頭髮上，問道：「可是好看？」

眾人笑著誇了幾句，胖嬸便喜孜孜地一邊挑選一邊跟旁人問起姚小郎的婚事。

「我說姚小郎，你兄長都成親了，你這也不小了，可是有看中的人？莫不是等著做我們下河村的女婿？」

這話引得拿著針線活來換銅板的姑娘們都臉紅了，羞得低垂著頭。

姚小郎往這些少女身上掃了一眼，說道：「我正想著呢！這下河村聽說是個美人窩，這姊姊、妹妹的只瞧上那麼一眼，都能引得我夜夜不得安枕，不知胖嬸可有女兒匹配的？」

「呸，你想得倒是美呢，我那女兒可才十歲；不過你有這一分家業，若是能等嘛，胖嬸也不是不能考慮。」

眾人便又齊齊打趣起來，連岳母、女婿的都叫上了。

喬明瑾聽了也是嘴角含笑，這姚貨郎還是如此巧言如簧，難怪生意做得好。

那姚小貨郎遠遠看見喬明瑾走來，向她點了點頭，看喬明瑾回了一個微笑，這才又轉身繼續去推銷貨物。

圍觀的眾人看見喬明瑾走來，很是熱絡地跟她打招呼。

孫氏和于氏也圍在馬車前，此時見喬明瑾過來，孫氏就酸溜溜地說道：「喲，瑾娘，妳還看得上貨郎的這些東西啊？那周六爺可是日日都往妳家運東西，綾羅綢緞只怕多得都要拿來抹桌子了，吃的只怕都要堆得發霉，妳還瞧得上這些東西？」

喬明瑾聽了後不理會她，仍是淡淡地噙著笑。

她抱起撲過來的女兒，走到貨架前。「琬兒看不到是吧？娘抱妳看，想買什麼？」

孫氏看喬明瑾不搭腔，氣得咬牙。

那胖嬸看喬明瑾走到她身邊，放下手裡的頭花，看著喬明瑾說道：「瑾娘，妳這家裡隔三差五地就有人進城，還需要買什麼？」

喬明瑾跟她打了聲招呼，便笑著說道：「家裡雖不缺什麼，吃的喝的，我表哥隔三差五會進城買，或是有缺的，周管事也會幫我們捎過來，只是孩子喜歡熱鬧，便帶她過來瞧一瞧。」

說著話，琬兒已是從一堆琳琅滿目的貨品中，挑到了想買的東西。

「娘，要買這個糖！」

「好。琬兒的荷包呢？還有沒有錢，要不要自己付？」

以前在岳家的時候，看見貨郎過來，岳東根和岳北樹都有吳氏給他們的銅板，女兒卻只能眼巴巴地看熱鬧，喬明瑾很是心酸。

母女倆自搬出來後，她偶爾會拿幾個銅板給女兒，給她專門縫了一個荷包讓她帶著。

家裡不是沒有吃食，周晏卿每回來都忘不了這個小東西，雲錦每次到城裡採買，也都會給小東西帶一些吃食點心回來，只是小孩子都愛湊熱鬧，喬明瑾也不想女兒看著別家孩子有，自己只有乾瞧的分。

琬兒聽她娘說讓她自己付錢，很是高興地應了一聲。「好。」從腰間拽出個荷包，問明價錢之後，數了十文錢遞給那姚貨郎。

孫氏很是眼熱地看著，那小東西掏了一把銅子出來，她還看到其中有銀角子。

真是沒天理，她每日忙個不停，攢的錢只怕都比不得一個小屁孩的銀錢多。

岳北樹此時正牽著自己娘親的手，捧著一塊糖，怕吃得太快沒有了，只偶爾舔上一口，正喜孜孜的，可是一轉眼就看到他那個小堂妹買了一大包，還扔了一大塊到嘴裡，立時就委屈了。

委屈的還有岳東根。

他本來賴著他娘買了一大塊，比北樹的還大，正高高興興地吃著，旁邊一堆圍著的小屁孩沒捨得買，只眼巴巴地看著他，他心裡正樂著呢，沒想到就看到那死丫頭一下子買了這麼一大包，還是自己出的錢，他卻連一個銅板都沒有，立時就不平衡了。

他把啃了一大半的糖塊狠狠擲到地上，瞪著琬兒，扯著他娘道：「娘，給我錢！我也要買一大包！」

孫氏立刻瞪向他，喝道：「你娘又沒有男人送錢來，哪有錢給你買一大包！有本事你也傍個有錢男人，讓他天天給你送錢花！到時你想買什麼就買什麼，我都不管！」

喬明瑾聽了，眼睛微瞇，看向她。

剛趕過來看熱鬧的秀姊，立時就發飆了。「孫氏，妳今天漱口了嗎？嘴巴那麼臭！妳哪隻眼睛看見有男人送錢給瑾娘了？」

孫氏重重哼了一聲。「我兩隻眼睛都看到了！這搬出來才半年，就又是買馬車又是蓋房子，當別人都是傻子呢！原本連想吃一口乾米飯都吃不上，現在天天都吃上大魚大肉了；只可憐我那小叔，還被蒙在鼓裡，成天的不在家，倒給旁人行了方便。」

秀姊聽了，立馬就撲上去想跟她撕打，那孫氏倒也精滑，往人堆裡躲，秀姊一時還真抓不到她，還反被她罵了幾句，說是得了不少好處云云，只氣得秀姊七竅生煙。

喬明瑾冷眼看著，周圍的人大多數都在看熱鬧，看著秀姊和孫氏兩人一個跑一個追，臉上還帶著笑意，只有幾人想拉著兩人勸架的。

看來大多數的人還是跟孫氏一樣，心裡都在懷疑她的銀錢的來路。

畢竟一個鄉下女人，這才半年，不僅買了自己住的屋子，還買了房前屋後幾畝地，而且又買了馬車，再蓋起了五間廂房，一般男人都做不到，何況是她一個沒怎麼出門的女子。

喬明瑾拽住秀姊，淡淡地說道：「妳跟不相干的人生什麼氣？沒得氣壞了身子，嘴長在別人身上，妳還能縫住不成？」

看秀姊仍是一副氣呼呼的樣子，她又拉過秀姊的兩個孩子長河和柳枝，對兩個孩子說道：「來，看看有沒有你們喜歡的，瑾姨給你們買。」

「娘，琬兒有錢，琬兒給哥哥、姊姊買。」

「好，那琬兒來買。」

她再拉過一旁正瞪著岳東根，只恨不得上前去揍他一頓的明琦，讓幾個孩子在馬車上挑選東西。

那姚貨郎也被剛才的氣勢震住了，此時回過頭來，立刻發揮他的三寸不爛之舌，又是嬸啊姊的向在場的人介紹貨品，怎麼好聽怎麼說，馬上就讓一旁的人忘了剛才的尷尬事，高高興興地挑起東西來。

這貨郎可不是挑著擔過來，而是趕著馬車來，整個車廂被他做成敞開式，又是匣子又是貨櫃，車廂一打開，所有的貨物一覽無遺地展示在眾人面前。

備的東西很齊全，都是鄉里人日常所需，有木桶、木盆、菜刀、鐵鍋、各色布疋、米麵糧油鹽、各色調料、碗碟筷子、炒貨糖果點心，小到繡花針、各種絡子繡帕等等；而且他不僅賣貨，也收貨，如一些山珍乾貨、帕子絡子、繡品，或一些編織的竹筐、竹籃等等。

一般鄉下莊戶人家，家裡沒有牛馬等代步工具，去一趟城裡、鎮裡很是不便，若是搭車還得付車資，所以鄉里人家對這類貨郎都很歡迎。

岳東根在旁邊鬧著他娘，看見琬兒捧著一大包糖，眼裡直冒火。

他一定要買比那死丫頭還多的糖！

只是他鬧了半天，他娘都沒搭理他。

孫氏也不是捨不得給兒子買，只是她向來摳門慣了，本想引得喬明瑾丟臉一場，只是人家連甩都沒甩她，心裡正氣著，又看到喬明瑾生的那個賠錢丫頭給秀姊的兩個孩子都付錢買了糖，沒道理不幫忙親堂哥付錢，就只在一旁看著。

只是她的算盤落空了，因為沒有人理她。

喬明瑾連眼神都沒有給她一個，只當她不存在，而琬兒也沒什麼血緣及什麼堂哥、堂妹的感情，她只知道誰對她好，她就跟誰好。

孫氏看了大半天，發現她說了戳心的話，人家根本沒在意，沒事人般地挑著東西，偶爾還和村裡人聊上一、兩句，頓時就氣呼呼地扭身走了。

而于氏看兒子北樹鬧得厲害，只好咬牙掏了十文錢也買了一包糖塊，看兒子還巴著貨架準備挑別的東西，急忙揪著兒子的手臂跑了。

喬明瑾在貨架上挑了半天，買了一把剪刀和一副繡花針，又叮囑了兩個孩子幾句，跟秀姊打了聲招呼就轉身回家。

半個時辰後，她正在屋裡給兩個孩子裁布，準備幫兩人做身衣裳，就聽到明琦在門外喊道：「姊，姚貨郎想到我們家裡討杯水喝！」

「喔，那快請人進來吧。」

她出了房門，看到明琦和琬兒已是領人進了院子。

喬明瑾這處屋子建在村子周邊，此時正是午飯後，眾人都在家歇午或是在林子裡挖木樁，倒也沒什麼人路過。

貨郎經常到村裡鄉親的家裡討水喝，走時再灌上一壺熱水，如果見到貨郎進到誰的家裡，一般都不會有人說道些什麼。

姚貨郎捧著茶水喝完後，看兩個孩子已在後院玩，便給喬明瑾遞過去一個包袱。

「這是上個月的二十兩銀子，喬姊姊看一看。」

喬明瑾打開包袱看了看，是四個五兩的銀錠子，又把包布包了起來。

她笑著問道：「午飯可是吃了？」

「吃過了，車上帶了乾糧。」

喬明瑾給他拿了幾塊糕餅，看他不客氣的抓著吃了，又說道：「一會兒我再給你泡壺熱茶，讓你裝在竹筒裡帶在路上喝。上個月生意如何了？」

那姚貨郎抹了兩下嘴巴，揚著臉，高興地對喬明瑾說道：「生意好著呢。上個月我兄長在青川收了一批舊衣，又很是幸運地從一戶著急搬走的大戶人家那裡淘換到不少好物品，運到臨川賣得極好，得了一倍的利！我爹他們喜得嘴都合不攏。我二哥成親時，看喬姊姊沒去，爹娘還遺憾得很呢！」

喬明瑾笑了笑。「以後會有機會的，只盼你們生意做大了，我也能每月分到利錢。」

姚小郎便道：「喬姊姊放心吧，我們一家人都念著喬姊姊的恩情呢，斷不會做那過河拆橋的事。」

喬明瑾點了點頭，聽他彙報起上個月的生意來。

這姚小貨郎名叫姚平，年方十八未滿，家中排行第三，上頭有兩個兄長叫姚富、姚貴，都已是成親，下面有一個妹妹叫姚安。

他父親姚光年紀也不大，只四十出頭，頭幾年經常來下河村挑擔子賣貨。

這一家子，從爺爺輩就是挑擔的貨郎。

三兄弟加上父親，四個人都是挑著兩個籮筐的貨品，臨村竄巷這般兜售的，沒讀過什麼書，又沒有代步工具，從早到晚這般辛苦，只賺個腳力錢，家裡連畝良田都置辦不起。

喬明瑾其實早就認識這一家子。

她剛嫁過來時，是姚平的父親姚光領著他大哥姚富來村子裡賣貨，一個月一般能來個

四、五趟，偶爾她會在姚貨郎那裡買些小東西。

岳仲堯走了後，喬明瑾偶爾會從姚貨郎那裡拿一些絲線，做一些小的絡子賣給他，一個月也能存個上百幾十文。

後來，喬明瑾有想著要繡些帕子和做些絡子賣給他們，只是一直沒那個閒空，搬出來後，手裡只有十五個銅板，一來沒本錢買那帕子和絲線，二來也費時費神。

之後偶然一個機會，她給喬父攬了書店抄書的活，看到這抄書的活有錢賺。當時藍氏也幫著抄，速度還快得很，一本書能得個二十文左右，藍氏的小楷又寫得相當好，喬明瑾覺得祖母的這個手藝不能浪費了。

她就從書店掌櫃那裡得知大戶人家也有找人抄經書的，那些經書抄得好的，可是比在書店抄書得的錢更多。

那些大戶人家的子女，嘴上說著虔誠，說是要抄經書供奉佛祖，可哪有幾個是自己親手抄寫的？就跟做嫁衣、繡嫁妝一樣，別人做好後再添補幾針罷了。

那掌櫃的當時告訴她，若是想著每本多拿些錢，不如去攬些經書來抄，就是寺廟中也經常有找貧窮秀才幫忙抄經書的活計。

當時正逢姚平來家中討口水喝，喬明瑾就拜託他利用挑擔賣貨的便利，幫著問問哪家有需要抄經書的活計，也不讓他白做，他每攬回一本，她就從每本中抽兩文錢給他。

看他有些意動，她又指點他一條生財的道。

喬明瑾聽說他父兄白日裡備貨挑擔地賣，而家中還有母親和嫂子、妹妹在，家裡沒田沒地的，三個人平時就在家攬些漿洗的活做，辛苦不說，還得不了幾個錢，就指點他備些胭脂水粉、頭花帕子、香膏等等，或是話本小說到大戶人家裡兜售，賣給那些悶在家裡的太太、小姐們。

時下的女人極少在外拋頭露面，大戶人家的女子更是大門不出，二門不邁。可她們悶得狠了，也渴望瞭解一些外頭的八卦，像尋常男人或是小戶女兒那樣到街上挑揀貨品，享受討價還價之趣。

而且除了這些太太、小姐們，大戶人家裡也多的是不能出門的僕婦和丫鬟、小廝們。姚家兩代人都是貨郎，走街竄巷、耳濡目染，自是知道什麼人會喜歡什麼貨物。

喬明瑾只是這般點撥了一下，那姚平就明白了。

他本就是個腦子活絡的，每次他到下河村來，嘴巴甜，嘴皮子還索利，每回賣出的東西都是他爹和兩位兄長的好幾倍，別人可能不需要、不喜歡的東西，都能被他說得乖乖掏錢來買。

喬明瑾點撥他，讓他娘和嫂子備些女人需要的貨品往那些大宅門裡兜售，他立刻就懂了，又是作揖又是道謝，馬不停蹄地跑回去告訴家人。

隔了幾天，他不僅幫喬明瑾在大戶人家那裡攬到抄經書的活計，還買了一堆東西來謝喬明瑾，說是才幾日工夫，他娘和嫂子在大戶人家那裡賣得的錢，就比他們父兄合起來一個月賺的數目還多。

婆媳倆不僅賣東西，還把市井八卦，哪家哪處又生了什麼新鮮傳聞，維妙維肖地學給那宅門裡的太太、小姐們聽，得了不少賞錢。

婆媳倆的荷包鼓了，走路都忍不住有輕飄飄的感覺。

婆娘們高興，幾個老爺們更是高興，以後不愁備貨的錢了。

就是家中最小的妹子都有熱心人幫著牽線搭橋，很快就指了一門好親。

後來喬明瑾把祖母和爹爹抄好的經書讓姚平幫著送回去，姚平再幫著他們在青川縣的兩個寺廟攬了抄經書的長期活計，一來一回的，那姚平也跟喬明瑾熟稔了起來。

喬明瑾又指點了姚平幾回，使他們姚家的生意更是好了幾成後，他們更相信和信任她；後來喬明瑾賣算盤得了銀子，就正式找姚平商量合作。

她願意給姚平一百兩銀子做為本錢，當做她的入股金，讓他們備些更好的貨，做更遠地方的生意。

而她，不管將來他們姚家生意做到多大，她就只以一百兩的本錢計算，每個月她只分二十兩的花紅，持續三年，並要在衙門簽下文書。

喬明瑾算過姚平一擔子的東西，就算平時父子四個都挑擔去賣，家產最多不超過五十兩，不會有多的，不然也不會攢了兩代，連租一個鋪子的錢都沒有。

姚平回去後，第二天就拉著他父兄過來了。

姚父那時很是激動，客套過後就直接問道：「喬娘子是說可以幫我們家開鋪子？」

開鋪子，這可是他們爺孫三代人的願望啊！

姚平的長兄姚富問道：「喬娘子真的願意出資幫我們？」

他二哥姚貴問：「喬娘子能幫我們買到馬車？讓我們把生意做到臨縣？」

喬明瑾一一點頭。

最後還是姚平問到重點。「喬姊姊是說以後都按一百兩來算乾股？不管我們家以後積累到什麼程度？」

當時喬明瑾很是意外地看了他一眼。

沒想到姚平雖是父子四人中最小的，卻是最精明的一個。

「是的，不管你們以後生意做到多大，哪怕鋪子開到京城，我都不會分你們的股，最起碼三年內，我都會以最初投入的一百兩來算。三年後，你們可以解約，或是再商議；但是有一點我得先說明，就算你們前幾月或是前一年，你們一個月賺不到二十兩銀子，從次月開始，我也是要每月收二十兩花紅的，即便要你們自己貼錢給我。」

姚家父子齊齊對視了一眼，就爽快地應了下來，隨後也很順利，次日文書就在衙門做了公證。

訂了文書後，也很巧，喬明瑾得知有一批從戰場流出來的老弱戰馬要賣，讓他們以三十兩銀子買了一匹，又花了五兩銀子做一個特別的車廂。

有了車子後，備的貨也就多了，走得地方能更遠，挑的都是遠離城鎮、去市集不便的山村。那一馬車滿滿當當的貨物，很快就在偏遠的山村裡賣了個精光。

他們不空車打回，又從各個山村裡收了不少山珍山貨、蜂蜜、皮子、野物等等，在回來的時候分了一、二、三等，用小竹籃做了精緻包裝，在青川城裡又賣了個精光，大賺了一筆。

接著喬明瑾又指點他們去當鋪買一些別人死當的舊衣，然後拿回家漿洗翻新，運到臨縣的鄉鎮去賣。

那當鋪的衣物不是太舊，最差的也有六成新以上，不然當鋪也不會收，能當到當鋪裡的衣物，一般都是比較好的衣物，或是皮毛，或是綢衣錦緞。

當鋪大多瞧不上衣裳這門生意，不僅要有專門的人來打理，還要騰出地方放置，若是沒人買放得久了，還會遭蟲蛀，所以見到有人專門來買，兩相權衡之下，只在典當價格上加高了一點價錢，就痛快地賣給了姚家父子。

父子幾人把衣物拿回家處理後，看起來又有了八、九成新。

他們沒訂太高的價格，只在買價上加了兩成，相比於買這樣一件新衣的價格，實在太實惠了。

有些莊戶人家在布店買不起成衣的，或是有些小戶人家想著在過年過節時、或是有訪客的時候，能有件好衣裳打點門面的，瞧著這與新衣相差無幾的成衣，價格又能接受，便爽快地掏錢買了下來。

那一車舊成衣在臨縣被搶購一空，他們又是大賺了一筆。

如此搗騰幾回，很快就攢了一筆錢。

之後，喬明瑾看舊物翻新大有可為，再指點父子幾個專門到舊貨市場，或是要搬家換宅的人家那裡，把人家不要的舊家具、舊門窗板材、舊書、舊花盆、石料什麼的統統都換來，回家翻新了，再把它們賣到需要的人手裡。

那些舊貨全部以舊翻新，或是改頭換面，很快就以更高的價格賣了出去。

才一個月工夫，姚家已經相繼買了兩輛馬車。

就在上個月，姚家已是在青川縣租了一間小門面，開起「姚記雜貨鋪」，圓了姚家三代人要開鋪子的願望。

開張那天，喬明瑾沒去。

後來姚平跟她講，他父親在鞭炮聲中淚流滿面，一整天坐在櫃檯前捨不得離開……

喬明瑾投出的本錢還沒收回來，但從第二個月開始，她就按文書的約定拿分紅了。

如此，她三個鋪子一個月租金收三十五兩，現在又加上每月能從姚家分得二十兩花紅，這樣算來，她一個月就能穩定地拿到五十五兩的銀子了。

就算那根雕作坊半年、一年才能賣出一件成品，她也不擔心沒錢花用。

而自從兩家簽訂了文書之後，姚家便跟喬明瑾聯繫緊密，偶爾會帶一些吃用的東西過來給她們娘倆。

當然這事除了喬明瑾以外，無人知曉，她總要留一些後路。

而明琦和琬兒見了，都只以為姚小哥是來討水喝的。

她不擔心姚家人會欺瞞她。

那姚家短期內還要靠她出一些主意，他們家又沒出過讀書人，也沒什麼見識，等以後生意做大了，她也不擔心。一來她只以她當初投入的一百兩來算本金，只分她自己的錢；二來周家在那裡，她可以狐假虎威地利用一下，姚家哪裡敢欺了她？三來，等他們生意做大了，那二十兩銀子只怕姚家還不看在眼裡。

好在合作至今，那姚家還是那種老實懂感恩的人家。

姚平每次來都很是親切地叫她「喬姊」，都不空手來，或是自家娘親和嫂子做的一些吃食，或是一些從山裡收來的山貨蜂蜜或是糖塊糕點什麼的，兩個孩子每次都有口福得很。

然後姚平每次都會在喬家坐一會兒，把這一段時間家裡鋪子的生意，走貨的狀況跟喬明瑾彙報一下，再從喬明瑾那裡得一些建議或是指點。

一個月二十兩銀子，對於周六爺那樣的人家來說，不算什麼。

不過對於在下河村生活的喬明瑾來說，這些銀子起碼能讓她們母女頓頓吃飯，再炒上一個肉和菜，卻不引她心疼了。而且她還能收三年花紅，很不錯，不是嗎？

第三十章

姚平走後，喬明瑾盯著四個五兩的銀錠子，足有一炷香的時間。

這些銀子相比於她和琬兒剛搬出來時的那十五個銅板，已是天壤之別。

十五個銅板連一升糙米都吃不起。

以前看女兒不作聲地嚥下粗糧，她見了酸澀無比，後來給女兒買回一些碎米煮粥後，也捨不得多放一把給自己添一碗。

如今總算是口袋裡有錢心不慌了。

除了有銀子，家裡也有了糧。

家裡的雜物房又擴了擴，裡頭堆著十來個大缸，比之家裡原先裝水的大水缸只大不小，裝滿了娘家那邊運過來的穀子，還有蘇氏一家繳上來四畝水田的租糧。

蘇氏一家還很貼心地把一百斤穀子都脫了粒送過來。

如今十來個缸子裡，有兩個大缸裡裝了白米，其餘幾個缸裡則是裝了穀子，還有一些豆子、花生、芝麻等雜糧，她們娘倆和明琦就是吃到明年都夠了。

作坊那邊也專門闢了一間大的雜物房存糧。

看天吃飯總是有些不靠譜，不知道什麼時候就會來個天災人禍，還是多備些糧心裡有底，災年時，就算有黃金也不一定買得到糧食。

所以蘇氏交上來的租糧，喬明瑾都沒有賣掉，而是全部存了下來，再加上娘家人送來的一部分，存夠一年的糧，她才覺得安心。

又過了半個月，周管家帶來了好消息。

「喬娘子，妳不知道，那茶臺都賣瘋了！我們六爺想留幾張送人都沒有貨，就是鋪子裡擺的那兩張樣品也被人高價買去了。」

周管家一臉的喜氣，憋了這麼久的濁氣終於一掃而空。

當初他們家六爺讓他到鄉下管什麼作坊的時候，得知消息的人就開始逢高踩低了起來，都說他把六爺得罪狠了，才把原來在府裡連幾個太太都要讓三分的二管家打發到鄉下地方。

他也以為是六爺棄了他，沒想到這才沒多久，又有人巴結上他了。

喬明瑾聽了周管事的話也很是高興，給周管家倒了一杯茶。

周管事連忙起身，畢恭畢敬地接了。

喬明瑾這才問道：「除了現貨，可有收到訂單？」

周管事啜了一口茶，把茶杯放在茶几上，開始比手畫腳起來。

「怎麼沒有？那訂單跟雪片一樣！這年頭是個太平年景，誰不愛附庸風雅？那茶臺有大有小，又精緻，刻的東西也有意境，誰不想買一套放在家裡？就是鋪子裡擺的那一個茶桌，連著幾個木頭凳子都被人搶得快打起來了。我們爺只說那是個樣品，暫時還不出售，把人急的，託了不少關係，想跟爺說情把它們抬回家。」

周管事笑得兩眼瞇瞇，心情極好。

喬明瑾聽到自己設計出的東西有人捧場，當然也是高興得很。

「現在你們六爺接了訂單是怎麼安排的？這都好幾天沒見到他人影了。」

「喬娘子不知道，家裡來了不少的嬌客，我們爺是不耐煩應付她們，加上鋪子裡茶臺大賣，天天有人請我們爺出去奉茶、吟風詠月；我們爺雖然不耐煩這些，不過為了躲清靜，也為了鋪子裡的生意，天天在外面應酬不回家，那訂單也是越接越多。」

他頓了頓又道：「爺說這些訂單就讓城裡的鋪子趕製出來，城裡人手多，爺在外採買的一些好木料都到了，正在加緊著呢！有些下訂單的人家還自己訂下料子；不過爺也說了，在城裡製作茶桌不方便，沒有那麼大的地方，畢竟茶桌太大了，而且那木樁送進城也不方便，就讓下河村的作坊製出來。爺接了幾張要緊的單子，都是要茶桌的，所以我方才到作坊，已是吩咐何師傅他們加緊趕製了。」

喬明瑾點了點頭。「嗯，這樣很好。前頭運來的那幾車木樁，我瞧著倒是有好些好的木料，正好可以挑幾個出來做成茶桌……」

喬明瑾和周管事談了將近一個時辰，才送周管事離開。

當「雅藝」根雕作坊的茶臺、茶桌開始在青川風行的時候，日子已進入了十月。

天氣漸漸冷了起來，偶爾還會颳著風，風漸起，更覺寒意沁人。

喬明瑾早早就讓雲錦到城裡買回了半屋子的木炭。

作坊的木炭也跟家裡的是一樣的，早早就堆了半個雜物房，用麻袋子裝著，挨挨蹭蹭地堆著。

雖然還不到燒炭的日子，但天越冷，那柴炭越貴，三等的炭都能賣到一等的價錢，這樣的事她還是很會算的。

後來周晏卿來看過，對她的未雨綢繆很是好笑，說入冬後，他會讓人送幾車好炭過來，哪裡會缺了她的用度？

喬明瑾也不矯情，半點推託都沒有就應了下來。

而雲錦的兒子小雲巒，自從何氏讓人帶信回去後，雲家大舅就親自把他帶了過來，來了之後就一直住在喬明瑾家裡，整日和小琬兒玩鬧，非常開心快樂。

喬明瑾自從茶臺和茶桌在城裡大賣之後，也忙碌了起來，照顧兩個孩子的任務就全交給了明琦，有時候連午飯都是在作坊那邊用的。

害得明琦天天跟在兩個孩子後面，喘著粗氣追著跑，每天都憤憤地跑到喬明瑾面前抱怨，她整天都累得像狗一樣。

而雅藝根雕作坊的名字，則是喬明瑾和周晏卿一起取的。

自洗頭椅更名叫雅榻之後，喬明瑾就很是喜歡「雅」這個字。

本來這個作坊從籌備到開張，兩人曾想了無數個名字，可就是沒個可心的。好在作坊開了兩個月後，終於憋出了這麼個眾人一致通過的名字。

周晏卿還是隔三差五地到下河村來一趟，每次來，也總是自備吃食帶過來。

小琬兒對他的來訪已是平靜許多，不再像初時那麼期盼了；倒是小雲巒，自來了下河村後就變得十分活潑開朗，跟周晏卿也不認生，聽到馬車聲響，就拉著小琬兒到外面伸長脖子，翹首盼望。

而自城裡人得知周家的木匠鋪子經常出新奇物事後，日日都有人跑去光顧，周家的木匠鋪子生意也好了幾成。

那鋪子裡除了有茶桌、茶臺，不久前還擺上了根雕作品。

一個孔雀開屏的根雕樣品就擺在鋪子的正中間，引來觀者無數，每日鋪子裡門庭若市。

整件作品是用百年茶樹根製作而成，在雕琢上用了「三雕七磨」的手法，經由作坊的全體師傅花了一個月時間精心打造。

整件作品高、寬約七尺，保留了木椿的自然顏色，並沒有做著色處理，只是塗上了一層清漆，又經過防腐、防蛀、防裂等工藝處理後，再由眾位師傅根據木樁原始形態、根枝的原始造型精雕細鑿而成。

根雕外形如同一隻開屏孔雀，於是這件作品巧妙地利用了原有的線條和輪廓，孔雀雕刻得栩栩如生，開屏的羽毛幾乎不加任何修飾，自然地表現出來；而孔雀的頭部則是用樹樁留在地上的那一段進行雕刻，線條極為流暢，就像天然長出來的一樣。

這件孔雀開屏擺設一擺在周家的木匠鋪子，當天就轟動了。

雅人也好，俗人也好，來參觀的人絡繹不絕。

青川城裡有幾家大戶當場就拍板說是要買回去，可周六爺沒搭腔，只說這是他們鋪子的鎮店之寶，暫時不會出售，若是對這類根雕作品感興趣，請期待下一件作品。

周六爺放出話來，自然是把眾人的心都高高吊了起。

那有錢人家的老爺、少爺們每天都要派家裡的小廝去那木匠鋪子跑一趟，看有沒有新貨出來。

孔雀開屏獲得了青川城裡有錢人的青睞之後，雅藝作坊的眾位師傅都熱情高漲了起來，後又聽到這件孔雀開屏最後的價格竟哄抬至三千多兩，更是如同打了雞血一樣，個個摩拳擦掌，恨不得立時就獨自製作出一個更優秀的作品出來。

而周晏卿請的往各處採買木樁的人，自得了消息後，越發經心。

那木樁一車一車流水般地往青川城裡的下河村運，皆是紅木、楠木、黃花梨、雞翅木等名貴木料的木樁。

而附近的村民得了下河村在收木樁的消息之後，還派人親自過來察看，得了確切消息也趕著回家拉著自家人，再夥同七大姑、八大姨的到處找木樁，竟引得後來紛紛仿效的別家木匠鋪子沒木樁可收，得往更遠的地方、花更多的成本去收。

而每到冬日，農田都閒了下來，往常這時候，外出到城裡打零工的人很多，壯丁勞力一般都出門了，家裡只留著一些老弱婦孺在。

如今得了雅藝作坊收木樁的消息，一個木樁價格能賣不低，比打零工還划算，個個都會算得很，自然是到處去找木樁挖。

而下河村林子裡的木樁挖得差不多以後，有心的人也開始往外尋找。

喬明瑾怕這些人被錢沖昏了頭腦，沒有木樁挖，反而去砍樹，做殺雞取卵的事，很是憂心。

在她收到一個剛砍不久的新木樁之後，就對外宣佈她不要新的木樁，只要砍伐時間在一年以上的；又問明了那來賣貨的隔壁村村民，得知他家是因為冬日裡想蓋幾間廂房，上山伐木材，然後順便挖木樁，喬明瑾才把他的木樁收了下來，不過若有人再送來一年以內的木樁，她就不收了。

而自雅藝作坊出了孔雀開屏，作坊裡的師傅們也陸續出了自己的作品，有大有小，有精品也有一般成品，造型也是各異，充分發揮了眾人的想像力。

岳大雷出了一個仕女手執宮燈，何三得了一個花臺，何夏則是一個仙鶴展翅，何曉春作了一尊春常在。

城裡來的師傅也出了幾個精緻的作品，有金雞報曉、魚躍龍門，或是吉祥擺設，或是羅漢，或是飛天的。

這些擺設都得了喬明瑾和周晏卿不住地誇讚。

而其中，何師傅則出了一個飲水思源，有假山有流水，有亭臺樓閣還有小兒嬉鬧，整件作品極為生動有趣，富有生活氣息。

飲水思源的名字是周晏卿取的，那廝好像比喬明瑾更擅長取這些文謅謅、迎合時下人們口味的名字。

取完名字的當天，周晏卿就讓人把它拉到木匠鋪子裡，剛擺上的隔天，就被派小廝蹲守的大戶人家花了五百兩銀子買去。

聽說那位老爺後來還專門搞了一個宴會，請了城裡無數老爺、公子過去觀賞他買的得意之作。

如此，更是引得周家鋪子火熱了起來。

而周晏卿從城裡派來的木匠中，唯一一位帶徒弟來的大師傅吳庸，出了一件大型的大肚彌勒佛的擺設。

那彌勒佛笑容慈祥，半掩袈裟，一手置於膝蓋之上，另一手握著佛珠，腳踩蓮花寶座，神情慵懶。

整件作品雕刻完成之後，整個作坊的人神情肅穆，恨不得立刻跪下去狠磕幾個頭。

事實上，真的有人這麼做了。

馬氏一看，立刻就腳軟，撲通跪下了，又是敬畏又是誠心地磕了幾個頭，還兩手相合對之念念叨叨，不知是不是讓彌勒賜她個兒子。

何氏見她這樣，也跟著磕了幾個頭。

這年代的人對佛祖很是敬畏，有些事不是喬明瑾能多言的，她在旁邊看著，也沒敢說什麼話。

最後作坊裡的眾人都輪著拜了一遍，她只好從善如流，領著三個孩子到跟前磕了頭。

那件精緻的彌勒佛擺設卻沒能運到城裡的鋪子，因為當天村子裡就知道了。

眾人紛至沓來，連村長都驚動了，攜妻帶孫的跑來看熱鬧，最後也跪下來磕了幾個頭。

村裡人一趟接著一趟地來磕頭，最後幾乎整個村子裡的人都來拜過一遍，連吳氏、孫氏和于氏都紆尊降貴來拜了一遍後，那彌勒佛還是沒能運出去。

因為族長找上了周晏卿。

「你說什麼？族長要把這個擺設留下，放在岳家祠堂裡？」

喬明瑾聽了周晏卿的話很是詫異。

村裡人一直以為這作坊是周家的，而喬明瑾是替他們代管的，只是幫著周家收木樁而已，所以族長有事一般只會找周晏卿。

喬明瑾倒也不在意，錢又沒少拿一分，攬那些麻煩事做什麼？

「嗯，村長說這尊彌勒佛，就留在村子裡，放在祠堂裡供起來，享受村裡人的香火，也好讓祂庇佑下河村的子子孫孫。」周晏卿閒閒說道。

喬明瑾呆了，不過是一根木樁，沒挖出來的時候不過是山上風吹日曬的爛木頭而已？什麼時候成了要享人間煙火的天上神仙了？

周晏卿看喬明瑾那樣，也知道她心裡在想著什麼，笑著說道：「妳不必詫異，這東西未雕出來，的確只是一根不起眼的木頭而已；可是那香火旺盛的寺裡廟裡，那木雕的、泥塑的、玉琢的菩薩，未雕成前還不是什麼都不是？它雕出來了，自然就有了靈氣了，也不怪族長會那麼想。」

喬明瑾左瞧右瞧都看不出來，這木樁哪裡有靈氣、有佛氣了。

不過她也不好駁了，便問道：「那你應了？」

周晏卿看著她說道：「妳是希望我應了還是不應了？」

喬明瑾看了他一眼，想了想說道：「本來是我們作坊出的東西，這一下子就成了村子裡的了……不能把它放在我們作坊裡嗎？也好給我們作坊添些名聲。」

周晏卿看了她一眼，說道：「如果要留下，也不能放在我們作坊裡。妳想，這幾天別說下河村了，就是上河村的人得了信，說是一根木樁有了靈性，化身佛祖下世，那聞訊而來的人還少嗎？到時把它擺在作坊裡，人來人往的，打擾了師傅們耽誤活計不說，搞不好還香菸裊裊的，這作坊都成了寺廟了，誰受得了？」

周晏卿頓了頓又道：「再說這東西放在村子裡供起來，有族長看著，念著這佛是出自我們作坊的，將來在村子裡或許會多照應我們一些；來祭拜的人多了，我們作坊的名聲自然就傳出去了，還愁東西賣不上價？」

「你倒是想得長遠。」喬明瑾笑著說了句，這奸商奸商，果然沒說錯。

兩人商量妥之後，又跟吳庸師傅也商量了一番，畢竟東西做出來不賣，他就少了一份分紅；哪料吳庸師傅很爽快地應了，還親自淨了手，在族長領著村裡的幾個族老恭恭敬敬地要把這尊彌勒佛請到祠堂的那天，跟著捧了過去。

作坊裡的眾位師傅看到吳師傅的作品受到如此追捧，自然更下力氣，你追我趕的，作坊裡勁頭十足。

而吳庸師父打造的第一件根雕作品得了成功以後，又帶著他的徒弟選了一塊楠木，馬不停蹄花了半個月時間又打造了一尊更精緻、更出神入化的彌勒佛。

因他之前製作的那尊只是初次練手，並沒有選擇好木料，不過雕出來後得了下河村人的追捧，他便有了十足的信心。

有了經驗，第二尊彌勒比之第一尊更好了十分不止。

這回周晏卿學精了，生怕又有什麼人來搶，不僅讓吳師傅領著徒弟關起門來悄悄製作不說，一得了手立馬就蒙了蓋頭，把這尊佛運到了城裡。

隔天在鋪子裡展出，周家鋪子又一次轟動了。

在周晏卿特意擱了三天後，就被城裡一位有錢老爺扶著吃齋唸佛的老娘過來，以一千兩的高價把這尊佛請了回去。

當周晏卿把錢拿回來之後，作坊眾人無不與有榮焉，當天就在作坊裡擺酒慶賀了起來。

慶賀宴自然是酒美，菜更香。

周晏卿在吃這件事上，從來就不捨得虧待了自己，每次自帶的伙食都是極其精緻，就連肉，都要是里肌肉。

周府的廚娘們給周六爺裝了幾次食材，自然十分熟稔，知道要如何討得這位掌著家中大半生意的六爺歡心。

周六爺呢，一向自詡是個雅人，自然是跟莊戶人家大口喝酒、大塊吃肉、見了肉兩眼放光的人不一樣，雅人一般只吃七、八分飽，在下河村吃飯，自然又要略減一、兩分，反正馬車上還裝著各種糕餅點心。

雖然喬明瑾家裡的茅廁已是大有改善，甚至比他們周府還要周全些。

但是，一想周六爺要在下河村如廁，找喬明瑾要什麼廁紙、竹篾，或別的什麼刮用一類的東西，這位周雅人想必是更寧願去死的。

所以，諸如此類的種種好食材，就便宜了喬家的三個孩子。

琬兒當然是長了一圈肉，略低頭都能看到雙下巴了，小肚子只要吃飽些，都能瞧見撐起的小肚皮，而小雲巒更是大快朵頤。

此次也是，作坊裡架了三桌，給了他們小孩子一小桌，連著秀姊的兩個孩子，五個孩子只恨不得把頭埋進碗裡。

這次他們不僅把來幫廚的何氏、馬氏叫來，連做雜活的岳冬至和石根也都叫了來。

那兩人在作坊也做了一段時間，主家給工錢痛快，而他們家就在下河村，按理是不包中飯的，可有時候正好碰到吃飯時間，眾人還是會招呼他們倆吃上一頓。

他們倆本來還擔心喬明瑾知道或告知周六爺，很是忐忑。

沒想到人家不但沒說什麼，看他倆家裡困難，每回周六爺給作坊多帶了肉菜過來，還會分些給他們拿回去，兩人喜在心頭。

作坊裡燒飯要用的柴火、烘木樁要的柴火，都是兩人去林子裡撿回來的。

那木樁乾燥除了露天自然乾燥之外，還有一法就是用火烘，所以每次都需要很多柴火。兩人每天都要往林子裡打上一車柴，就連喬明瑾家裡用的柴火，那兩人也都包攬了，讓喬明瑾很是省心。

這一頓慶功宴自然是吃得兩人高興萬分，主家每回吃席都不忘了他們，把他們當成作坊的一分子，兩人非常知足，荷包鼓了，臉上也不再愁苦了。

酒足飯飽，岳冬至和石根等人散了之後，喬明瑾和周晏卿便叫了眾位師傅一起，重新擬了一些規定。

首先，提拔何父和吳庸為作坊裡的大師傅，月錢升至五兩。

作品上，除了打上雅藝作坊的標誌外，還可打上大師傅的名號，獨立完成的作品也可分得售價的一成作為花紅。

所以何父已分得了五十兩花紅，而吳庸師父則分得了一百兩。

此外，還規定其他人若是所做成品的一年售出總銀達到千兩，次年也可有機會升為大師傅；在成為大師傅前，月銀為二兩，分得花紅是自己獨立作品的二十之一。

對於新規定，眾位師傅皆沒有異議，沒有人抱怨，反而使他們升起了濃濃的信心，正待摩拳擦掌大幹一番。

不管是城裡來的八位師傅也好，還是何父、岳大雷等人也好，之前別人請他們去做活，哪裡有分花紅這種做法？都是主家吩咐打什麼家具就打什麼家具。

如今有了固定的月錢不說，還能抽成，這樣的結果真是想都不敢想的。

眾人卯足了勁想多做一些成品，好早日升為大師傅，也好攢上一些錢置一些產業。

慶功宴當天，周晏卿臨走前，遞給喬明瑾一個楠木的細長匣子。

喬明瑾不明所以。

周晏卿眼神有些閃躲。

喬明瑾更感意外，什麼時候，回回意氣風發，天地間一切盡攬的周六爺竟有了這樣的眼神？做什麼虧心事了？

有古怪。

喬明瑾狐疑地打開匣子。

一支鑲了寶石、嵌了珠翠的攢絲赤金蝶趕花釵子安靜地躺在紅綢裡，光芒萬丈地顯現在她的眼前，極為精緻，晃一晃，蝴蝶翅膀還會微微搧動。派頭十足，做工複雜不說，連蝴蝶翅膀上的花紋都細細雕了出來，這等工藝絕不是青川縣的金銀鋪子出得來的。

「送我的？」喬明瑾抬頭盯著周晏卿。

周晏卿臉色微紅，勉力使自己鎮定下來。

他周六爺什麼場面沒見過？他握拳作勢咳了幾聲，片刻就神色如常，說道：「廢話，不是送妳的，難道還是我託妳之手轉送他人的不成？爺沒那閒工夫。」

喬明瑾看他一臉強裝鎮定的臉色，又是意外，又隱約帶著些驚喜。

她也是個女人，女人總是喜歡收到一些別人送的禮物，各式各樣，無關價值。

「為什麼送我？這算不算私相授受？」

喬明瑾盯著他開玩笑。

周晏卿斜了眼前這個女人一眼。本來他有些不大自在，仗著個子高，越過這個女人有著一頭濃密烏髮的頭，眼光落在前方不遠處。

此時見這女人坦蕩蕩地開自己玩笑，他像被人悶聲捶了一拳。

敢情人家淡定自如得很，就他像個傻瓜一樣。

他什麼場面沒見過，他……他有什麼怕的？他才不怕。

周晏卿狠狠刮了喬明瑾一眼，又恢復富家公子的模樣，要是有紙扇在手，都能流裡流氣地搧幾下。

周六爺盯著她，閒閒地說道：「妳是不是想多了？」

見喬明瑾仍盯著他臉上看，似乎在等一個什麼合理的解釋，她清了兩下嗓，又道：「爺就是看妳一年到頭插著一支爛木頭釵子，有點毀爺的形象，要是讓人知道我周晏卿的合夥人竟是這樣的村姑婦人，還不得笑死人哪？爺賞人金釵、銀簪的多了去了，也沒見有人說爺私相授受什麼的，妳一個村姑懂什麼私相授受？哼。」

喬明瑾斜著眼看他。「我這個村姑，就是沒吃過豬肉，也總見過豬跑不是？我本來就是一介村姑，你周六爺現在才知道跟我合作丟臉面了？不過瞧你賣力為作坊挽救形象的分上，本村姑就勉為其難把它收下，就不道謝了。」

周晏卿瞧著這個女人坦然地把他從京裡精心挑選的金釵收了下來，一口氣悶在心裡。

這好像不是他想要看到的畫面……

本來他還準備了一籮筐的詞，等著在她拒絕的時候用上。他以為這個女人會跟別的女人一樣，羞答答地推辭一番，他再勸，她再推，再勸，又再推，如此三番，經他三寸不爛之舌一通說下來，她才會勉強收下。

沒想到，他想了一晚上的詞竟是一點都沒用上。

周晏卿恨恨地盯著眼前的這個女人，恨不得把她的腦殼敲下來，打開看一看裡面是什麼構造，為什麼會跟別的女人不同。

喬明瑾可不知他的這番心緒起伏變化。

收禮物，在現代就是平常的事。沒事就相互送禮，也沒人要求她要以身相許什麼的。她收禮物自然是收得高興，任誰看到這麼一支金光燦燦，又無比精緻的首飾都會心動；雖說她已有幾個錢了，肉都捨得天天端上桌了，可就是不捨得跑一趟金銀鋪子買一支像這樣的金釵。

周晏卿看喬明瑾從接到匣子後，就一直敞開著匣子細細欣賞，眼底透著喜氣，但又不是那種欣喜若狂，見之兩眼發光的喜。

欣賞中帶著收到禮物的喜氣，是這樣吧？

反正不管怎樣，他周六爺心裡那股鬱氣反正是消散了。

只要她高興就好。

第三十一章

周晏卿送的那支顯擺的金釵，被喬明瑾收了起來。

她可不敢在下河村戴出來，太惹眼了，沒準兒光吳氏的眼神就能戳穿她。

現在吳氏天天等著捉她巴上男人的把柄。

作坊上軌道了以後，喬明瑾有空閒就把三個孩子拘在家裡，教三個孩子撥算盤玩。

而明琦那邊，喬明瑾自從她學會算盤之後，已改教她別的東西。

除了讓她每天練大字之外，還讓她學一些女子啟蒙的書。

喬明瑾知道奶奶是想把自己教成大家閨秀，她不知道她爹和奶奶的來歷，但就是能感受到祖母的那腔願景。

之前家裡有三個女孩，總要有人做活，家裡也沒條件，祖母就只把喬明瑾帶在身邊，拘著學一些東西。

喬明瑾出嫁後，祖母又教明瑜，現在明琦在她這邊，教習的任務自然就落到喬明瑾的身上。

她也不指望這個最小的妹妹能學一身大家閨秀的做派，不過祖母要求她家的女孩一定不能當睜眼瞎子、大字不識一個的。

現在喬明瑾已經有這個能力了，周晏卿也經常從府裡送一些筆墨紙硯來，她不再讓明琦沾水在桌上寫大字，要求她攤著雪白的紙，每天都寫上幾十個字，書也要每天看上幾頁。

明琦很是認真，都不用喬明瑾特意吩咐。

日子進入十一月後，越發冷了。

還沒落第一場雪，不過喬明瑾已經在屋裡燒起了炭盆。

下河村居魏朝之南，並沒有北方那樣燒炕的習慣，最冷的時候，頂多是在屋裡多燒上兩盆炭火，裹著厚被子。

喬明瑾早早就給琬兒和雲巒穿上了冬衣。

喬明瑾也沒管什麼春捂秋凍的，兩個孩子一說冷，她和明琦就趕緊往兩個孩子身上添衣，裹成個胖球模樣，真不知隆冬大雪紛飛的時候，是否還能走路。

兩個孩子一著冬衣，興奮得很。

哪個孩子不喜歡新衣的？嚷嚷著冷，要添衣，也不知是真冷還是喜穿著新衣去外頭顯擺。

反正，秀姊說她已聽到隔壁岳東根撒潑打滾嚷嚷著要做新衣了，換來的是孫氏從早到晚的指桑罵槐。

偶爾喬明瑾遇上了她，還聽到她從鼻腔裡噴出的重重鼻音，斜著眼小聲嘀咕。「一個鄉下泥裡滾的娃，穿上新衣就成了城裡富家小姐了？」

喬明瑾只當沒聽到。

周晏卿每次來，都會帶一些布料或是皮毛過來，在喬明瑾拒絕之前說是府裡入冬的分例，連粗使丫頭都有。

她喬明瑾做為周家周六爺的合夥人，只從府裡拿些分例還委屈了呢，跟他合作的，哪個不是年年早就備著厚厚的年禮的？

在喬明瑾要開口之前，他又說了，她的年禮自然也是有的，這些就是打個前哨。

喬明瑾吞下了她要打趣的話。

當然只是打趣而已，她並沒有覺得人家就要惦記著她這一份。

自從周晏卿送了那支鑲珠嵌翠赤金攢絲蝶趕花的金釵之後，兩人似乎更熟悉了些，喬明瑾有時能肆無忌憚地開一些無傷大雅的玩笑了。

周晏卿對於她的轉變自然是歡喜在心，連著又送了好幾次禮物。

但自喬明瑾提醒後，其他禮物就比不上那支金釵的價值，都是不值什麼價值的物事，她才沒有推辭。

兩人之間有一種閨密的感覺。

以前生長的地方沒有規定閨密一定得是女性，不是嗎？不過她覺得這種設定真是怪怪的，有時候，她光如此想著就不由得悶笑幾聲。

而自從雅藝作坊的根雕作品在青川城裡揚了名聲之後，周晏卿更忙了。

以前是隔三差五就能見一面，現在反而是半個月都不見他來一趟。

城裡自然是不乏有眼光的商家，自從雅藝的根雕作品出來後，當然也引來了無數同行們的眼紅，紛紛著手要分一杯羹。

只是又哪裡是那麼容易的事？不說懂不懂得根雕作品的處理流程，就算懂得，原料又豈是那麼好找？

如今要入冬了，附近的原料早就被喬明瑾和周晏卿早早下手，不僅下河村已經被挖得差不多，周邊的幾個村子也是一挖得了木椿，就全家推著牛車往下河村送。

就是鄰近或各處得了好木料做家具的人那裡，周晏卿都提前打了招呼，砍了木料之後，定要順便把木樁挖出來，可以送到他那裡賣錢。

對別人來說，木樁自然不能跟他們要的木料相比，不過那也只是舉手之勞罷了，順帶做周家周六爺的人情，豈不美哉？

如此，就間接切斷了別人原料的來源。

再來，就算別人向遠些的地方採購，一來那東西太大不好運送，二是天氣漸冷，北方已是開始下雪了，路上可不好走，木樁給雪這麼一淋，更重了幾分，越發難運，運回來，等之乾燥又要不少時間。

所以就算城裡木匠鋪子蠢蠢欲動，但喬明瑾一點都不擔心。

不過借著這股東風，城裡的木匠鋪子用木段也做了一些精美的木雕出來。

雖然沒有樹根的自然形態之美，但其中不乏精品。

周晏卿便趁著此時有人分他一杯羹的時候，頻頻往外跑，向別人極力推銷他的根雕，還帶著雲錦往周邊幾個市縣連跑了好幾趟，又把木匠鋪裡當成鎮店之寶的孔雀開屏讓人畫了下來，隨著日常信件送去了京城。

眾人忙忙碌碌的時候，都沒有太在意家裡的兩個孩子。

雲巒兩隻肉手托著腮，悶悶地說他已是好幾天沒見到他爹的時候，琬兒好像才反應了過來，癟著嘴淚眼矇矓。

她好像也好長、好長時間沒見到她爹了。

小東西眼睛四下轉了轉，沒找到她娘，想了想，又蹬蹬蹬地跑到廚房拉著明琦的衣襬，仰著頭噙著淚就問：「小姨，我爹爹什麼時候回來？」

那副委委屈屈的樣子看得明琦又是氣又是恨，把衣襬從小東西的手裡扯了回來。「怎麼不去問妳娘？」

「琬兒不敢。」

明琦低頭看了她一眼，更是生氣。

「哼，妳要真問了，妳娘肯定得生氣，妳想妳娘生氣嗎？」

小東西眨了眨淚眼，使勁搖頭。

「這就對啦！妳不想妳娘生氣，所以妳不敢問；妳問小姨，難道不怕小姨生氣啊？小姨白疼妳了？」

「小姨為什麼要生氣？」

明琦握著鍋鏟轉身面對著她，看著她柔聲說道：「琬兒，妳是不是想回妳奶奶那邊啊？小姨一會兒炒好了菜就送妳過去啊。」

小東西使勁搖頭，再搖頭，退了兩步，又再退兩步，很快退到門檻邊，然後一轉身，飛快地跑了。

才不要去奶奶家！太恐怖了，小姨就知道欺負人！

明琦伸頭往院子裡看了一眼，發現兩個孩子已經湊在一起玩了起來，好像沒出什麼哭鼻子的大事，就轉回廚房炒菜去了。鍋鏟被她舞得咯噹作響，那鐵鍋若是鑄得薄一些，沒準兒被她這麼鏟兩下都能鏟穿了。

晚上，明琦在飯後數次想張口，但看姊姊這段時間忙得一臉菜色，又閉緊了嘴巴。

哼，那是個過了氣的人了，幹麼要提他？徒惹姊姊不開心。

喬明瑾這段時間還真是有些顧不過來家裡，也沒太注意幾個孩子的變化。

城裡的作坊陸續推出一些木雕、小根雕及竹根雕之後，周晏卿便沒怎麼來了，每天忙著在城裡展示他非凡的商業能力。

而喬明瑾也感到了危機，日日往作坊點卯，關在作坊工作間又是描又是畫的。

這年頭沒什麼專利權，除非做的東西跟皇家搭上什麼關係，可能受模仿程度還輕一些，但凡不是的，只要東西做出來了，就難免會被人家模仿。

雖說他們作坊下手早，又在城裡揚了名，也控制了青川附近大半的原料市場，但如果有人高價收購，可能會有人頂不住變節。

這年頭，民間多得是一些深藏不露、有大本事的手工藝人，只要有市場，就免不了別人要去分一杯羹，誰都阻止不了。

她只是先走一步罷了。

這個時間也算天時地利，恰逢冬季，原料從別處運來不方便，倒是還能讓他們作坊再多領頭一些時間，起碼能撐過年，在三、四月之前還能是穩穩當當的。

但是過了年，別人也會有原料，那就得比誰家做出來的東西更吸引人，只要造型立意夠好，就會讓人有購買收藏的慾望。

所以喬明瑾拚了，日日到作坊轉悠，盯著那些新運來的、半乾燥的、乾燥的木樁，看了又看，觀察又觀察，一個細節、一條根枝都不放過，直到眼皮瘦脹，才把自己關回房間裡畫圖。

喬明瑾的腦海裡都是各種各樣的作品及圖紙，對於每天晚上，她哄琬兒睡覺時，琬兒露出欲言又止的神情，她根本沒注意到。

小東西悶聲不響了好幾天，每天望眼欲穿，都快把這事忘了的時候，她爹岳仲堯終於回來了。

「琬兒！」

小琬兒後知後覺地往聲音處望過去，愣愣地看著眼前那個風塵僕僕的男人。有點眼熟。

她站起身往前挪了兩步，又站住了。

岳仲堯看到女兒有些驚喜，見女兒這樣，又免不了一陣心酸。

他一個多月沒見到女兒了，女兒都快忘了他吧？

「琬兒，不認識爹爹了？爹爹回來看我們琬兒了。」

小琬兒聽完，這才「哇」的一聲，邁著小短腿飛奔了過去。許是那衣服穿得多了，腳步有些踉踉蹌蹌的。

岳仲堯把手中的行李放在地上，往前走了兩步，就把女兒高高地舉了起來，緊緊抱在胸前。

他日日夜夜不停念叨的女兒，與他血脈相連的閨女。

「想不想爹爹？」

小琬兒眼淚糊了一臉，抽泣著直點頭。

岳仲堯心底越發柔軟，大手溫柔地往女兒臉上拭著，極其小心又極盡輕柔。

女兒的臉嫩嫩滑滑的，像剝了殼的雞蛋，也不知瑾娘是如何養的，害他都不敢用力去擦，唯恐擦壞了。

「哇……啊啊啊……」

岳仲堯嚇了一跳，急忙扒開女兒一些，兩眼直盯著女兒的臉上瞧。

「哇啊啊啊……」

片刻就有一個小肉球從他身邊奔過，飛快地向門口跑了。

那是誰？岳仲堯眼睛眨了又眨。

明琦在堂屋門口恨恨地剜了岳仲堯兩眼，就飛跑著出去追小雲巒去了。

那小東西一定也想他爹了。

哼，真是惹事精，沒事回來幹麼？

岳仲堯回來的當天，不顧吳氏在外叫門，硬是陪女兒吃完飯才回去。

琬兒已過四歲的生辰，早已學會自己吃飯了，只是每回岳仲堯回來，她都喜歡捧著碗讓她爹餵她，岳仲堯自然是求之不得。

喬明瑾當然不會少他一頓飯，只不過因為有表嫂何氏在，所以她吃飯時是和何氏一起吃，避開了岳仲堯。

岳仲堯對於喬明瑾家如今在飯桌上的變化，自然是看在眼裡的，有肉、有菜、有湯、有白米飯，只是他只看在眼裡，卻沒有多問。

岳仲堯一直在喬家待到很晚，陪女兒消食、給女兒洗澡又哄她睡覺之後，才回去。

臨走時，他把一個大包袱遞給喬明瑾。

「入冬了，別人送的幾塊毛皮，我拿了回來，給妳們娘倆做身皮襖穿。」

岳仲堯眼神畏縮，手伸得好長，有些打顫，怕妻子拒絕，正想張口再說幾句軟話，就看到喬明瑾伸手把包袱接了過去。

岳仲堯心裡一喜，臉上就帶了笑，剛想趁勢再說上兩句，卻聽到妻子淡淡開口道：「夜了，回去吧。」

他剛被拋上雲霄的心，又忽而像是被霜打了一樣，萎了下來，數次張口，都擠不出一個字。

「那、那……那我回去了。」他腳步沈沈地往院門口邁去。

喬明瑾跟在後面，在他邁出了門檻後，就把門合上了，並把門閂從內插上。

岳仲堯眼睜睜地看著自己的妻子把門關上，看著妻子那明媚的臉一點一點消失在大門後面。

夜色深沈，岳仲堯掩在夜色裡，心也像初冬的天氣一樣，冰冰的，冷得難受，兩隻腳沒法挪動分毫，就那麼呆呆地對著合上的門扉，任由初冬夜裡的寒氣緩緩把他籠罩……

何氏看著喬明瑾關上院門往房間的方向走，那單薄的身影看得直讓人發酸。

「走了？」

「嗯，走了。」

兩人沈默了下來。

何氏看著喬明瑾手上的包袱，又問道：「他送了東西？」

喬明瑾把包袱揚了揚。「嗯，說是別人送了幾塊毛皮，給琬兒做冬衣的。」

「喔。」

何氏張了張嘴，想說點什麼，又緊緊抿上了。

說什麼呢？她也不知該說些什麼，吸了一口初冬夜裡清冷的空氣，再長長地吐了出來，道：「夜了，早點歇著吧，明早還要到作坊去呢。」

「好，表嫂也早些睡。」

喬明瑾看著何氏進了房門，並把房門掩上之後，習慣性地往院裡四下看了看，這才轉身進了房。

房間裡，琬兒已經睡得沈了，小臉上還帶著淺淺的笑意。

喬明瑾呆呆地看著女兒的臉，嘆了口氣，就著微弱的燈光把岳仲堯送的包袱打開。

總共有五塊毛皮，是純白色的兔毛皮，不是一般家養的白兔皮，而是外邦來的長毛兔，純白無一絲雜色，雖然比不上前幾日周晏卿送的那幾塊狐狸皮，不過這種長毛兔目前還算稀少，毛皮自然也是比較珍貴的。

他不過是縣衙的一個小小捕快，能弄來這麼幾塊長毛兔皮，算是難得了。

喬明瑾坐在床沿，看了女兒一眼，又發了一會兒呆，就拿過針線籃子把弄起那幾塊毛皮來。

了無睡意。

而岳仲堯在喬家門口，面對著緊閉的大門，傻傻地站了足有一炷香時間，耳畔聽著屋裡人的對話聲，又聽到房門合上的聲音，然後歸於平靜……

他呆呆地站在那裡。

許久，直到覺得身上被夜露沾得濕冷了，他才挪過沈沈的步子，轉身離開。

夜色裡，只聽到數聲綿長的低低輕嘆。

岳仲堯推開自家的院門，那老舊的院門「吱嘎」響了兩聲。

他直直躺在床上，沒點燈，夜色裡，那帳子頂也看不出什麼。

岳仲堯伸出一隻手往床裡側無意識地摸了摸，蹬掉鞋子，衣裳也沒脫，往裡翻了個身，抓過裡側的枕頭抱在懷裡，胡亂睡去了。

次日醒來，他只覺得頭重腳輕。

岳仲堯勉力撐起身子，看到疊得好好的被子還置在床尾，愣了愣。

也不知昨晚他是怎麼睡過去的，這都入冬了，難怪一早起來會覺得頭重腳輕。

岳仲堯閉了閉眼，已無睡意，撐起身子，穿了鞋子就到外頭打水洗漱。

「三哥，你起了？」

岳小滿向自家三哥揚了揚笑臉，看她三哥點了點頭後，就轉身進了岳仲堯的房間。

自從喬明瑾走後，岳仲堯的房間一直是由岳小滿收拾的。

岳小滿走到房內，正想幫她三哥把被鋪收拾一下，卻發現那被子竟好好地疊放在床尾，還是她昨天拿出來的模樣。

三哥昨天沒回來睡？

不可能啊，昨天三哥回來，娘罵了幾聲她是聽到了的，而且剛才看三哥那樣子，確實是剛睡醒啊，難道三哥昨晚沒蓋被子？

岳小滿光想著就打了個冷顫，急忙跑到門外。

看到岳仲堯用葫蘆瓢舀了冷水洗漱，她急忙說道：「哎呀，三哥，這早上的水可涼著呢！廚房的大灶上燒了熱水！」

「沒事。」

岳仲堯往臉上抹了兩把，在院裡置了一夜的水激得他生生打了個冷顫，不過也使得他臉上不那麼燒了。

岳小滿看他腳下虛浮，忙往他臉上看去，馬上發現她三哥的異樣。

「三哥，你是不是身子不舒服？昨晚上你沒蓋被子嗎？是不是凍著了？」

「沒事。」

岳仲堯又低低地回了聲，轉身進了房，掩了房門，很快就脫下身上睡得縐縐巴巴的衣裳，重新換了一身，攏了兩下頭髮，抓著衣裳走出房門。

「五妹，有空幫三哥洗一洗。」他說著把那換下的衣裳遞給岳小滿。

岳小滿應了一聲，把他換下的衣裳接了過來，又盯著他的臉看。

三哥定是昨晚受涼了，臉上有些不正常的潮紅。

「三哥，你這是要去哪？你要不要到床上躺會兒？我給你煮碗薑湯喝？」

岳仲堯沒應，擺了擺手，打開院門走了出去。

吳氏聽到聲音，從房裡追出來。「老三，你這一大清早是要去哪裡？就那麼趕著上那邊啊?!」

她吼了兩聲也沒把他喚回來，只看到兒子越走越遠的背影。

「全是白眼狼！眼裡沒娘、沒老子的白眼狼！」

岳仲堯到了喬明瑾家的時候，喬明瑾還沒起身。

岳仲堯往門上推了推，院門沒開。

作坊沒那麼早開工，即便開工了，喬明瑾也沒那麼早過去，每日都是等女兒醒了，跟女兒吃過早飯她再過去的。

岳仲堯沒推開門，也沒叫門，就在青石壘起的門檻上坐下。凍了一夜的青石冷得讓他差點跳起來。

不過他覺得今天這一路走過來，有些累了，想找個地方坐一坐，就算覺得冷也沒起身。

何氏吃過早飯，跟喬明瑾打了聲招呼就欲先去作坊，但是開門的時候，一個身影就往門裡倒了進來，結結實實把她嚇了一跳，差點大叫出聲。

「表嫂……」岳仲堯迷迷糊糊地對著何氏叫了一聲。

他也不知怎地就倚著門板睡著了，忙穩了穩身子，有些搖晃地站起來。

何氏看他這副模樣，不知他在外頭等了多久了，瞧著怎麼很是疲憊的樣子，不由在心裡嘆了幾聲。

「來了怎麼不叫門？早上可涼著呢。」

岳仲堯朝何氏訕訕地笑了笑。

何氏看他那樣，又忍不住嘆了幾聲。

「我去作坊了，瑾娘也起了，正在廚房呢。」

「謝謝表嫂。」

岳仲堯讓了讓，那何氏就錯身往作坊去了。

喬明瑾站在床前，看岳仲堯雙手捧著碗，一口一口把薑湯喝了下去。

那火辣辣的薑湯順著喉嚨滑進了肚，刺激著岳仲堯的四肢百骸。

岳仲堯眼睛痠澀，一邊喝一邊偷偷瞧喬明瑾。

喬明瑾並沒有說話，臉色淡淡的，只等著他喝完好收了碗。

岳仲堯微微有些失望，喝完，將大碗遞給喬明瑾。

喬明瑾把碗接了過來，淡淡地說道：「你要是不舒服，就在廂房裡睡一覺吧。」

她又叮囑女兒。「琬兒去找表哥玩，妳爹不舒服，讓他休息，莫吵著他。」

琬兒抿著嘴搖頭，貼著岳仲堯，兩眼水汪汪的，小手去碰岳仲堯的額頭。「爹爹，燙不燙？還難不難受？琬兒要在這裡陪爹爹說話。」

岳仲堯大手撫著女兒的頭，揉了兩下，道：「琬兒乖，到外邊玩，爹爹躺一會兒再陪琬兒說話好嗎？莫讓爹爹過了病氣。」

「外面冷，要在這裡陪爹爹。」她說著偎進了岳仲堯的懷裡。

喬明瑾看著他們摟在一起小聲說話，想著這段時日自己忙著作坊的事，也忽略了女兒，不好再說些什麼，轉身就走了出去。

岳仲堯腳下虛浮地進來時，臉上還帶著不正常的潮紅，喬明瑾還有什麼不明白的？

也不知是他起得太早，還是吳氏把他的早飯都省了，喬明瑾給他盛了粥後，看他喝了兩大碗，又給他煮了一碗薑湯。

外頭還冷著，她打發那父女兩人到廂房去。

喬明瑾在院子裡聽著廂房裡傳出來的童言童語，間或夾雜著男人低沈的聲音，她聽了一陣，才轉身去了作坊。

如今的作坊裡，氣氛越發緊張起來了。

還有一個多月就過年了，年下正是送禮時節，有不少人得知雅藝作坊出產新奇的根雕作品，都向鋪子下了訂，要買上一、兩款作為送禮所用。

這段時間訂單收了不少，作坊裡的師傅夜裡都睡不到幾個時辰。

岳大雷現在跟著眾多師傅也是學到了不少東西，有時候不用看喬明瑾的圖紙，就能構思出絕佳的作品，他已能獨立進行創作了。

午時初刻，有好些天沒來的周晏卿到了。

他推開喬明瑾工作間的房門，一股涼意跟著他捲了進來，喬明瑾不由打了個冷顫。

周晏卿連忙眼疾手快地又把那厚布簾掩上，徑直在喬明瑾對面的椅子上坐了，還用腳把炭盆子推到自己面前，兩手往炭盆上伸去。

「沒那麼冷吧？你那馬車不是聽說溫暖如春？又是炭盆又是湯婆子的，石頭都說擔心你在裡面中了炭毒，就那麼怕冷？」

周晏卿瞟了喬明瑾一眼，閒閒地道：「妳一路在冷風裡吹過來看看？再過些時候，我過來時，那車子外罩怕是都能裹上一層冰。」

喬明瑾看他如今袖子領口都鑲上了大毛，大概再過幾天，那大毛氅子就能披上身了，這貨到底有多怕冷？

「那你往日去京城都是怎麼過的？」

「誰沒事大冬日往京城趕？就是送年禮也輪不到我去；再說，爺才沒那麼怕冷。」

喬明瑾撇了撇嘴。是，你不怕冷，只是你愛穿大毛衣裳。

「我表哥怎麼不跟你一塊回來？我小姪兒可是天天念叨他爹呢。」

「雲錦現在沒我跟著也能獨當一面，這段時間正逢年關，我讓周管事帶著他四處跑跑，也好瞭解一些章程，總不能什麼事都讓周管事幫著做；周管事是我臨時從府裡借調過來的，他還管著府裡的一攤子事，年下府裡各處採買、各處的送年禮也得他操心。」

喬明瑾抓過茶臺上一只青花茶壺，給周晏卿倒了一杯茶，兩手捧著遞給他。

「多謝周六爺對我表哥的栽培，我不說什麼感謝的話，心意全在這茶裡了。」

周晏卿把茶接了過來，眼睛往熱氣裊裊升騰的茶水裡看了一眼，盯著喬明瑾道：「妳的謝意是不是太沒有誠意了？」

喬明瑾笑著看了過去，嘴角彎彎。「你還指望我一個村姑能給你什麼大禮不成？還指望我以身相許呢？」說完笑了起來。

她跟周晏卿越熟，似乎越能無所顧忌地開一些無傷大雅的玩笑。

周晏卿捧著茶杯，看著喬明瑾言笑晏晏的樣子，屋裡太過溫暖，那女人的臉上染了些紅暈，一如既往的白皙粉嫩，完全看不出這是她嘴裡說的村姑模樣。

周晏卿看著眼前眉目如畫的女子，心裡動了動，淡淡地笑著看向她。

喬明瑾抿了一口茶，發現屋裡安靜了許多，扭頭看去。

這傢伙愣愣地看著她幹麼？怎地不說話了？難怪這般安靜。

「我臉上長花了？你這般看著我。」

周晏卿笑了笑，也啜了一口茶，方道：「可不是臉上長花了。」

他看著那女人撇著嘴嗔怪地瞪了他一眼，好像有根弦又被人咚地撥了一下。

周晏卿扭頭，作勢咳了咳，方正色道：「前段時間，我有寫信送往京裡，說了根雕的事，還畫了一張孔雀開屏的圖紙一併送了出去，妳可知？」

「你有跟我說過。」

「嗯。那邊前日回信了，他們很感興趣，聽說有師傅還能用根雕做出佛祖的樣子，要精心準備幾尊送往京裡，也好讓本家在年下裡作為送禮之用。」

「可有說給多少銀錢？」

周晏卿斜了她一眼。「我還能虧了妳？」

「你是不會虧了我，那師傅的花紅要怎麼算？」

周晏卿道：「自會算了給他們。」說完歪在高背椅上，又道：「妳還指望京裡能給錢？每年送年節禮過去，哪次不是一車車的把銀子送過去？每年青川往京裡送的銀子可不少，府裡掙下的銀子多半是要送到本家，讓他們打通各種關係用的。」

喬明瑾看他臉上神色莫名，便說道：「辛苦一場，竟是為他人作嫁衣嗎？」

「也不能這麼說，若沒本家打通各種關係，我們一介商戶哪能做得這麼大？自古商家要四通八達，要錢途光明，就少不了官家扶持，不然這稅那稅就夠你受的，所以沒有本家的打點，也沒有如今的周家。」

喬明瑾心下了然。

這年頭，商家的地位向來是最輕的，各種稅目多是跟他們收取；遇上好的地方官，可能收得少些，遇上貪的，日日都設了名目要收各種稅。

朝中有人的，勢力比地方官大的，自然是萬事大吉，這也是自古以來官商鬧著嚷著要捆綁在一起的原因吧？各有所圖罷了。

喬明瑾沒有說話，只默默地陪他喝完了一壺茶，又再沏了兩壺，兩人說著一些作坊的事，及一些無關痛癢的話。

「這都午時了，妳是不打算請我吃飯？還是說天氣冷了，妳連下廚都不樂意了，就打算用這茶水打發我？」

周晏卿連喝了三壺茶之後，終於發飆了。

喬明瑾呵呵地笑了起來。

「我若要打發你，也不能委屈我自己，你不吃我也要吃的。」她說著，起身朝外走去。

周晏卿瞪了她一眼，撩開厚簾子也跟了出去。

何氏正好從廚房出來，見了他們，忙問道：「六爺，今天是在哪吃？要不在作坊吃一頓吧？飯都快好了。」

周晏卿揚聲道：「不了，我到瑾娘那吃去，他們看我在，吃得也不自在。」

何氏點頭應了，轉身要從作坊拿一些食材給喬明瑾，全被周晏卿推了。他每次來都自帶著吃食，倒不用跟作坊的人搶食。

兩人一路說著話，一路往喬家走去，沒看到在作坊圍牆旁的孫氏。

那孫氏愣愣地看了這兩人一眼，男的俊，女的俏，還真是養眼，倒是便宜這喬氏了……她眼睛轉了轉，一溜煙地往家裡跑去。

喬明瑾和周晏卿一邊走一邊說話，並沒有注意到孫氏一閃而過的身影。

兩人推開門進了院子，就看到明琦正指揮著周晏卿的小廝石頭摘菜、洗菜。

「姊，周大哥。」明琦跟兩人打了招呼。

周晏卿朝明琦笑著點了點頭，又對他家小廝說道：「你可得好好洗，若讓爺崩了牙，看爺不收拾你。」

那石頭揚了揚洗得通紅的兩隻手，委屈道：「爺，哪樣菜石頭不是洗上兩遍、三遍的？」

喬明瑾看了他那手，笑了笑。

的。

「琬兒呢？」喬明瑾問道。

明琦朝廂房的方向努了努嘴。

周晏卿似乎也才反應過來，今天一直沒看到琬兒，往常聽說他來，她都會跟他玩一會兒的。

「這孩子今天倒乖，一個人在廂房玩嗎？」

喬明瑾沒答他，走到廂房門口，推開掩著的房門，看到那父女倆齊齊躺在床上，蓋著棉被睡得正香。

岳仲堯臉上已沒有早上的那股潮紅，呼吸聽著正常了不少，看來是沒什麼大事了，他身子強壯，想來也沒什麼太大的問題，估計是不用請大夫了。

周晏卿跟在喬明瑾身後，自然也是看到了這一幕，他沒說話，只是挑了挑眉頭。

喬明瑾沒叫醒女兒，小心地又把房門掩了，就往廚房的方向走去。

周晏卿跟在後面進了廚房。

喬明瑾看了他一眼。「莫不是來幫我燒火的？」

「那有何不可？正好廚房暖和。」

「不是說君子遠庖廚？」

「君子難道就不用吃飯了？我可不是那種不食人間煙火的人。」

喬明瑾笑了，看到廚房裡已經放著明琦洗好的一些菜，心裡大致有了底，正想挽起袖子準備，忽然意識到周晏卿也在，那貨拉過一張小凳子在灶口前坐了，此時正盯著她看呢。

喬明瑾只好把袖子放了下來，走到一邊牆上，從上面的釘鉤上拿了一副袖套下來，套在袖子上，再把上下兩根帶子一抽一拉，上下便繫得緊了。

「這東西倒不錯，作坊裡師傅們帶上這個袖套，確實方便了很多，就是我們府裡那些粗使的婆子丫頭及廚房裡做活的，現在都人手一套了。妳那腦子到底是怎麼想出來的？」

難道能告訴他這東西在後世是司空見慣的東西？

這東西她倒不是特意地為作坊的師傅們想出來的，也不是專門為下廚準備的，而是她前段時間看著琬兒、雲巒和村裡的娃子們在外頭玩，每次玩罷回家，那新做的棉襖兩隻袖子都是髒污一片。

何氏每次一看到雲巒那髒污的袖口都忍不住生氣，把兒子拎過來狠狠拍上幾記。

那棉襖填了棉花，不會像常服那樣天天要洗，且洗得多了，棉衣就不暖和了，何況何氏哪裡有工夫天天給小雲巒洗棉衣？

喬明瑾也很頭疼，後來就想起了以前使用過的袖套。

於是喬明瑾拉著何氏趕著做了好幾雙袖套出來，長短一直做到手肘處。

因為沒有橡皮筋、鬆緊帶等東西，就用細線做了抽拉式的，一抽一拉，然後再用個釦子固定住。

這樣棉衣就乾淨了，不用再天天換洗，她也就不再拘著兩個孩子玩泥巴了。

不出兩日，村子裡的人見了，紛紛仿效。

就算是下河村裡吃水方便，有個水井，可是大冬天也沒人願意天天洗衣裳。有了袖套，這下倒好，不說娃子，就是村子裡的姑娘、嫂子，男男女女、老老少少，只要做活的，人手都要備著一副。

為此，好些人還專門拿自家種的菜來感謝喬明瑾。

喬明瑾後來又和明琦、何氏幫著作坊的師傅們都各做了一副出來，得了師傅們的誇讚之後，覺得這東西當真是方便得很。

於是喬明瑾又用花布、素布做了好幾雙樣品出來，分了男款女款、成人款小兒款、長款短款，讓雲錦捎去了姚家的雜貨鋪。

姚平接到東西，當天就買了布讓他兩個嫂子帶著他娘趕著做了一大批出來，放在雜貨鋪裡賣。

那生意極好，買的人幾乎都是幾雙幾雙地買，家裡的大人小孩、男女都各備了一副，還有些人買了兩、三副替換的。

姚家父子幾個喜不自禁，又緊著從布莊低價買了碎布頭及有瑕疵的、由店家處理的布料，趕著做了一批成本低的袖套，運到其他地方及鄉下賣了。

只隔了幾天，姚平再次來村裡賣貨時，就給喬明瑾報了喜，說是店裡的生意又跟著好了一次。

而周晏卿拿了幾副回去府裡後，周府的人也都跟著仿效了起來。

時下大宅裡的太太、小姐穿的衣服多是廣袖，不管是彈琴、做針線、做畫還是寫大字，都是極不方便的，有了袖套，只要往上一套就方便多了。

周府老太太喜得還給喬明瑾打賞了兩疋松江棉布。

此時，周晏卿坐在灶口問她那袖套是如何想出來的，她只能回答說是看著女兒玩耍髒了衣裳，她發懶不願洗衣得了啟發。

「妳倒是好，時不時得個什麼啟發，那別家孩子的父母倒是不曾想到。」

「你是想誇我聰明嗎？」

「是啊，不然我找個腦子不靈光的人合作嗎？又不是錢多拿來燒。」

喬明瑾此時正往身上套著自己做的圍裙，從上到下，像半邊衣裳一樣往前兜圍著，一邊往後繫帶子一邊看他。「知道你此時像什麼嗎？」

周晏卿往自己身上掃了幾眼。「像什麼？」

一個富家少爺，穿著綢衣鑲金佩玉的，此時坐在鄉下莊戶人家的廚房灶口前，怎麼看怎麼違和。

「你還是到堂屋裡坐吧，不然一會兒髒了衣裳。」

「你怕我沒衣裳換嗎？」周六爺閒閒地瞥了喬明瑾一眼。

「我哪裡不知道你一出門，那馬車上必是備了衣裳鞋襪，只不過這孤男寡女的……」

「妳害怕？」周晏卿盯著喬明瑾問道。

喬明瑾看了他一眼，沒說話。

周晏卿看著眼前的這個女人，一身普普通通的細棉布衣裳，雖然送了她不少綢布，但從沒見這個女人給自己做過綢布衣裳。

頭上也只是簡簡單單地插了兩根銀簪，他送的金釵從沒見她戴過，此時還套著一件不倫不類的半邊圍衣，但就是沒讓他覺得粗鄙，一舉一動都帶著自然，看著讓人親切。

「大白天的，院裡又有人，哪裡就孤男寡女了？再說，哪個是孤男，哪個是寡女？」

周晏卿說完，看到眼前的女人眼神暗了暗，訕訕地抿了嘴不說話。

他從來沒問過她，關於她男人的事，他只知道她搬出來一年後就會和離。

只是剛才那個男人怎麼睡在她家的廂房裡？他……他是昨晚就睡在這邊的嗎？

「沒有，今早他來的時候，我看他有些受涼了，給他煮了一碗薑湯就到作坊去，想來應是身體不舒坦睡了過去。」

周晏卿咬了咬舌頭，他怎麼管不住自己問了出來呢？

「那他這次回來幾天？」

「我沒問。」

周晏卿覺得自己今天有些多嘴了。

他看了喬明瑾一眼，眼前的女子一臉淡然，沒什麼情緒波動的樣子，談到她的男人，也是如古井裡的水。

他把凳子往灶口挪了挪。「我幫妳燒火吧？今天做什麼好吃的？」

「你會打火嗎？」

「笑話，爺不會打火？」

他說完，拿起灶臺前的兩個打火石就打起火來，只是突有火星，卻總不見點著灶膛前的松毛。

喬明瑾看他手忙腳亂的樣子，上前去接過他的打火石，幫他把松毛點燃了，又用鐵夾子把點著的松毛挾到灶膛裡的粗柴下，柴便開始燃燒。

周晏卿看著灶裡火光跳躍，頓時覺得身上暖和了起來。

喬明瑾決定做香酥小排，往鍋裡倒油，準備先把小排炸一炸。

如今日子好過了，她總算捨得做這些費油的菜了。

「躲著些，小心被油濺到身上，我可不負責洗衣裳啊。」

「哪用得著妳洗。」

不過話是這樣說著，周六爺還是從凳子上站了起來，往後退了兩步。

喬明瑾把醃漬過的小排往鍋裡倒下，那油星就往外濺了出來。

她也往後退了退，不料正好踩到衣裙上，整個人往後仰去。

周晏卿眼明手快，往前一撈，就攬住她的腰。

岳仲堯扶著廚房的門框，看得心中一陣刺痛。

他只覺得身體越發頭重腳輕了，渾身輕飄飄的，似要被冷風颳了去……

第三十二章

廚房裡的兩人都沒有看到外面的岳仲堯。

此時，喬明瑾正尷尬地脫離周晏卿的懷抱。

周晏卿也將將回過神來，鬆了手，往後退了退，作勢扯了扯衣裳，斂了神色。「咳，那個……那個，妳有那麼笨嗎？炒個菜都能跌倒？」

喬明瑾臉上的紅雲漸散，回瞪了他一眼。「是我笨嗎？是流年不利，因你這個富家公子之故，沒事跑來我們鄉下的廚房裡來幹麼？」

得，全是富家公子搞不清身分之故，進了不該進的地方。

「我樂意。哈，冬日燒火是個好活計啊，暖和。今天會多做幾道菜吧？」

「你想得倒是美。」

「……」

岳仲堯靠在廚房的外牆上，閉上了眼睛，一手緩慢地往胸口上按去。

片刻之後，他的另一手伸到牆上撐了撐自己，又側頭往廚房裡看了看，而後步履蹣跚地往外走去。

明琦和石頭此時正捧著菜籃子往廚房走，看到岳仲堯略顯踉蹌的身影，見他沒跟她打招呼，只低頭往門外去，皺了皺眉頭。
不過她沒多理會，她就是看著他不順眼。
「姊。」
「欸，菜洗好了？」
「洗好了。」
「哪是妳洗的？明明全是我洗的！」石頭爭著表功。
明琦狠狠瞪了他一眼。
周晏卿撿了灶前一小塊枯柴往石頭身上扔去。「有出息了啊你。」
石頭笑嘻嘻地躲開。
「姊，琬兒他爹來說什麼了？」
喬明瑾愣了愣，看向明琦道：「他不是在睡覺？」
明琦搖了搖頭。「沒有啊，剛才看見他從廚房這走開，往大門外走了。」
石頭點點頭，表示自己也看到了。
喬明瑾和周晏卿齊齊相視了一眼，兩人不免有些尷尬。
她走到廚房外，往院裡看了看，只是哪裡還有岳仲堯的身影？
「明琦。」喬明瑾喚道：「妳去廂房看著琬兒。」
明琦應聲去了。

喬明瑾盯著院門的方向看了看，嘆了一口氣，方轉身回了廚房。

周晏卿抬頭看她，喬明瑾對他搖了搖頭。「沒事。今天除了香酥小排，再給你做幾道你沒吃過的。」

周晏卿看了她一眼，爽快地道：「好啊，正等著呢。」

岳仲堯出了喬家大門，在外面被冷風一颳，自感無比淒冷，腳下跟灌了泥一樣，有點邁不動了。

堪堪往前走了兩步，他看到前方有人影走來，也沒精力看來者何人，停下了腳步，往一旁避了避。

「老三？你從哪裡來？這是要回家嗎？」

吳氏見到兒子，停下腳步問道。

岳仲堯抬頭看了一眼，自家娘和二嫂、四弟媳正站在面前。

「娘，妳們這是要去哪裡？」

吳氏重重地哼了一聲。「我聽說那喬氏不守婦道，今天又把男人往家裡領了，我倒是要去看看，她還有臉沒臉！我兒又還沒休離她，青天白日的，她竟做得出這種事，還整天裝一副清高模樣！我呸，以為別人都是傻的！」

孫氏聽了，在一旁幸災樂禍。「是啊，三叔，你是沒看到，那喬氏真是不顧臉面了，大白天的就跟男人走得那麼近，連臉皮都不要。這孤男寡女的，嘖嘖嘖，三叔你這面子呦……」

于氏沒說話，不過顯然也是贊同這一番話，不過此時她沒多嘴，只在一旁閒閒看戲。她可比孫氏有眼色多了，沒瞧見三伯那眉頭皺得都能夾死蒼蠅了嗎？

「夠了！」岳仲堯喝道：「二嫂，妳哪隻眼睛看到青天白日、孤男寡女了？」

「哼，我兩隻眼睛可都看到了！我說三叔，這都不是什麼秘密了，村裡誰不知道那周六爺天天大魚大肉地往喬氏那邊送？不只這樣，還送穿的、用的、喝的，每次來不都大包小包的。回回都在喬氏那裡用飯，有時候還在家裡歇晌，哼，以為誰不知道呢，可不就是孤男寡女的同處一屋？」

孫氏盯著岳仲堯說完。哼，看你發不發飆！憑什麼她喬氏一個沒人要的運道那麼好？娘家還不如我呢，現在倒穿金戴銀了？

岳仲堯聽了這一番話，只覺得額上青筋直跳得厲害，忙喝道：「夠了！二嫂，瑾娘那裡可不只有她一個人在，還有琬兒、明琦幾個孩子呢；就是周六爺的小廝也是在的，不要滿嘴胡說。」

孫氏回瞪過來。「哎呦，我的三弟，幾個小孩懂什麼？她喬氏不會打發幾個孩子到外頭玩哪？那屋裡可不就算孤男寡女了？可憐的三叔呦，就你天天窩在城裡，什麼都不知道。他們這樣，那城裡都叫啥？外室？哈，可不就是外室嘛！只有三叔你蒙在鼓裡，也就三叔你心軟，都不知村裡人如何取笑你呢，沒準兒琬兒早就改口叫『周爹爹』了。」

岳仲堯聽了只差沒氣得半死，一時沒喘得上氣來，越發覺得身上不對勁了。

他將將按捺住，喝道：「二嫂，妳莫要胡扯！瑾娘不是那種人，我才從那裡出來，今天一早上我都在那裡。以後我不想再聽到二嫂說這樣的話，若讓我再聽到，我可不會顧及二哥的面子。」

他說完冷冷地往孫氏臉上掃了一圈，又狠狠地看了一眼站在吳氏左側的于氏一眼。

于氏頓時激靈地打了個冷顫。

她這三伯平時看著是個和氣的，發起脾氣來還真是嚇人得很，真是死人堆裡爬出來的。

「娘，瑾娘是妳兒媳，我不希望從娘嘴裡說出什麼歪話來，兒子不愛聽！」

岳仲堯對著三人說完，就往前邁起了步子。

吳氏往遠處喬氏的房子看了一眼，臉上不斷變化，看來今天是抓不到喬氏這姦了……她恨恨地朝地上呸了一口，追著岳仲堯走了。

「老三、老三，你等等娘……」

于氏和孫氏對視了一眼，兩人皆是一副不得志的樣子，本來還打算看好戲呢。

于氏是個識時務的，看了孫氏一眼之後，也跟著吳氏身後回去了。

孫氏卻不，她可不是會輕易認輸的人，恨恨地往吳氏母子那邊看了一眼，呸了一聲，嘀咕道：「有賊心，沒賊膽！哼，都走到這裡了，還想回頭？哼，臊一臊你也是好的。」便朝喬明瑾家裡走去。

廚房裡，喬明瑾正把鍋裡炸得香酥的小排撈起，轉身擱在大碗裡瀝油，又拿過裝油的罐子，用鐵杓往罐裡裝油。

周晏卿吸了吸氣，那炸得焦黃的小排散發的香氣直往他的鼻子裡鑽。

這女人倒是做得一手好菜。

「喬娘子，我能啃一根嗎？」石頭看著那小排嚥了嚥口水。

「還不能，要回鍋翻炒一下才行。」

周晏卿又往他身上扔了一根枯柴。「你這吃貨！你家爺還沒吃呢，你倒好意思先饞了！」

石頭不好意思地撓了撓頭。「嘿嘿，爺，那不是喬娘子做的菜香嗎？小的這不是忍不住嗎？今兒個一大早，爺就把小的拎起來趕路了，害得小的連早飯都沒吃，嘿嘿，我只是餓了啊。」

周晏卿白了他一眼。「你起得晚了，還怪起爺了？」

「嘿嘿，不敢不敢。」石頭訕訕地笑著縮了縮頭，往桌上去忙了。

「呦，這是做什麼好吃的呢？這麼香。」孫氏吸著鼻子摸進廚房裡。「喲，六爺也在啊？真是巧了。瑾娘，妳今天又給六爺做什麼好吃的了？六爺真有口福，在我們家，我那小叔子可還沒這等口福呢。」

孫氏說完眼睛便在廚房裡四下轉了起來。

喬明瑾聽了她這一番話，眉頭只皺了皺，並沒應話。

周晏卿卻噙著笑看向孫氏，但眼裡可沒有半絲笑意。

石頭開口打抱不平。「這位嬸子是什麼人，沒通報一聲就跑到別人的廚房裡？」

孫氏似乎才看到石頭。「喲，小哥也在呢？咱這鄉下地方哪裡能像你們府裡那樣，什麼事都要通報。咱這鄉下地方，也就瑾娘有這個福氣，還有人幫著燒火又有人幫著切菜，這不跟少奶奶一樣嗎？哎呦，六爺，怎好委屈你坐在那裡燒火？來來來，您快快起來，哪裡能髒了你的手，讓我來讓我來，沒得衣裳都髒了，一會兒瑾娘該不高興了。」

喬明瑾瞥了孫氏兩眼。這孫氏到底是來幹麼的？瞧這話說的，得罪她不要緊，可千萬莫得罪了周六爺，她可不幫著調解。

周晏卿笑著看向孫氏，屁股卻沒挪動分毫。

「就不必麻煩這位嬸子了，冬日裡燒火暖和著呢。咱要蹭飯吃，總是得幹些活，不然可沒咱的飯吃。」

他說著把擠到面前的孫氏往外推了推。

「瞧六爺說的這是什麼話，這些粗活就該是我們這些粗人來做的，您這一身金絲銀線的容易引著了火，一會兒若給油燙到了，可不是好玩的。您快起來。」

周晏卿在孫氏正擠過去要攙他胳膊的時候，略使了力把她往地上摔去。

孫氏踉蹌了兩步，沒站住，最後還是倒在了地上。

「六爺？」孫氏茫然地往周晏卿那邊看了一眼。

「你那眼睛是瞎的？什麼人都能往爺身上湊？要你何用？待回了府，自去領二十板子，出府去吧！」

石頭一聽，連忙跑去跪在周晏卿面前。「爺、爺，小的錯了，爺別把石頭趕走……」邊說著邊磕頭，咚咚直響。

廚房是喬明瑾改造過的，地上鋪了青石板，石頭可是實實在在地往青石板上磕頭，咚咚響得很。

孫氏有些嚇到了，愣愣地忘了起身。

喬明瑾看了孫氏一眼，走過去把石頭攙了起來。「快起來吧，你家爺跟你開玩笑的呢！去幫我看看我女兒醒了沒，再看明琦有沒有事要你幫忙的？」

石頭不敢起身，小心地往周晏卿那邊瞄著。

「還不滾？」

石頭忙一溜煙起了身，還不忘把孫氏拎了出去。「嬸子快走吧！莫害了我，小的掙這一碗飯可不容易，嬸子莫要害人。」說著硬把孫氏架了出去。

孫氏一直被架到外頭才醒過神，再看那院門已是關上了，愣了一會兒，才呸的一聲回家去。

次日，天一亮，秀姊就帶著兩個孩子過來了。

入冬了，地裡也沒什麼事可做，秀姊多是到作坊幫忙做些雜活，因為感念喬明瑾對她男人的提攜，說什麼都不要工錢。

岳大雷如今每月有固定的二兩月銀，做出的東西賣出去後還能分一部分花紅，到現在兩人已存了幾十兩銀子，兩個孩子也是隔三差五就能吃到肉，甚是滿足，只要得閒就必是到作坊做活，或是看喬明瑾家裡有什麼事，二話不說就當成自家事一樣來做。

秀姊看著兩個孩子和琬兒、明琦玩在一起，便低聲跟喬明瑾說道：「也不知道那吳氏發了什麼瘋，昨天在家裡罵了一天，入夜了都不消停。今天早上我送大雷出門後，又聽到她在院裡大罵。這回是罵仲堯不孝什麼的，好像本來仲堯原本還能休個兩天的，沒想到今天一大早就走了，也沒跟家裡打招呼，家裡人都不知道。」

她看了喬明瑾一眼，又道：「每次回來休假，都見他拖拖拉拉一步三回頭的，這回假都沒休完，一早就走了，奇怪得很，他沒來跟琬兒說一聲嗎？」

喬明瑾搖了搖頭。「沒。」

她也挺奇怪，不是說後天才走的嗎？難道是因為昨天的事？

「那吳氏在家裡罵的時候，我聽小滿說了一句，說是她三哥昨天晚飯都沒吃，只喝了一碗薑湯，怨他娘不關心她三哥什麼的。琬兒她爹生病了嗎？」

喬明瑾想了想，道：「他昨天來我這的時候，臉上帶著潮紅，我看他是一副頭重腳輕的樣子。琬兒摸他額頭說是有點燒，我就給他煮了一碗薑湯，後來他就在廂房睡了一覺，也不知道發了熱沒有。吳氏是個粗心的，怕是沒發現到他的不妥。」

秀姊直搖頭，說道：「她就是個勢利的，眼睛裡除了錢什麼都看不到，仲堯有個這樣的娘也是他命不好；但如今他們一家人都指著他的俸祿呢，他娘對他還比以前上心多了。前幾年，他就是個悶不吭聲的，岳老二和岳老四又慣會耍滑頭，地裡的活哪樣不是仲堯操持的？就是抓兵丁都落到他身上；若不是他回來後得了這麼一個差事，吳氏現在還得到處差遣他呢！好在，如今吳氏正忙著小滿的婚事，也沒太多時間料理他的事，那柳氏的消息好像也有一段時間沒聽說了。」

喬明瑾不想再聽到什麼關於岳仲堯的消息，明眼人都道她跟那個男人有剪不斷理還亂的種種，但在她眼裡，她對那個男人真沒什麼恩怨糾纏。

她是她，他是他罷了。

「小滿也快十七了吧？她的婚事都說了一年了，還沒訂下來嗎？」喬明瑾岔開了話題。

秀姊嗤了一聲，道：「那吳氏是當挑金龜呢，這附近村子適齡的小哥，她挑來挑去竟沒一個看上的，媒婆都換了好幾個。妳知道媒婆手中都各有一個小冊子，上面有尋她們做媒的名單，很多人都只尋一個媒婆，所以那名單裡的人物也就某個媒婆冊子上獨有。吳氏想必是想把附近媒婆手中的名冊都看過一遍，這都換了好幾個媒婆了，她又捨不得錢，我聽說每個媒婆出了她家大門都是罵罵咧咧的。前陣子還有很多人上門呢，現在倒是冷清下來了。」

她又道：「她以為她女兒是香餑餑呢？附近的小哥都任由她挑，宮裡挑娘娘也沒她這樣挑揀的。我聽說每回仲堯回來，她都拉著仲堯要他給他妹子找個城裡的大戶女婿。我也聽孫氏嘀咕過，說是仲堯有找了幾個，但吳氏都不滿意，不是嫌這就是嫌那；如今倒好，仲堯也不上心了，也沒有媒婆上門了，這不，她又著急了。」

喬明瑾腦子裡想著岳小滿。她住在岳家時，岳小滿因為有三個嫂子做活，就是個享福的，只在家裡繡帕子做針線活，但好在小滿的性子還算可以，並沒有被吳氏養得驕縱。

後來她剛搬出來時，岳小滿偶爾會偷偷拿些菜來，也偶爾會來看看琬兒，陪琬兒玩上一會兒。

只是後來她每回來的時候，岳東根都會跟在她後面過來，每次不是搶琬兒的東西吃，就是搶琬兒的玩具，惹得琬兒大哭，後來岳小滿就不經常來了。

而喬明瑾自開了作坊，就不經常進村裡，之前還偶爾會到村裡買一些雜糧菜蔬之類的，後來作坊開起來後，有雲錦隔三差五進城採買，又有秀姊和馬氏幫她買一些得用的東西，她倒極少進村，也碰不上小滿。

吳氏只讓小滿在家備嫁，極少打發她出門，這一來，兩人好像已經有幾個月沒見過面了。

秀姊神秘兮兮地湊到喬明瑾耳邊，說道：「我聽我家大雷說，有一回吳氏到作坊裡，還跟周六爺說，讓周六爺幫著小滿看看有沒有合適的人家呢。」

「啊，不會吧？」

「怎麼不會？那吳氏臉皮厚著呢，跟周六爺說小滿是妳小姑，還一臉的討好巴結，說了一籮筐的好話，說她家小滿如何如何，一面想著娶新婦，一面又利用妳的關係，真不知她那臉皮是怎麼長的。」

喬明瑾無語了，這吳氏真是……

秀姊看了喬明瑾一眼，說道：「周六爺沒跟妳說過嗎？」

喬明瑾搖頭。

「也是，這種事他不好開口。不過好像事情也沒辦成吧，人家六爺哪有空理她。」

「我還真沒聽他說過這事。不過，周六爺那裡沒準兒還真有合適的，他手裡有那麼多鋪子，一些沒簽契紙的管事應該還是能配得上小滿。小滿看起來沒學了吳氏的脾性，倒是個會持家的，帶小孩也極熟練，那管事的管著鋪子，每月都有穩定的收入，在城裡住著總也不缺吃喝。」

秀姊嗤笑了一聲。「妳想吳氏會看上那些小管事？人家指著小滿嫁進大門大戶當個持家的少奶奶呢！我可聽孫氏嘀咕過幾次了，說是吳氏把著家裡的錢財，就準備給小滿備份厚厚的嫁妝，咱們鄉下的土財主她都看不上眼，能看上那些管事？人家要把女兒嫁到那些有屋、有田、有鋪子的人家裡呢。」

兩人又說了小半個時辰，都是一些村裡村外的八卦，有些人喬明瑾都對不上，但也不好掃了秀姊的興，只好一臉專注地聽著。

直到巳時，兩人看著時間不早了，各自囑咐了幾個孩子一聲，就一起到作坊去。

到了作坊，秀姊熟門熟路地鑽到廚房去了，喬明瑾則是在作坊轉了轉，裡裡外外看了一遍。

作坊的師傅們每旬有兩天的休假，不過為了不讓作坊無人，他們都是錯開休假的。

但有些師傅家裡沒什麼牽掛的，便不休假，比如何夏、何三兩個。

他們都是何父的弟子，又都沒成親，家裡也沒什麼要緊的事。每回何父回去或是雲錦回去，就託他們把銀子捎回去，自個兒都是窩在作坊裡忙活，畢竟作品早日完工，他們就早一日有銀錢。

所以如今作坊後面一排廂房不能算是客房，幾個師傅都住在這裡了。

喬明瑾裡外看了一下，發現處處齊全，滿意得很。

廂房門前有一排竹竿，掛了師傅們的換洗衣物，晾了幾竹竿，喬明瑾一眼瞧去，真有點像染坊掛布料的樣子，七、八根竹竿掛得滿滿當當的。

這可有些浪費了。

十幾位師傅，哪怕天天換洗，也沒有用半個院子晾衣服的道理，這要是有衣架，一根竹竿就夠了。

瞧瞧如今這半個院子的衣物，架了近十根竹竿，若是再曬上被子，一個院子的空地還不夠架竹竿。

喬明瑾覺得這麼長時間以來，她都把這事給忽略了。

家裡是如何晾衣服的？自從明琦過來，她許久沒有洗過衣服了吧？

懂事的明琦把家裡大大小小的活計都包了，洗衣服這種事，雖然以前多半都是她在做的，不過她沒怎麼晾過衣服吧？

似乎每回洗完衣服、擰乾了擱在盆裡，都是明琦端去後院晾的，收衣服好像也不是她的活。

她家後院晾衣服的，好像也是用竹竿。

以前怎麼沒發現這竹竿麻煩得很呢？每回要用的時候，不僅要把它們拿上拿下，還得要拿抹布往竹竿上抹一遍，不見灰了才把衣服往上掛，還真不是一般費事。

喬明瑾當天回家把自家晾衣物的竹竿看了一遍，又找明琦問了，隔天就把衣架的圖紙畫了出來。

她找了作坊裡負責雜活的岳冬至和石根。

兩人如今在作坊已經做了一段時間，跟喬明瑾等人都是極熟了，看到作坊十幾位師傅能把別人不要的木樁做成那麼好看的作品，很是心癢，活計做完的時候就愛跟在師傅的後面，一邊幫忙一邊學習。那些師傅們也不藏私，有問必答，看他們願意學，就熱心地教了他們好些東西。

這衣架交給他們來做很合適，不然交給何父等人倒有些殺雞用牛刀了。

下午落日的時候，兩人就做了幾十只衣架出來。

何氏和馬氏及秀姊三人瞧著歡喜得很，個個都說要抱幾只回家試試，幾十只衣架，喬明瑾也就分得了二十只。

那三人當下歡歡喜喜地拿了衣物來試，只是時下的衣物跟後世大不相同，褲子沒有鬆緊帶就算了，光靠一根帶子繫緊，根本無法固定在衣架上；再來，這些衣裳是沒有扣子的，說白了就是一塊布，往衣架上一掛，沒風還行，只要風一吹，呼啦啦地全掉到地上，可就白洗了。

喬明瑾想著便又畫了圖紙，讓他倆依著圖紙把衣夾也做出來。

兩人得了令，夜裡索性就在作坊裡住下，挑燈夜戰，反正作坊新房新居，有吃有喝，還燒著他們捨不得買的炭，比家裡舒服多了。

兩人連家都不回，又是頭一次讓主家派了木匠的活計，很是歡喜，當天就夥同作坊的師傅們一直忙到夜涼更深才歇了。

次日，喬明瑾得了一大籃子的竹衣夾。

喬明瑾和秀姊等人歡歡喜喜地又捧回家試了，往衣架上披了衣服，再用衣夾那麼一夾，管它風再大呢，就是吹不下來，都是驚喜萬分。

如此，家裡能把空間騰出來了不說，還省事、省心不少。

如今這般可是太好了，就是要她們天天洗衣服都樂意。

每次在作坊得了好的吃食，喬明瑾總是樂得分馬氏一些讓她帶回去，此時得了這般好物事，自然也少不了她的一份。

待她中午回家歇晌回來，正逢喬明瑾在作坊，便有些忐忑地跑到喬明瑾面前，對喬明瑾說道：「瑾堂嫂，這衣架我們全家都很喜歡，分得的那幾個，家裡人太多不夠用，我婆婆讓我來問問看，能不能讓家裡也學著做一些出來？妳放心，我婆婆說了定不外傳，只放在家裡自家用。」

她說完小心翼翼地看了看喬明瑾。

喬明瑾見了不免覺得有些好笑。馬氏性子有點拘謹，開始時對她有些誤會，後來，喬明瑾給了她兩次活計做後，接觸多了，又聽得何氏和秀姊說的種種，對喬明瑾倒多了一些同情，言語間也頗多親近；許是在作坊有秀姊和何氏陪她聊天的緣故，整個人也漸漸開朗了起來，性子不再那麼拘謹了。

喬明瑾聽她說完，笑著說道：「這又不是什麼需要掩人耳目的東西，明眼人一看就會做了，就是我不說，瞧上兩眼的，回家也能自己做出來，妳只管做來用去，沒事的。」

馬氏心裡高興，問道：「真的沒事嗎？作坊的東西妳都是要拿去賣錢的，我這拿去用，會不會……」

喬明瑾笑了笑。「不會，妳儘管做。」

馬氏得了喬明瑾的準話，開心地回去了。

這東西又不用什麼技術活，她男人、大伯子、家裡的公爹都是能做的。

今天家裡人見了那幾個衣架，正興奮著呢，恨不得自己的衣服全用那衣架掛起來，為了幾個衣架差點沒鬧出口角。

馬氏走後，喬明瑾從馬氏的話裡也得了啟發。

這東西實在便利得很，若是把它做出來放在姚家父子的雜貨鋪裡賣，生意定是不錯；就是賣不掉，引個噱頭，把人引來鋪子，還怕別的東西賣不掉嗎？

且這東西瞧著並不難做，雖然能模仿的人多，但若是賣得利潤薄些，想必也沒什麼正經的商家願意盯上這一塊肉的。

加上城裡現在沒處找木料去，土地又是寸土寸金，若是能省下架竹竿的地方養上幾盆花啊草的，他們怕是樂意得很，賣上一、兩文錢一個，誰還要自己動手去做這東西？

喬明瑾越想越覺得可行，於是招來石根和岳冬至，讓他兩人趕著做一大批出來。

兩人以為這是要做出來拿去賣的，又得了主家的信任，被委以重任，高興得很，覺得自己像是個作坊的師傅，興沖沖地表示作坊裡的活計做完後，就趕緊把衣架、衣夾做出來，這幾日夜裡就在作坊裡宿了。

喬明瑾看他們上心，也很是高興，想了想，便說道：「這衣架做出來，五個給你們一文錢，衣夾十個給一文錢。」

兩人連連推辭。「東家，妳已是給了我們一個月一兩銀子的月錢了，這都是月內的事，哪裡還能再收妳的錢？再說我們能有這樣的活計練習，心裡著實高興，如何能收錢？」

喬明瑾對他們一直叫自己「東家」的事，糾正數次未果之後，就隨他們去了，如今聽他們這麼一說，並不同意。

她雖然知道這年頭主家雇了人，十二個時辰就屬於主家的了，主家讓人幹什麼就得幹什麼，還不能做自己的私活。

但她覺得讓人額外做活是要另付工錢的，再者衣架、衣夾做出來，她是要拿去賣錢的，也不好讓他們白做了。

她於是對他們說道：「就這麼說定了，鋪子裡的雜活也不少，你們又要夜裡趕工，宿在這裡，家都不能回，我也過意不去。這東西是做出來賣的，你們要是覺得過意不去，就幫我做得好些，那些倒刺要拿砂紙刮乾淨了，城裡人的衣裳都是好料子，別刮壞了他們的衣服，到時搞不好他們還會上門來找我們。」

「東家放心吧，我們一定好好做，保證把它們做好了。」

兩人拍胸脯保證了一番，見推辭不過就高興地受了下來。

一個月一兩銀的工錢已是惹來村裡不少人羨慕，相熟的、不相熟的見了面就問他們主家還要不要工，無端讓他們的人緣好了不少，家裡也因他們的月錢好過了許多。

岳冬至至今還沒成親，家裡窮，好地都沒一畝，又沒個遮雨的好房子，媒婆都不願上門，如今有了這份活計，媒婆就願意上門搭腔了。

石根心裡更是開心。

他一大家子都是外地逃荒到下河村落腳的，村裡沒有地給他們蓋房子，現在住的房子也不好；妻子生了孩子之後，落了病根，也一直沒能好好看大夫，孩子也養得黃瘦黃瘦的，回回見了都心酸得想落淚。

如今可好了，有了一兩銀子的月錢，一大家子都夠用了。

再說主家如今讓他們做衣架、衣夾還給錢，那兩樣東西做起來容易得很，衣夾他一天就能做好幾百個，想來每天又能有幾十文錢拿，能給家裡多些貼補。

石根心裡高興得很，腳下不停，回了一趟家，跟家裡人一說，包袱都不須他動手，就被家人打包好了，他們又急急攆了他出來，說是讓他這些時日就在作坊住下，不必回家。

當天，石根和岳冬至就一起搬到作坊住下。

第三十三章

次日一早，岳冬至和石根趕製了百來個衣架、幾百個衣夾出來。

喬明瑾瞧著，十分滿意，很快就擬好了一封信，並畫了幾張圖紙，連信帶物一大早便讓雲錦送往城裡的姚記去了。

雲錦經常幫喬明瑾往城裡送東西或捎口信，這次又讓他拿著新鮮出爐的衣架、衣夾送到姚記代賣。

他雖好奇自家表妹跟姚記的關係，但沒多嘴去問，也沒多疑些什麼，只以為是這衣架利潤太薄，不方便寄放到周家的大鋪子去賣罷了。

雲錦到了城裡，先尋了姚記，遞上書信，並把馬車上的衣架及衣夾卸下，就到城裡各處採買去了，一會兒他還要去綠柳山莊給明玨和明珩送些過冬的衣物。

那些衣物都是喬明瑾親手給兩個兄弟做的。

冬日了，喬明瑾心疼他們，叮囑他們好生用功，路上濕滑，無事不必頻繁歸家，又恐他們想家，便隔三差五做些吃食、衣物讓雲錦送給兩個弟弟。

雖不常見面，他們卻是常常聯繫的。

且不說雲錦在城裡如何在各處採買，只說姚記裡的姚家父子。

今日雲錦送東西到姚記的時候，姚平剛好也在。

他前兩日剛走了一趟附近村莊，賣了一趟來回，今日剛好歇息在家，覺得閒不住，一大清早便到自家鋪子裡查貨並準備補貨，得了喬明瑾讓人送來的東西，又看了書信圖紙，非常驚喜，當下就從後院尋了一件舊衣試了。

他家這個鋪子並不大，沒有後院，不過是隔了一處裡間做為倉庫存貨之所罷了。憑他們家如今的家財還租不起太大的鋪面，若不是當初喬明瑾入股的那一百兩銀，別說是大鋪子，就是現今這間小鋪面他們也置不起來的。

如今姚家父子四人，加上姚母及姚平的兩個嫂子，無一不在賣貨。

姚父年紀大了，便讓他看著鋪子，姚富、姚貴、姚平三兄弟則還駕著馬車到鄰近村子當貨郎。

而姚母則帶著兩個媳婦到城中人家賣些胭脂水粉、針線頭花、話本之類，他最小的妹妹姚安在家裡操持。

三兄弟得了喬明瑾的點撥，鄉間只要是能換錢的東西都收，雞蛋、稻米、雜糧、乾菜、山貨、毛皮、野物、針線活或是不要的舊家具、舊書、舊衣等等無一不收。

有時候他們收上來的東西並沒付錢，很多莊戶人家願意以物換物，比如自家不用的舊家具等物，就跟他們換些衣料針線等東西。

又如這個村子收的雞蛋山貨等物，運到下個村子被人拿別的東西換了去……來來回回，得了不少差價，做的可不止一回生意。

現在姚記的生意做得蒸蒸日上，火熱異常，讓人羨慕。

前段日子他們剛趁著袖套賺了一把，如今又有新的物事。

姚平是個腦子活的，得了喬明瑾的書信，喜不自禁，當下就把衣架、衣夾掛了衣物放在店裡展示，一個衣架賣三文，一個衣夾一文，大約就一個肉包、菜包的價格，除了人工，這已是極為薄利了。

姚平站在自家鋪子裡看了一會兒，從一開始只是有人好奇，再到後來擠著搶著來買，他在一旁看得眉眼彎彎。

早上剛得的百來個衣架和幾百個衣夾不消一個時辰，就幾乎銷售一空。

姚平跟老父商量了一番，便匆匆出了店鋪尋雲錦去了。

等到雲錦採買好東西，又去了綠柳山莊，兩人才一道回了下河村。

下河村裡，喬明瑾吃過午飯，和明琦哄著兩個小東西睡著之後，去了作坊。

那衣架、衣夾定是不愁銷售的，目前她要做的是在別人反應過來之前，趁勢多做一些，哪怕城裡的鋪子銷不完，姚平三兄弟運到各村各鎮也是能賣掉一批；即使留著送人，或是給娘家送上一批，都是不會有剩。

有了喬明瑾和秀姊、何氏、馬氏四人的幫忙，那衣架和衣夾做得更是快。

石根和岳冬至兩人只是做坯，她們四人則是在一旁組裝、磨平，動作快了不少，等到雲錦帶著姚平回來的時候，六人又是做百來個衣架出來了。

喬明瑾看到姚平很是驚訝。「你怎麼來了？」難道是她信中講得不夠清楚？

「喬姊。」姚平興奮地和喬明瑾打招呼。

秀姊和馬氏等人都認得這是經常來村裡的姚貨郎，都是奇怪地看著他，不明白他怎麼會來找喬明瑾。

喬明瑾對著屋裡的幾人說道：「姚小哥家裡已是在城裡開了一間雜貨鋪，咱這衣架我就是打算放到他們鋪子裡賣的。」

眾人了悟。

秀姊便打趣起姚平來。「好啊，小貨郎，都開起鋪子了？這又是買馬車又是開鋪子的，看來錢沒少掙啊，也不知在我們下河村都捲了多少銀錢走了。」

姚平笑嘻嘻地道：「可不是嘛，若沒有幾位姊姊的關照，哪裡有我們家的鋪子開？幾位姊姊可謂是我們姚家的衣食父母哪！」還有模有樣地朝秀姊幾個人打揖。

秀姊和何氏等人見之哈哈大笑。「怎麼說？我們都成了你的衣食父母了？哈哈，下回看你還敢不敢收父母的錢。」

姚平又笑著說道：「我哪裡敢收幾位姊姊的錢？無非就是不捨得幾位姊姊大老遠跑去城裡，又是辛苦又是費錢的，我哪回不是左手買來，右手就賣給各位姊姊？只不過捨不得我家那匹老馬陪著我吃苦，為牠賺一些草料錢罷了。」

秀姊等人又是哈哈大笑。「敢情你辛苦一場就是為你家那老馬賺草料的？」

姚平也笑道：「那是，我家那匹老馬就跟我娘子一樣，我哪裡捨得讓牠沒有精料吃？」

秀姊等人又哈哈大笑了起來。

喬明瑾在旁邊看他們相互打趣，等他們間歇，就把人領到作坊一間待客的小廳說話。

姚平坐下後，把今早上衣架試賣的情況說了一遍。

「喬姊，我跟我爹商量了，上次的袖套妳不願收我們的錢，這次的衣架、衣夾一定要收錢，不然我們受之有愧。」

喬明瑾便說道：「我有股分在你們那，每月我還有花紅，不用再給我另算錢。」

姚平急著說道：「不不不，上回喬姊不過是提供了袖套的樣品，衣料和人工都是我娘帶著兩個嫂子和妹子做的，喬姊不收錢，我們也不好說什麼；可是如今這衣架是喬姊這邊請人做的，再不收錢，我們真不好收了。來時，我爹就叮囑我了，說是一定要跟喬姊商談如何分利的事。」

喬明瑾看出他並不是在說客套話。

但這東西，她訂的價格低，就是賣得多，恐怕也分不到多少錢，她本就是打算做個人情，以之來引雜貨鋪生意的。

不過，石根和岳冬至是該付他們些辛苦錢。

「這東西薄利，我本也是打算借這個東西引更多人來關照姚記的生意，分利的事就不必了，還是把雜貨鋪的生意長久做下去才是正經。不過這衣架，你方才也看到了，我是請了作坊的人做的，以後若是要得多，可能還會請人幫忙；所以我跟他們說好了，做五個衣架、十個衣夾就給一文錢，即便他們做得慢，一天也能有十幾、二十文的貼補，這筆錢倒要你從得利裡面支給他們。」

姚平便站起來說道：「這是應當的，哪能讓喬姊來付這筆錢？除了這個之外，我和我爹決定賣得的錢一家一半，喬姊這裡每次送多少過去，我們都記下數來。」

「真不用了，也不是多少銀錢的事。」

姚平急道：「這裡的利雖薄，但是家家都是用得到的，量一定不會少，我們不能占喬姊這個便宜；喬姊若是不答應，我和我爹便不好受之了。」

喬明瑾看他說得真誠，又推託不掉，便說道：「那行，你們在外賣得辛苦，這工錢就由我來付吧。」

姚平推辭了一番後，就應了下來。

喬明瑾商量隔一天給他送一批貨，這兩天先讓他們往各個村子裡試著賣賣看。

兩人又聊了一個時辰，因著姚平還要趕路，便由雲錦騎馬把他送走了。

自喬明瑾得了雲錦從城裡帶回的消息，說是衣架大賣之後，她又讓秀姊找了村裡幾個懂木匠活的人來幫忙，連著趕了幾天，製出上千個衣架和幾千個衣夾出來，陸續運往姚記，大部分都放在鋪子裡賣，一小部分讓姚家幾兄弟運到各村各集去賣，回報說是賣得極好，回回賣光。

雖然價格低，但石根、岳冬至及後來請來幫活的幾個人，每天都能有二、三十文的貼補，在這閒著過冬的季節，大家心裡極為高興。

不過僅就這幾天工夫，已是很多人來問是否需要再請人了。

每日二、三十文看著不多，不過對於莊戶人家多少也是個貼補，只不過著實請不了這麼多人，喬明瑾便只好讓秀姊好生回了村裡眾鄉親。

如今村裡的林子裡已經挖不到什麼好的木樁了，而且冬日實在太冷，一鋤頭下去，震得手腳直發麻，更多人都選擇了好好過冬。

再者因為作坊這段時間從各處收的木樁太多，加上冬日乾燥不易，作坊裡已是堆滿了木樁，都往上疊了幾層。

而要創作一個好的作品，沒有個把月時間決計是出不來的，甚至那些大型的根雕作品，越是做得精細，都得兩、三個月才能得，所以收木樁的動作就放緩了。

於是冬日清閒的人就多了起來，經常有人來問，可有什麼活計做的？

喬明瑾想幫襯一把，但也沒什麼好的途徑，只得一一勸回。

她倒是想給作坊再請幾位熟手的木匠師傅回來。

那根雕作品出得慢，堆在作坊未處理的木樁著實太多，每回瞧了她都愁得慌。

只是村裡的木匠會做的頂多是粗淺的木工活罷了，給家裡釘個椅子、做個木盆什麼的，作坊的細活他們大概是做不來的。

所以趁著年前這段冬閒時間，村裡越來越多的人往城裡領閒工去。

年關將近，天氣漸冷，已是下過幾場雪，家裡的炭盆也整日不斷火星。

隨著年關將近，喬明瑾倒是漸漸閒了下來。

家裡如今吃得好，孩子們也穿得暖，買得起筆墨，寫得起大字，喬明瑾每日在琬兒和明琦做完功課後，不拘著她們，任她們在雪裡瘋玩，琬兒都捨得用紅菜、綠菜、雞蛋之類的來妝點雪人了。

何氏哇哇叫了兩回，就隨她們去了。

如今的日子是她以前不敢想的，她家裡窮，嫁到雲家能吃飽飯，公婆又是個好的，家裡種些菜，婆婆經常挑到城裡或是集上賣，家裡一、兩個月偶爾能吃一回肉，她以為那就是好日子，已是比很多人家強多了，起碼不會像丈夫大姑家一樣，累月都吃不上一次肉。

但現在呢？天天都吃上肉不說，還都是大肉，丈夫臉上的笑容也越來越多，整個人氣質都不一樣了，回回看得她心跳。

丈夫的荷包鼓了不少，偶爾從城裡回來，也會給他們娘倆買上一、兩件禮物，或是布料或是銀簪。

兒子的小臉越發紅潤有光澤，有新衣、新鞋穿不說，冬日裡還穿上了大毛衣裳。

而她的私房錢也越存越厚了。

這樣的日子，何氏以前想都沒敢想，想必再過一、兩年，她也能爽氣地送兒子去進學。

何氏對丈夫這個表妹著實是佩服得緊。

夜裡溫存過後，夫妻閒話，丈夫每每說到這個表妹，總是說從小就看出這個表妹是個不凡的，跟著表妹有肉吃。

她偶爾會打趣丈夫，是不是娶不到這樣不凡的表妹，心生有悔？每每都被丈夫狠心折磨一頓。

她何氏冬梅嫁到雲家是她之幸，如今再看到兒子興高采烈地從廚房拿雞蛋去給雪人當眼睛，她也不再說什麼了，只跟瑾娘開心地看著。只要孩子們高興就好。

如今喬家今非昔比，有了喬明瑾的幫襯，及明玨的束脩銀子，家裡正經好過了起來，有了銀錢，也捨得買一些好吃食給喬父進補，慢慢把喬父早前虧空的身子逐漸補了回來。

加上喬父現在教著村裡十幾個蒙童，又得了村裡人的敬重，臉上漸漸有了笑意，日子好過了，整個人也輕鬆了起來，倒是經常幫著喬明瑾料理那些田產和地產，偶爾出些主意，或到哪處山上看著成群的雞兔亂跑，愜意不少。

娘家日子好過，明玨和明瑜的婚事也有人來求了。

明玨一個月十兩銀子的束脩在雲家村並不是什麼秘密。

按說一個秀才，就算被人請做西席，也就五兩銀子左右的行情，可明玨一個月卻拿了十兩，不由得讓人多想一些。

要不是喬家這大小子是個有真才實學的，就是這孩子得主家特別看重。

如此一來，盯著明玨的人更多了。

喬家內，媒婆來來往往。

本來一個窮酸秀才不會得到太多人的認可，之前喬家條件不好，又沒幾畝田，家裡子女又多，兩個姑娘還得打點不少嫁妝出去。

可現在這喬家大兒子一個月能掙回十兩銀，別說養妻兒，養岳家一家都能養得起了。於是左右鄰近的村子，再遠些的松山集上都有人遣媒婆來說合。

藍氏對來給明玨說親的人，全拒了，只說明玨還要備考，不好分了心，待考過再說。

如果說喬明瑾自小由藍氏抱去教養，與她同吃同睡，是當宗婦來教養的，那明玨則是被當成喬家未來家主來養的。

一個長孫女，一個長孫，在祖母藍氏眼裡，都是重之又重。

現在家裡狀況日漸轉好，在明玨有更好前程的情況下，自然是不願隨便給這個長孫湊合一門親事。

要說明玨的年歲，在鄉下都有人已經抱了娃，可在藍氏眼裡，滿十八歲的長孫著實算不上大，哪怕再等兩年，明玨就算秋闈中不了，也才二十歲，那時還有個秀才的身分，不怕說不上親。

藍氏很痛快地拒了前來給明玨說親的四方媒人。

但明瑜的親事就順利得多了。

倒不是說藍氏不重視明瑜，只不過如今明瑜已滿十六足歲了，十六歲還沒說上親的女子，在鄉下會被各種人說歪話。

即便藍氏想等到明玨兩年後秋闈，等家裡再好一些，給明瑜挑上一門更好的親事，但明瑜兩年後都十八歲了，如何能等？

再說，若是明玨兩年後不中呢？豈不更難堪？

來給明瑜求親的人著實不少，讓藍氏好生挑揀了一番。

藍氏和喬母沒半點鬆心，只要上門求娶的都一一接待了，又再捎了人一一去瞭解。

進了臘月，雲錦從雲家村回來，說藍氏已是擇了三家人家在手，想順道來問一問喬明瑾的意思。

三家人家，一個是鄰近村子的一戶姓謝的殷實人家，家裡有近百畝上好的水田，家中也簡單，只有兩個兒子，大兒子已娶了妻，生了兒；說親的小兒今年十八歲，早年有讀過幾年書，考過兩次秀才皆不中，後來就歇了心思，又得了父母給的銀子，就在松山集上開了一間小鋪面，賣些雜貨。

這家承諾，說等小兒成親後就給兩個兒子分家，老人跟著大兒住在鄉下，田產由大兒得六成，小兒得四成，那間門面鋪子就分給小兒，娶了親就住在集上。

另一家是喬母的妹子雲妮說合的。

喬明瑾的小姨雲妮嫁得不遠，就在雲家村隔壁村子，生了兩兒一女，家裡比原來的喬家略好些。

小姨丈韋柏家裡沒幾畝地，韋柏平時就幫人敲些石頭販賣，磨些石板或是刻些墓碑、雕些石像什麼的，也能掙來些銀子。

他家大兒韋金虎，跟著父親在山裡敲石頭掙幾個錢，還有一個兒子韋銀豹十六歲，偶爾會跟著父兄兩個學些東西；最小的女兒韋紅鯉才十四歲，幫著雲妮在家操持。

雲妮說的這戶人家是他們村的一個秀才，十九歲，也姓韋。

這戶秀才家裡不甚好過，但好在其外祖家還有些錢財，從小便供他讀書，這韋秀才讀書是個爭氣的，兩年前就中了秀才。

雲妮得知明瑜在說親後，就跟喬母說了這一戶人家，說是跟她的關係頗好。

喬母自從出了喬明瑾鬧和離的事後，就覺得是因為女兒嫁得遠了，娘家才照應不上。

如今看對方跟自家妹子是一個村的，將來可以得妹子照應些，又是個讀書人家，喬母挺看中這韋姓秀才。

而另一家是雲大舅的小兒雲沐私塾裡一位先生的兒子。

這雲沐是雲錦的親弟，十五歲，家裡還過得去，雲大舅母又種了很多菜，靠著賣菜供雲沐到松山集上讀了個私塾，旬休才回家一趟。

前幾日是雲大舅和大舅母看天氣冷了，給小兒拿衣物到私塾，正好打聽到雲沐有一個先生正想為他家兒子說親。

這一說合，兩家便起了相看的意思。

那先生姓張，只得了一個兒子，早早就中了秀才，正在青川縣的書院裡就讀。

那張先生得知姑娘的兄長也是小小年紀就中了秀才，而且姑娘的父親也是個秀才，是正經的耕讀人家。

又聽說明瑜在家裡裡外外操持，不管是廚房的活計還是針線都是極好的，就很是有意。

如今別的人家藍氏都拒了，只說要看看這三家人家。

正好雲錦回村，她就說了給雲錦聽，好讓他給喬明瑾也說一說。

正值晚飯後，喬明瑾打發琬兒和雲巒去玩，和雲錦、何氏在廂房裡燒著炭盆說閒話。

何氏倒是跟喬母一樣的心思。

她盤著腿在榻上坐了，說道：「我還是中意三姑村裡的那個韋秀才。不說他也是個讀書人，就說有三姑在一旁看著，那家裡就不敢對明瑜怎樣。明瑜性子有些柔和，若是遇上個刁鑽的婆母，她可不會像瑾娘這般有魄力出來單過。」

雲錦瞪了何氏一眼，又扭頭看向喬明瑾，發現她並沒在意，便說道：「我倒是中意鄰村那個姓謝的人家。這秀才不秀才的，誰知道以後怎樣？有多少人到頭來一輩子都只是個秀才。那秀才捧著一本書什麼活都不做，只知道等著衣來伸手飯來張口，掃把倒了都不會扶一下，不懂賺錢，將來難道讓明瑜一個人在地裡勞作？」

他頓了頓又道：「那謝姓的小子，家裡有近百畝水田，分了四成還有好幾十畝，父母是跟老大，他在集上還有個小門面，又是個懂賺錢的，還怕將來明瑜吃不上飯？什麼秀才不秀才，都是虛的，這年頭還是填飽肚子才要緊。」

喬明瑾贊成雲錦的話。

少年讀書讀得好，不代表以後也能一路順遂，就算中了舉人，沒銀錢通關，仍舊難有什麼前途；再說世事變遷，秀才到舉人到進士，要有諸多銀錢鋪路，那上路趕考的路費就不少，平時又要讀書、要進學，又要買筆墨，又要吃穿，哪樣不要錢？

就怕將來一家子因著銀錢的事起了什麼糾紛，這世上，最是貧賤夫妻百事哀。

韋姓那家秀才，家裡是個沒幾畝田的，家中還有兄弟姊妹，就算外家支持讀了幾年書，難道還能一路支持上去？

而集上那姓張的秀才，父親是位先生，他自己又在城裡書院讀書，且又是家中獨子，恐怕是個被寄予厚望的，若是將來有了前程，只怕明瑜會被人挑毛病……

這事，到底要看祖母藍氏的意思，以及最後相看的結果。

喬明瑾一直認為祖母是個不簡單的，她看人極準，知書達禮不說，看問題也通透得很。

果然沒幾天，雲錦再從雲家村回來，就說這幾家藍氏都沒看中。

藍氏自然是知曉自家兒媳的意思，所以首家去看的便是那隔壁村雲家小姨的鄰居。

此次藍氏對於明瑜的親事很是重視，她多年來並不愛出門，這回卻細心打扮了一番，帶著喬母親自去訪了那戶人家。

雲妮跟自家姊姊倒是經常見面的，但出嫁後，跟藍氏見面的次數並不多，此次見藍氏竟然親自登門，當然是好生招待了一番，又讓小女兒去請了韋秀才的母親來說話，當是親戚間聊聊家常。

哪知韋母來的時候，同來的還有一位婦人及一位十五、六歲的姑娘，說是韋母的娘家嫂子及娘家姪女。藍氏當下心裡就有底。

果然，那韋母的娘家嫂子話裡話外無不是說這些年他們是如何幫襯韋家，又是如何全家勒緊褲腰帶供韋秀才讀書，又是說兩家是如何殷殷相盼韋秀才能改換門庭。

旁邊同來的小姑娘一邊聽自家母親說起秀才表哥，一邊擰著帕子露出甜蜜羞澀的笑。

藍氏還有什麼看不懂的？飯都沒吃，不顧雲家小姨的挽留拉著喬母就回來了，回到家猶自氣不順，狠瞪了喬母好幾眼。

隔了兩日，她得知託雲家去鄰近村瞭解的謝姓人家的情況，一口氣更是不順。

那謝家父母早聽說了喬家的三姑娘，家中父兄皆是秀才不說，姑娘還長得好，針線活計、持家理事樣樣不差，早就想派人上門說合了。

所以雲家大舅母、小舅母去拜訪的時候，他們恨不得拉著兩人，立時就把親事訂下來。

兩人本來很高興，以為事成，哪知回到家就被潑了一盆冷水。

除了雲家兩位舅母去謝家拜訪，藍氏還託了雲家兩位舅舅到松山集上去打聽那謝家小子的品行為人。

兩人到了集上，打聽到那姓謝的小子是個能幹的，不僅把那間小門面打理得好，為人還寬厚，做生意價格公道、童叟無欺，兩人喜在心頭。

不料親見時，那謝家小子與一長相秀麗的女子在鋪子裡同進同出，打聽下來，說那是謝家小哥買的貼身丫鬟，平時謝家小哥常帶進帶出，舉止親密，一些去他家鋪子光顧的總誤以為他們是小倆口。

雲大舅回來只跟藍氏這麼一說，藍氏就氣得喘個不停。

有幾十畝田、一間小門面就學有錢人家使奴喚婢了？還懂得使貼身丫頭了，真真是不知所謂！

不說藍氏，就是喬父、喬母對於這樣的人家也是極看不上的。

最後的一家人選是雲沐私塾張先生的小兒子。

原本是張先生極有意求娶，所以請了喬家一家人到集上一處茶肆敘話。

那天，張先生早早就到了，一早等在了茶肆門口。

喬父和張先生都是秀才，見面當然有很多話說，不一會兒那兩人就喬兄、張賢弟地熱絡上了。

藍氏初初看到只有張先生一人前來，自家這邊卻是來了好幾個人，連孫女兒都帶來了，這誠意立見高下，心中就有些不喜。

可又見那張先生與自家兒子相談甚歡，覺得那家人許是會看重明瑜的，以為這門親事能成，便帶著羞得頭都抬不起來的明瑜在一旁坐著喝茶。

後來茶喝了兩盞，那張家娘子才姍姍來遲，一身杭綢做的衣裳，頭上戴著好幾支金釵，手上也是兩對分量十足的金鐲子，一副富家太太打扮，襯得素面朝天的喬母在她面前倒像是她家的粗使婆子。

那張氏一進門就上下打量明瑜，審視了一番，眼神還肆意地掃過藍氏、喬母。

藍氏心生不喜，不過也只斂著神色端坐不動。

張氏看到只有喬母和明瑜起身相迎，見藍氏只抬了抬半身，心生不快，問道：「這位是哪家夫人？」一見到藍氏竟然不起身行禮相迎，暗道果然是什麼規矩都不懂的鄉下人家。

張先生臉色尷尬，人家那是長者，自家娘子不向人家行禮就算了，竟然還等著老人家向她行禮呢！

他拉了張氏一把，對藍氏道：「老太太，這是拙荊，今日家中有事，故來得晚了。」又給自家娘子打眼色。「這是喬姑娘的祖母，老人家一早就到集上了。」

藍氏聽了，只淡淡瞥了張氏一眼，見她仍舊不動，暗笑，這是等著我起身給妳見禮呢！

那張氏見藍氏一個鄉下老婆子，聽得自家相公介紹，還老神在在地在那裡品茶，心中更是鄙夷，果然是鄉下人，一點禮數都不懂。

兩個心中皆有了不快之人，自然是說不到一塊兒。

倒是喬母好不容易從媒婆手中挑中了三家，現在已去了兩家，只剩了這最後一家，心中著急，生怕自家女兒婚事艱難，很是挖空心思了一番，千方百計地引那張氏說話。

只不過張氏原本就不喜自家男人挑的這門親事，十句裡能有兩、三句應和就不錯了。她就得了這麼一個兒子，又是從小有出息的，小小年紀就中了秀才，如今更是去了青川城的書院裡就讀，先生都誇，說是中個舉人一定不在話下。

自家兒子將來前程光明，那些高門大戶家的小姐還不是排隊等著她挑揀？何苦急著挑這麼一戶窮莊戶人家，對自家兒子會有什麼助益？

本來今天她是不想來的，不過在自家男人動身之後，想了想，便好生打扮了一番，把妝匣裡的首飾都戴上，也好教他們瞧出雲泥之別，自己心生退意，省得那些不知天高地厚的鄉下人黏上來。

張氏言語傲慢，最後連後知後覺的喬母都聽出來了，何況是藍氏？

那張氏問喬母。「你們喬家幾畝薄地？不知一年能收多少嚼用？」

喬母自是把自家的情況說了一遍。

張氏又道：「這幾畝地除去所交稅銀，只怕也僅夠你們一家吃飽吧？就是妳大兒子當了西席，難道不用存些錢讓他備考？妳是不知道，那備一次考要花多少銀錢，如果考中了還要上下打點。我們家就這麼一個兒，他自己又爭氣，我和他爹自然是砸鍋賣鐵也要托他一把的。好在我娘家日子還過得去，經常幫襯，不然那日子還真真是難過。對了，喬姑娘外祖家日子可過得去？」

明瑜腦袋低垂著，聽母親把外祖家的情況說了一遍。

那張氏聽完又道：「欸，我就這一個兒，日子緊著一些，也就過來了，你們家還有好幾個呢，這婚迎嫁娶哪樣不用花錢？自家兒女的聘金嫁妝什麼的也都是自家的臉面。」

藍氏瞥了她一眼，看她又是摸頭上的金釵又是摸手上金鐲的，暗笑，敢情這是暗示我們家出不起嫁妝了？

喬母偷偷看了自家婆母一眼，正斟酌著要怎麼回話，又聽那張氏說道：「我聽說你們家大女兒現在帶著孩子從夫家搬出來了？這女人哪，嫁到夫家哪有不受氣的，總不能受一些小氣就鬧脾氣要死不活的吧？好在我沒有女兒，不然打小就要讓她看《女戒》、《女則》，女兒家的哪裡能不識一些規矩？」

她說完往明瑜身上又上下打量審視了一番，對她一直低垂著頭坐在那裡更是諸多不喜，果然是莊戶人家，上不得檯面。

藍氏聽張氏說完，笑了。

這話裡話外，直接扯到喬家對女兒的教養問題了。

喬母正有些忐忑，不知如何回覆的時候，就聽到藍氏說道：「好在夫人沒有女兒，不然這女兒家眼睛長在頭頂上，將來是極難說上親的。我家雖然窮點，但還真沒想要去巴結什麼人。張娘子將來是要等著兒子掙誥命的，我家就是鄉下種地的，可不想拖了張小哥的後腿，這娶親就講究個門當戶對，看來是我們看不清了。」

那張先生聽了藍氏這一番話，瞪了自家娘子一眼，正想賠禮替自家娘子說些軟話，就看到喬家祖母已是拉著孫女起身告辭了，他連忙起身去攔，哪知喬父聽了張氏的話也早心生不愉，也跟著起身告辭。

這麼一來，這最後的人選也告吹了。

喬明瑾聽了雲錦帶回來的消息，又是好氣又好笑。

有錢的不學好，有才的又自命不凡。

想必自家祖母和父母親對明瑜的婚事會更加犯愁吧？

喬明瑾對明瑜的婚事也極上心，她自己是個不出門的，不認識什麼人，便拉著秀姊、蘇氏和呂氏婆媳說了自家妹子的事，讓她們幫著留意可有合適的人選。

秀姊和呂氏等人自是樂意的，也極為上心。

冬閒了沒什麼事，牽線成就一方佳話，有什麼不好的？她們把身邊的人細細搜羅了一遍，一一報予喬明瑾，喬明瑾又一一報予藍氏和喬父、喬母。

而喬父、喬母那邊，歇了兩天，也開始另找媒婆。

如此又挑了大半個月，總是沒有滿意的人選。

第三十四章

進入臘月，寒風凜冽。

不說幾個孩子，就連喬明瑾都漸漸不愛活動，作坊去得也沒那麼勤了。

這天，將近午時，周晏卿再一次坐著他那輛招搖的大馬車到了下河村。

喬明瑾陪著他巡視了作坊，又與眾位師傅一一說了些勉勵的話，便回了喬家。

那小廝也是個怕冷的，下了車，把湯婆子緊緊揣在懷裡。

周晏卿逗弄了一會兒琬兒，坐等喬明瑾把午飯弄好，一起吃過午飯，與喬明瑾在堂屋圍著炭盆說話，絮絮叨叨的，沒個主題，兩人總是想到哪說到哪。

正聽到喬明瑾說起明瑜的親事，周晏卿看喬明瑾實在犯愁，想了想，便對她說道：「妳要是信得過我，我那邊倒是有一個現成的人選。」

喬明瑾斜了他一眼。「我哪裡有不信周六爺的？」

周晏卿扭頭看了她一眼，嘴角往上翹了翹。「這畢竟跟做生意不一樣，不同的人擇人的目光自然會不同。妳若是信得過我挑人的目光，我立刻可以跟妳好生說一說這個人選的事。」

喬明瑾知道自己沒怎麼出門，總共也不認識幾個適齡的年輕小夥子，她家祖母藍氏看人的目光非常精準，只不過這些年也沒怎麼出門。

喬明瑾把她家的情況跟周晏卿說了一遍，看他很是認真地聽她說話，又說道：「我家如今只靠媒婆幫著找，媒婆尚且信得過，我還信不過周六爺嗎？你倒是跟我好好說說是什麼樣的人選。」

周晏卿看喬明瑾一副認真的樣子，斂了那副玩笑模樣，對她說道：「這人也算符合妳家擇婿的條件，是個讀書人，童試考過了，書院裡先生也是常誇的。他是我周家的旁支子弟，只不過家境不大好，早年父喪，餘了個寡母把他帶大；不過家裡雖窮，有我周家族裡的貼補，母子兩人還是能填個肚飽，族裡看他讀書極有悟性，有貼補銀錢送他到書院讀書。

「前年他正準備考秋闈，怎料寡母又喪了，只好守孝在家。如今家裡只餘他一人，早年因家裡窮也沒說得上親，如今更是沒人幫著料理他的婚事，如此便拖了下來。如今快二十一歲了，別的倒沒什麼，只怕妳家裡嫌他年齡大。」

二十一歲，在喬明瑾眼裡並不算大，大學都沒畢業呢，只不過在時下人的眼裡，兩人差了五歲，又是頭婚，確是有些大了。

喬明瑾想了想說道：「這年紀其實還好，只要他沒別的什麼毛病就行。家裡沒人了也無妨，我三妹是個性子軟和的，要是嫁到婆母苛刻的人家裡，我爹娘必是放不得心的；現在倒是正好，嫁過去自己就能當家做主，只是不知他叫什麼名字，品性又如何？」

周晏卿一拍腦袋，笑了笑，道：「瞧我這糊塗的。他叫周耀祖，品性極不錯；若有不好的地方，我不會推薦給妳。這以後萬一他們過得差了，妳還不得拿刀砍我啊？」

看喬明瑾拿手作勢抹了一下脖子，他又道：「他還沒記事的時候，爹就沒了，娘沒改嫁，一手拉扯他長大，平時最是孝順知禮，他寡母病重臥床的時候，日夜衣不解帶地伺候；得了族裡幫襯，也懂感恩，經常幫著族裡做一些事，誰家有什麼乏困都常幫忙。

「唸了書之後，他常替人寫信、替人抄書掙些銅板貼補家裡。如今母親沒了，他自己也沒要族裡的貼補，守著家裡那兩畝薄田，旬休時，就到周家的鋪子裡做個小夥計，跑跑腿，賺自己吃用的銀錢，是個自立自強的。」

喬明瑾聽著周晏卿講了一通這周耀祖的事，覺得此人孝順、知禮感恩，還不是那種死讀書不懂錢財的，地裡的活也常做，又能吃苦，不願靠人救濟過活，這樣聽來，倒真是個不錯的人選。

她遂點了點頭，又問道：「你是怎麼認識這個人的？」

周晏卿便回道：「我周家在青川縣也算是個大族，家裡產業多，鋪裡任用的人多數是要從族裡選的，算是稟著『一家骨肉，相互幫襯』的祖訓。他被領到我名下的鋪子做活，我冷眼瞧了幾年，看他真是個不錯的。這段時間，家裡來了好幾個表妹，我母親本來是讓我看看族裡有沒有合適的人，幫著給她們選一選。」

喬明瑾扭頭看向他。「照這麼說，這個人選你是決定要留給你家那些表妹的？不過，我聽說，你那些表妹好像不是衝著族裡的旁支子弟來的吧？」

周晏卿聽了，臉上不由燒了燒，咬牙道：「妳消息倒是靈通，看來石頭這個月的月錢是不打算領了。」看喬明瑾一臉的戲謔，作勢咳了幾聲，又道：「我是想替我家那些個表妹操些心，但人家沒領情，我也懶得費那勁兒。如今既然妳不嫌棄，我就割愛吧。」

喬明瑾朝他呿了聲。誰不知道他家那些表妹都是衝著他來的？能看得上這麼一個孤家寡人，房無一間、地無幾畝的窮小子？

喬明瑾想了想又說道：「此人我覺得非常不錯，不過，我妹妹的婚事我一個人做不得主，此事還得稟了我祖母和爹娘一聲。這樣吧，我明日託人跟我娘家爹娘說一聲，你回去也探一探對方口信，若是他也有意的話，我們就約個時間、找個地方讓雙方見上一面。我祖母看不到人，只怕是訂不下來的。」

周晏卿便點頭應了。

兩人又聊了大半個時辰，因著冬日路上濕滑，周晏卿沒在喬家歇晌，由著石頭扶著上了馬車就往城裡回去。

當天晚上，吃過晚飯，喬明瑾把此事跟雲錦夫妻說了一遍，兩人也都說好。

次日，天才濛濛亮，雲錦就駕著馬車回了雲家村。

當天，喬明瑾還沒開始準備晚飯，雲錦就從雲家村趕了回來，在廚房裡拉著喬明瑾說喬家眾人都很有意，想這兩天約那人見上一面。

喬明瑾的心總算落了一半。

而隔日，周管事也在午時樂呵呵地坐著馬車來了，說當日回去，六爺就約了周耀祖吃飯，與他說了此事。

那周耀祖聽說是六爺幫他牽線，又是六爺口中做保的好女子，當下就肯了。

不過六爺還是讓他晚上回去仔細想一想，次日再回話。

而次日，周晏卿剛吃完早飯，還未出門，那周耀祖就上門尋來了，回說願意與女方家相看，去喬家也行，來城裡也行，費用均由他來出。

周管事得了周晏卿的吩咐一早趕來報信了。

喬明瑾得了消息也很是高興，想著讓雲錦回家報信，商議相見地點，回來還要等周管事再來，又再託信，著實太過麻煩。

想著喬父不願往青川城裡去，她就做主讓周管事帶信，約了兩日後，前往雲家村相看。

周管事和雲錦便各自往兩處知會。

而喬明瑾想著此事因她之故，她也得替明瑜看一看那人，決定在兩日後把家託給何氏，由雲錦駕車把她和明琦、琬兒送回雲家村。

喬明瑾到雲家村時，發現不只喬家人都在，外祖家大大小小也早就等在家裡，明瑜臉紅紅地叫了一聲「姊」，便躲到廚房燒水去了，讓喬明瑾看著好笑得緊。

不到一炷香時間，那周耀祖就上門來了，是周管事親自領了人來的。

小夥子雖然臉上帶了些紅暈和羞澀，不過行事大大方方，還帶了好些禮品——給喬父帶了兩罈酒，給藍氏和喬母帶的是布料尺頭，連雲家外祖父母他都想到了，替他們各扯了一身尺頭布料。

喬母看著這個周耀祖身上乾乾淨淨的，穿著嶄新的棉布衣裳，頭上戴著學子方巾，進門就給眾人行禮，是個懂事知禮的，又聽他口齒伶俐不是那等木訥之人，很是滿意。

而喬父在他一進門時就盯著他上下打量一番，那周耀祖態度大方，對喬父的考校也是對答如流，喬明瑾瞧著喬父臉帶笑意，大概心裡也是滿意的。

而藍氏看了兒子、兒媳的態度，心中了然。她自己挑揀了好些生活上的雜事盤問了周耀祖一番，聽著他對以後的生活、家計是個有規劃打算的，也不像是個死讀書的人，談吐不俗，心內也是滿意得很。

再加上有周管事在一旁幫著兩家牽線搭橋，說盡好話，不到一個時辰，雙方就極有意要成就這門親事。

藍氏便留了飯，請雲家外祖和兩個舅舅、雲錦等人陪著吃喝了一頓。

席間，明瑜端菜上來，周耀祖偷偷瞧了，只見面前女子長相清秀，臉染紅霞，舉止優雅，完全不像個粗俗的村姑；又聽聞父母家人的衣裳均出自她手，而那席上飄著香味的菜也是她炒的，只恨不得立時就改口喚人。

飯飽到周耀祖離開時，雙方已是約好擇日要請媒說親。

只不過那周耀祖要明年才出孝，所以婚期至少要明年末、後年初才成。

藍氏及喬父、喬母本就想再留明瑜兩年，如此雙方算是皆大歡喜。

隔天，喬明瑾不放心，又打發了雲錦去那周耀祖的住處及唸書的書院、打零工的鋪子細細問了此人的人品脾性，聽說無人不誇。

最後，明瑜的婚事便算訂了下來。

自兩家相看之後，臘月初十，周耀祖正式請了媒人至喬家。

因兩家都已相中，故媒婆不用費什麼口舌，只不過是走走形式罷了，所以進行得很順利，當天就換了庚帖，把這門親事訂了下來。

喬家總算是鬆了一口氣。

這段時間因著給明瑜說親，喬家上下可沒少跟著操心。

藍氏和喬父、喬母，還有喬明瑾特地給周晏卿備了份厚禮，讓雲錦親自送上門。

周晏卿收下後，又打發了周管事送了回禮分別至雲家村及喬明瑾處。

臘月十五，周管事過來轉達了周晏卿的意思。

一是商量作坊放假與年後開工的時間，二是讓喬明瑾看著什麼時候得閒，往城裡去一趟對帳。

正逢年尾，周晏卿忙著各處事宜，對帳、盤帳，還要打發往京裡的年禮，還有各處的人情往來，喬明瑾已是有一段時間沒見著他的人影了。

周管事和周晏卿的意思是臘月二十開始放假，待正月十八才開工。

喬明瑾知道時下交通不便，有些人背井離鄉討生活，年裡要回鄉祭祖過年，路上來回就要費去不少時日，故這年假不能只放幾天了事。

再者進入臘月，小年、祭灶、清掃、祭祖、備年貨等等都是需要男人出面，家裡沒個男人主事是不行的，所以也不能到了臨頭才放假。

喬明瑾領著周管事到作坊裡跟大夥說了放假和年後開工的時間，作坊的師傅們聽完都很是高興。

這年裡有一個月的假，時間也夠他們安排家裡的事。

兩人又跟師傅們說好，等她往城裡盤完帳，過兩日發了工錢和年底分紅，再安排他們返家，師傅們都高興地應了。

周管事走的時候，把作坊裡做好的幾個根雕作品帶回城裡。

這段時間，因著求菩薩的人多，所以作坊裡出的作品多是滴水觀音、壽星、羅漢、財神這些居多，還有幾個應景的小根雕作品，年裡買去送人、送禮都是極好，不愁沒人要。

周管事看過之後，便讓人小心地搬上車，又叫雲錦護送著走了。

臘月十八，喬明瑾帶著雲錦、何氏及三個孩子進了城，除了要到城裡盤帳，還準備買些年貨。

後日，何父等人就要回去了，雲錦等人也要回雲家村，喬明瑾準備買些東西讓雲錦送到喬家去。

如今他們有了馬車，方便多了，不到兩個時辰就到城裡，這還是車上有孩子、路上濕滑，走得比往日慢多了的結果。

有了馬車，套著蓋著厚氈布的大車廂，任憑外頭大風颳著、小雪下著，都不打緊，車廂裡燒著炭，蓋著厚厚的車簾子，不會覺得冷。

琬兒和雲巒還很是興奮地撩起厚簾子往外看風景，一路上哇哇直叫喚。明琦非常怕冷，只圍著炭盆剝瓜子吃。

進了城，他們先是存了車馬，讓何氏和明琦帶著兩個孩子逛街買東西，她和雲錦則去了周家木器鋪子尋周晏卿。

周家的木器鋪子位置不錯，整條街上人來人往，許是要過年的緣故，街上人多了好些，遠遠地也看到有好些人在木器鋪子裡進進出出。

鋪面很大，收拾得很是齊整，夥計都很熱情，把喬明瑾當成來買東西的客人，很是熱絡地介紹了一番。

他還把她引到孔雀開屏根雕前細細介紹了一番，連這是什麼木料、上什麼油漆、粗淺的工藝流程，又是如何養護等等都細說了一番，說若喜歡這樣的根雕擺設，還可以依照客人的意思訂製出合意的造型云云，讓喬明瑾有點意外。

好的夥計自然是口齒伶俐的，可對每一件東西都這麼熟，信手拈來，且還不遺餘力為鋪子推薦店裡作品，又不會讓客人反感，這功力實在不凡。

喬明瑾笑意盈盈地聽他說了一通，並沒顯示出要買的意思，但他也不惱，見喬明瑾樂意聽，也願意在一旁細說，直至石頭聽到聲音從後院出來，那小夥計才停了嘴。

那小夥計這才知道喬明瑾是東家等了一個上午的客人，很不好意思，對著喬明瑾撓著頭訕笑作揖。

喬明瑾給了他一兩銀子的賞，還誇了他兩句，那小夥計受寵若驚，捧著那一兩的賞，對喬明瑾連聲道謝。

石頭用手點了他兩下，這才領著喬明瑾往後院去了。

後院廂房裡，周晏卿埋頭在一堆帳冊中，手指翻飛，撥著算盤，噼哩啪啦作響。

「來了？」聽見腳步聲，他頭也不抬。

喬明瑾也不客氣，在他對面坐了，往旁邊疊得高高的帳冊上瞧了一眼，搖頭，能者多勞吧。

「你沒有帳房先生嗎？竟要你這個六爺親力親為。」

「年底了，各處鋪子、莊子都送了帳冊過來，府裡的帳房先生恨不得能多生出兩隻手，哪裡還有人可派？有些要緊的帳，就要我親自來了。」

「你今年不用送年禮到京裡？」

「不用。今年我已是往京裡去了兩次，已經給京裡送了算盤、滑輪、根雕，比往年都還要貴重，這年禮就是不準備，京裡都沒有二話，哪裡還用得著我再冒著風雪北上一回？」

也是，那些出自她手的東西，已是讓京裡的周家風光了一把；再說這廝似乎比她還要怕冷，能不去，自是要遠遠避了的，哪裡捨得辛苦自己？

喬明瑾笑了笑，隨手在那堆帳冊上翻了翻，總帳、細帳、分類帳、鋪子的、田莊的都有，厚薄不等，高高疊了左右兩堆。

喬明瑾隨意拿了最上面的一本翻了翻，密密麻麻地寫了滿滿一頁。

這帳目做得雖細緻，卻讓人看著眼暈。

喬明瑾指著桌上兩邊各一尺高的帳冊。「這兩堆帳冊你要看多久？」

「看完要兩天吧，最快也要一天半。」

喬明瑾撇了撇嘴。

這麼兩堆帳冊，大約就二、三十本吧，還要看兩天？嘖嘖，怪不得府裡的帳房先生都要派出去，抓不到人了。

「妳那是什麼表情？覺得我太能幹了？」周晏卿從帳冊上抽空抬頭掃了她一眼。

看這些帳冊要兩天時間，還叫能幹？

喬明瑾在周晏卿的目光再次掃過來的時候，張了張嘴，想了想，又閉上了。

她是太閒了？才不多管這些閒事。

「哪本是雅藝作坊的帳冊？」

周晏卿聽了，從桌上一堆帳冊中抽了一本出來遞給她。

喬明瑾接過來略翻了翻。

她那作坊開起來還不到半年，前期師傅們都在摸索階段，再者一個大型的根雕作品產出的時間很長，總共出不到二、三十件成品。

所以這帳目記得簡單，也很清楚，何時入庫又何時售出，售價幾何……雖然這記帳方式、書寫方式都不是她所習慣的東西，但因東西不多，她只略翻一翻就明瞭了，便把帳冊又放了回去。

「妳這是搧風呢，就這麼翻一遍？」周晏卿從帳冊中抬起頭又看了她一眼。「那旁邊有算盤。」

「不用。」

喬明瑾看周晏卿又看向自己，便笑著說道：「我還信不過六爺你？你是大掌櫃，你說多少就是多少，我就坐等拿錢就是，算這些幹麼？平白操心。我只順便把我和師傅們的工錢領回去就成，好再去街上備些年貨，打發他們回家過年。」

周晏卿倒真以為她不在意，只是信任他，聽完這一番話，臉上帶了淺淺的笑意，心情很好的樣子。

其實這些根雕賣的都是整數，沒什麼幾錢幾分什麼的，又沒什麼進項銷項，數量也不多，默算一下就能算出總數和利錢、花紅，哪裡還用得著算盤？

因兩人都各有事忙，喬明瑾前後進去沒半炷香的時間就出來了，手裡捏著近二千兩的銀票，心裡舒爽。

今天可是能好好採買一番了。

她叫了雲錦，兩人一同出了鋪子。

臨近年尾，各條街上都是人，哪裡還有往日聚集、散集之分，這一眼看過去，每條街、每條道都是人，每條街都是旺街，每個鋪子都是旺鋪。

喬明瑾讓雲錦去找何氏、琬兒等人，她自己一個人先逛了起來。

她先是到了姚記雜貨鋪。

還沒走到姚記鋪子，遠遠就聽到喧譁聲，她抬頭看到姚記雜貨鋪人來人往，而姚平正穿著一身八成新的短褐，一臉笑容地在門口招呼往來客人。

「啊，喬姊，妳也來備年貨了？快進來快進來。」

姚平眼觀六路，耳聽八方，看到喬明瑾，趕著上前把她往鋪子裡拉。

「你沒下村子嗎？」

「沒。這日子臨近年尾，各村裡的人不管大小，都是來城裡辦年貨的多，進了臘月，我和哥哥都不下村子了；再者鋪子裡的貨賣得很快，天天都要往外備貨，有時一天要備上兩、三趟，我爹一個人照管不過來。」

姚平一邊引著喬明瑾往店裡進，一邊說道。

喬明瑾點了點頭，四下看著。

這還是她頭一次到姚記雜貨鋪。這裡門面不大，但瞧著東西倒是齊全，又因著喬明瑾給他們設計的貨架，店裡東西多，但是都有分門別類，不見絲毫雜亂，貨架上也用紅紙貼著標籤，以供客人查找。

那放衣架和袖套的地方，喬明瑾特意地看了看。

姚平見著她的目光，忙笑著說道：「這兩樣東西雖然簡單看著就會做，但因賣得不貴，所以賣得挺快，這一個上午就補了兩次貨，城裡也沒多少人自己去找了布料或專門買布料做這個的。」

他邊說話邊把她引到了店裡，因店裡沒備著茶葉待客，他只好陪著她在店裡一邊參觀一邊講解。

而姚父和姚平兩個哥哥自然也是看到她了，連忙上來相見。幾個人待喬明瑾都十分熱情，讓喬明瑾很是窩心。

她在店裡四下看了看，又與他們聊了幾句，看他們不時要回答客人的詢問，又要備貨，要給客人包裝，忙得很，沒多打擾，跟姚平交代了幾句就告辭了出來。

等她出來，正想往布店看看的時候，聽到有人在喚她。

「姊、姊！」

喬明瑾回頭看去，果然看到明珩正撥開人堆朝她飛奔了過來。

「欸，怎麼到街上來了？今天不用讀書？」

喬明瑾看著已是一個多月沒見到的弟弟，想摸摸他的頭，這才發現這小子不知什麼時候已是竄到她肩膀高度了，只好改拍了拍他肩膀。

「不上了，劉員外讓我和哥哥明天就回家過年，翻過年正月二十才上課。今天我和哥哥是想到街上買些東西，然後明天一早再回家的。」

明珩這番話說完，喬明瑾也看到明玨正牽著琬兒擠過人群走來，雲錦抱著雲巒和何氏跟在後面。

明玨還不待說話，琬兒就哇哇叫道：「娘、娘，是我先看到大舅舅和小舅舅的！」

「嗯，看來還是我們琬兒厲害。」

喬明瑾對著明玨點了點頭，又俯下身子摸了摸女兒的頭以示鼓勵，小東西得了兩句誇，立刻咧著嘴笑了起來，一臉得意。

「明天就休假了嗎？」喬明瑾看向明玨。

「嗯，本來是想今天先買些東西，明天一早再回的，既然看到了姊姊，一會兒咱們就一起回去吧。」

「也好。」

一行人便一起逛了起來。

過年了，不管大人小孩，新衣、新襪、新鞋定是要做的，於是他們先去布料鋪子挑了幾疋細棉布，又挑了幾疋綢布準備做裡衣和鞋面，還給祖母藍氏和喬父、喬母及雲家外祖父母各選了一身綢布料子，給他們做過年穿的衣裳，也給雲家兩個舅舅、舅母挑了一身。

雲錦推辭了一番，沒拗過她，就隨她去了，他們讓店家把貨送到姚記，幾人又一路逛去，在糧鋪買了糧，點心鋪買了點心蜜餞炒貨，雜貨鋪買了糖油鹽醬醋，首飾鋪買了一些金飾、銀飾給長輩，又到文具鋪買了紅紙備著寫對聯，連著逛了幾條街，給琬兒和雲巒買了一些小玩意，給明琦買了幾朵頭花，又到繡鋪買了二十來個荷包，備著過年發紅包用。

他們還到酒肆買了幾罈酒，到乾貨鋪子買了一些海貨、乾貨，最後到集上買了肉菜……最後，一行人又挑了一間乾淨的食肆吃了一頓午飯。

吃完飯又接著逛，東西買齊後，他們這才準備回家。

他們先到姚記取了東西，在車馬行取了車馬，因為買的東西實在太多，又現雇了一輛車，送明珩和明玨到綠柳山莊去取行李。

正待出城的時候，他們又遠遠看見周晏卿的小廝拉著一車年貨過來，說是周晏卿讓他送來的。

喬明瑾推辭了一番，沒推過，只好收了下來。

東西搬到喬家的馬車上，擠了滿滿一車，除了能塞進雲巒和琬兒外，大人是絕沒地方坐了，只好一路走到綠柳山莊等明玨兄弟倆，好在那裡還有一輛雇的車。

哪知劉員外又送了大半車東西，布料尺頭、吃食茶葉乾貨等等，再加上兄弟兩人的包袱，最後車裡也只是勉強塞得進明琦和明珩，其他人都坐到了車轅上。

周晏卿從一堆帳冊中起身，已是下晌，申時初刻了。

他在院中愣愣地站了一會兒，眼睛四下轉了轉，似乎想找今日喬明瑾來過的痕跡，只是並未尋到。

那個女人可不像他家後院的女人一樣，沒事就丟個帕子、荷包什麼的。

周晏卿暗自嘆了一口氣，扭了扭脖子，方才轉身回府。

石頭看他抿著嘴，只顧埋頭前行，也沒敢多說一句話，安靜地跟在後面。

他家主子這幾天忙得飯都顧不上吃，平時給喬娘子備的禮都是他親自挑的，今天卻揮手讓他一起辦了。

兩人一前一後從車上下來，走往府裡。

不多時，得了消息的姨娘及各家表妹，紛紛派了丫鬟，陸續從各個院子趕來問候並截人。

周晏卿頭疼欲裂，在幾個丫鬟爭搶著喋喋不休說她家小姐或姨娘如何如何，又是備飯又是備茶等候的時候，終於惱了。

「不是說過了這兩天就送她們回家去嗎？怎麼都還沒走？都準備在周府過年哪？」

石頭聽了大氣都不敢喘一聲，半句話都說不上來。

後院那些表小姐豈是他能吩咐得動的？

他小心翼翼地抬頭看了主子一眼，萬般忐忑地問道：「爺，您要不要去看看老太太？」

周晏卿重重地吐了一口氣，才抬腿往老太太的春暉堂去了。

石頭抹了抹額上的細汗，緊緊跟在後面。

走了兩步，他又回頭掃了一眼呆若木雞的幾個丫鬟。哼，沒看到他家六爺忙得頭都快冒煙了？還來煩他家六爺，當他家六爺那麼好性子呢？

幾個丫鬟接收到石頭冰冷的目光，都打了個寒顫，小姐這回可是把六爺惹狠了，怕是真的要回家去了，她們忙不迭往各處回去報信。

春暉堂內。

周晏卿不再像往常那樣擠在榻上，又是揉肩又是捶腿，只是一臉青黑地坐在下首的高背椅上。

周老太太與身後服侍的嬤嬤對視了一眼，朝他說道：「卿兒，可是有人給你氣受了？還是這段時間累著了？」

周晏卿看了母親一眼，才開口說道：「娘，這馬上就過年了，您還沒安排幾個表妹回去嗎？幾個表妹都已是待嫁之齡，這在家過一年少一年，娘是不打算讓他們骨肉團圓了是不是？」

打扮得一身富貴氣的周老太太，聽完這話愣了愣，隨即又笑了。

「可不是嘛，這還真是過一年少一年。女兒家總是要嫁人的，還能有幾回在家跟父母姊妹團聚的呢？卿兒你說的對，娘即刻就安排，不過也得等他們各家來接才好，不然人家還以為咱家往外攆人呢。」

周老太太說完揚了揚嘴角，她兒子終是想通了，這定是看上哪家表妹了，替他表妹著想呢。

「卿兒，你是決定了嗎？是你哪位表妹？雖然娘更願意你舅舅家的碧玉嫁進來，這樣娘也有個貼心的人陪著說說話；不過你若是看中你大嫂娘家的吳嬌表妹也行，她爹現如今位居一府父母官，有你族叔幫著，想來還能往上升一升的，將來對咱家只會有好處。不管哪一位，只要你歡喜就好，娘都高興。」

周晏卿聽得他娘這一番話，越發頭疼了。

這些表妹，哪一位是端莊賢淑、品性俱佳？都是拈酸吃醋，一副小家子氣的模樣，連個鄉下女子都比不上。

「娘，我不是說了，我的婚事不急嗎？」

周老太太瞪了這個么兒一眼，嗔道：「胡說，哪裡不急？你都二十好幾了，底下還沒個子嗣，你幾個哥哥哪一個不是兒女雙全的？娘現在就盼著你成家，給娘生個胖孫子抱了。前頭的媳婦已去了幾年，你也該放下了。」

周晏卿越發煩悶，重重地吐了幾口氣。他想說他並不是在為前妻守節，可又怕說了，母親更要逼得緊了。

他緩了幾口氣，這才對坐在上首的周老太太說道：「娘，幾個哥哥都有姪兒、姪女，您哪就缺孫兒抱了？兒子如今管著家裡的大半產業，哪裡有那些閒情？」

周老太太狠瞪了他一眼，道：「越發胡說了，成家立業，成家在前，立業在後；再說了，這成家跟你管著家裡的產業又有何干係？成親的事，樣樣都不用你操心，你仍舊做你的事，娘都替你辦了。」頓了頓又道：「你是不是沒看中你這些表妹？莫不是你在外頭有看中的人了？」

周晏卿眼前閃過一張空谷幽蘭的臉，被雨打濕的頭髮、衣裙，卻不見一絲狼狽，也沒有卑微怯懦，在酒肆裡對著一群老少爺們賣雨傘，不卑不亢……

周老太太看么兒這副模樣，還有什麼不懂的？臉上便帶了三分喜意，有些迫不及待。「卿兒，是哪家姑娘？你只說與娘聽，娘親自給你下聘去。」

自從這么兒的元妻去了之後，她沒少操心兒子的親事，這些年給他相了不少女子，卻沒一個是他中意的。

她以為兒子是個長情的，對前頭妻子念念不忘，看他這些年笑容都少了兩分，也不敢逼得太緊，只兀自抓心撓肝地難受；眼看最大的孫子都要娶妻了，這小兒還沒個動靜，膝下空空，心裡越發著急。

這次她不拘是哪家了，只要身家清白，兒子歡喜就好。

她越是這般想，臉上笑意越深，往前傾著身子，說道：「卿兒，你跟為娘說說，到底是哪家姑娘，娘也好替你說親去，最好年前就訂下來，翻過年就把婚事辦了。」

周晏卿回過神來，一臉無奈，道：「娘，您別替兒子操心了，兒的事兒自己知道，若是有了中意的，一定跟娘說。」

周老太太聽了這話，臉上就垮了下來，這是沒有中意的啊？

不過她很快又回過神來，對著周晏卿道：「莫不是在這青川城沒有瞧中的？也不打緊，娘給你京裡的族叔去信一封，讓他們在京裡給你找找，那京裡的大家小姐自是比我們這小地方養得要好得多。」

她越想越覺得有道理，卿兒是經常來往京裡的，一定是看不上青川這小地方的女子。他們家雖是商家，不過有當京官的族叔在，還怕找不到一個京裡養的官家小姐嗎？

她越想心越熱，轉身就欲吩咐身後的嬤嬤準備筆墨，她要親自修書一封送往京裡，這樣的事，卿兒臉皮薄，哪裡好意思張口？

周晏卿看母親這樣，哪裡會不知道她在想什麼？他抬了抬手，往下壓了壓。「嬤嬤，妳別聽我娘的。」又對周老太太說道：「娘，我的婚事我自有主張，娘就別添亂了。兒這段時間忙著呢，午飯都顧不上吃，兒先下去用飯了。」

他說完急急忙忙地走了。

周老太太看著兒子遠去的背影，好一會兒才回過神來，想起兒子說他午飯都沒用，又一迭聲地喝斥跟著伺候的小廝、丫頭，吩咐丫鬟下去廚房準備兒子的飯食去了。

且不說周家母子如何，又是如何打發眾位表妹回家過年的，只說喬明瑾一行人。

自城裡回來之後，她當天便領著秀姊和明琦，歡歡喜喜地在廚房裡弄了兩個時辰，給明玨和明珩兄弟倆整治了一桌好飯食出來。

晚上又請了秀姊一家子過來一同吃。

親親熱熱地吃過晚飯，送走秀姊一家人，自家人又擠在廂房的榻上，邊烤火邊吃著炒食邊聊天說笑，聽兄弟兩人說著在城裡的生活，聽明珩哇哇叫著他是如何收服劉淇的事。

然後一家人又逗著琬兒和小雲巒玩鬧，一直到夜深才散了。

次日，下晌收工前，喬明瑾把眾位師傅聚在一起，說了過年的安排，勉勵了大夥一番，肯定了他們這一年的成績，希望他們明年再接再厲，再把作坊眾位師傅們的工錢及花紅發了下去，只說周六爺事忙，由她全權代勞了。

眾位師傅每人捧著各自沈甸甸的花紅，喜笑顏開，哪管誰主事？

就是剛入門的岳大雷都分得了二、三十兩銀，更何況是大師傅吳庸和何父等人。何夏、何三還問喬明瑾若是年裡無事，能不能提前復工？只恨不得一頭扎在作坊裡好多換些銀子。

除了作坊的師傅，還有幫活的石根、岳冬至、何氏、馬氏，四人也都多發了五兩銀子的過年紅包。

分完花紅，喬明瑾又把周晏卿昨天送的那一車年貨揀了一些布料尺頭、乾貨糖果點心等分給眾人。

何父、吳庸等人不覺得怎樣，不過石根、岳冬至、馬氏三人很是歡喜。

就算這半年來，他們在作坊有著固定月錢，家裡的日子因此好過了許多，他們還是捨不得買這些精細貨，幾人接過分得的布料臘肉等物，對著喬明瑾謝了又謝。

當天晚上，何氏、馬氏、秀姊及喬明瑾在作坊給眾位師傅整治了兩桌好菜，開了兩罈好酒，大夥一起高高興興地喝了，算是對他們這一年的酬謝。

次日一早，眾師傅都各自收拾好包袱行囊，來向喬明瑾辭行。

喬明瑾打發雲錦帶著明珩、明玨，用家裡的馬車和牛車把他們送出了村子。

吳師傅等人走後，何家父子及兩個徒弟、雲錦一家子、明玨、明珩和明琦也都要回家。喬明瑾又讓雲錦和明玨把家裡的牛車、馬車駕去，只說過兩日得空了再把馬車送回來，牛車就留在家裡用。

臨走，她又把昨天買的大半年貨讓明珩、明玨帶回去。

明琦一直不願走，怕姊姊忙不過來，秀姊剛好來送他們，便對她說會經常過來幫襯，兄妹三人這才頻頻回頭地走了。

第三十五章

明琦走後，家裡一下子空了下來。

喬明瑾和琬兒很不習慣，特別是琬兒，次日醒來還跑到明琦的房間，趴在門框上對著房間呆愣愣地看了大半天，神情懨懨的。

喬明瑾也頗有些手忙腳亂，她已經習慣了有明琦分擔家事，明琦一走，她用了兩天時間才算是把家事理順了。

吃飯的時候，只母女兩人相對，連話都不願說了，所以說，吃飯還真是要很多人一起吃才有味道。

不過偶爾秀姊會帶著兩個孩子過來，和她一起做針線，說說村裡的八卦，就是她不來，長河和柳枝也是天天過來陪琬兒的。

長河和柳枝都很喜歡到喬家，不僅屋裡暖和，就連零食也能隨便吃。他們的娘買的那些零食，都放在罈子裡捨不得給他們吃，說是要留著過年待客的，還是瑾姨大方，從來不說他們貪嘴。

而作坊放假後，岳大雷也趁閒給喬明瑾送了兩次柴火。

只是石根和岳冬至都幫忙準備好家裡的柴火了，柴房裡堆積得滿滿的，燒到開春都沒有問題，岳大雷送的柴火只好先堆在灶房裡。

除了岳大雷，岳冬至和石根放假後，也偶爾過來問問她有什麼事需要幫忙的，每次來都不空手來，都是提著自家種的蘿蔔、油菜等菜蔬。

岳小滿也來了一次，還幫著喬明瑾做了午飯，請喬明瑾別記恨她娘，說她娘也是為了她的婚事憂心。

喬明瑾自然不會跟她計較。

吳氏在她眼裡只是熟悉的陌生人罷了，她可沒那個精神生氣，在乎的才會生氣，不在乎的，平白生什麼氣呢？

臘月二十三，小年。

即便家裡只有她和琬兒兩人，喬明瑾還是準備了一桌豐盛的飯菜。

琬兒很懂事，看見喬明瑾忙前忙後，也顛顛地跟前跟後幫些小忙，或是幫著舀水洗菜，或是幫著搬板凳，或是幫著她燒火。

母女兩人倒是自得其樂得很。

用完飯，母女兩人便歪在床上說話，一個講故事，一個聽。

臘月二十四，明玨、明瑜、明珩、明琦全部來了，駕著喬明瑾的馬車和牛車，給喬明瑾送來了藍氏和喬母醃製的臘肉、自製的果子及家裡種的菜蔬，總共拉了半牛車。

琬兒高興地直蹦跳，拉著幾個姨舅的手一刻都不願鬆開。

「怎麼送這麼多東西來？我們兩個能吃多少？」喬明瑾看著這半牛車的東西嗔道。

明瑜一邊往廚房搬東西一邊說道：「姊，這些多是娘和奶奶自己做的，也不值什麼錢，妳和琬兒放著慢慢吃，那些炸的果子放在罈子裡封好，就是放幾個月都不會壞的。」

另一邊，明琦拉著琬兒的手湊到喬明瑾的身邊。「姊，這裡面有些臘肉和乾貨還是三姊夫昨天送來的呢，娘和奶奶收拾了一些，讓我們帶來給妳嚐嚐。」

喬明瑾有些意外。「喔，妳三姊夫送過來的？」

明琦往明瑜那邊看了一眼，聲音不大不小地說道：「是呢，一大早，三姊夫親自雇了馬車送過來的，滿滿一馬車臘肉、乾貨、炒貨、糖餅點心、布料尺頭，還給爹送了幾罈補酒呢。妳都不知道爹娘可高興了，三姊也高興得昨天一晚上都沒睡實——」

「胡說什麼呢！」明瑜臉紅紅地打斷道。

「我哪裡胡說？姊昨天不是還給姊夫送了一雙鞋和一個荷包嗎？瞧姊夫笑成那樣，走的時候，差點踩空摔在馬車下。」

喬明瑾噗地笑出聲來。

明瑜的臉越發紅了，急得去追打明琦，兩姊妹便圍著院子跑了起來。

「姊，娘和奶奶讓妳跟我們回家過年，說妳已是搬出來了，妳和琬兒在這冷冷清清的，讓我們帶妳們一起回去過年。」明玨搬完東西對喬明瑾說道。

喬明瑾邊引著幾個弟妹往廂房去，邊想著明玨的話，直到在廂房的榻上坐下，才回道：

「不了，沒聽說出嫁的女兒回娘家過除夕的，等到初二，姊再帶琬兒回去住兩天。」

明珩在一旁聽了便道：「可是姊，妳和琬兒兩個人多冷清啊，反正我們家也沒什麼忌諱，就一起回咱家過年吧，還熱鬧些。」

喬明瑾摸了摸明珩的頭，笑著說道：「不了，姊初二再回去，也沒什麼冷清的，倒還安靜些。回去跟爹娘和奶奶說，別替姊擔心。」

明珩和明玨等人看著勸不了，只好作罷。

「姊，這是我和哥哥寫的，連爹都說我的字進益了呢，還誇了我好幾句。村裡人得知我和哥哥在寫對聯，都紛紛來求呢。姊，妳看我寫得好不好？」

明珩興沖沖地拿出他和明玨寫的對聯，鋪開來給喬明瑾看。

喬明瑾接來一一看了，都是吉祥應景的話；剛勁有力、略有小成的字自然是明玨寫的，而那些稚嫩的、沒什麼風骨的字自然就是明珩寫的了。

不過，明珩如今的字寫得越發好了，喬明瑾狠誇了他幾句。

「姊，要不要我幫妳貼了？」

「不了，放著過幾天，姊再來貼，貼得早了，可能會被大風颳壞，不然頑皮的小子們也能把它們撕了。」

明珩這才作罷。

兄弟幾人一直陪著喬明瑾和琬兒坐到下晌，才駕著牛車走了，馬車留下來給她初二回娘家用。

臘月二十五，喬明瑾開始在家裡掃塵、去舊，一直拖拖拉拉地弄了三天，這才算是好了。

臘月二十八，她也準備應景地做些小果子及兩樣供品。

家裡雖沒有主事的男人，祭灶、拜祖及各樣祭拜她統統不會，就不準備弄了，但堂屋裡擺張供桌，插香燭、擺幾盤供品還是要的。

這日，她正在廚房裡，揉麵準備炸些麵團子、蘭花根什麼的，就聽到琬兒哇哇大叫的聲音。

她飛速跑出來，卻看到那小東西正圈著岳仲堯的脖子，只見岳仲堯把她往上高高地拋舉了好幾下，引得她興奮地直叫。

「娘、娘，我爹回來了，我爹回來了！」

琬兒一扭頭，發現兩手沾著白麵的喬明瑾站在廚房門口看著他們。

喬明瑾還來不及應話，就看到岳仲堯已是抱著女兒朝她走了來。

「瑾娘。」岳仲堯目光灼灼，盯著喬明瑾看。

喬明瑾移開了目光，發現他放在地上的行囊，問道：「你還沒回家嗎？」

「沒，我先到妳們這的。」

「娘、娘，爹爹說給琬兒帶禮物了，還給娘帶了呢！」

喬明瑾一直不能理解女兒對岳仲堯的親近，按說小孩子離了人，隔個一段時間，都會生疏或忘卻的。

喬明瑾看了兩眼發亮的女兒一眼，對她說道：「那妳陪著妳爹去廂房拆禮物去。」

「好啊。爹，我們快去拆禮物。爹爹，你給琬兒買了什麼呀？」

岳仲堯看著喬明瑾的手，對她說道：「瑾娘，妳先歇著，我馬上就來幫妳。」

他說著不等喬明瑾回話，抱起女兒就大步往廂房去。

喬明瑾看著父女兩人進了廂房，這才轉身進了廚房，往盆裡又舀了兩大碗白麵，再添了一碗水，揉搓了起來。

不一會兒，琬兒的聲音又傳了進來。

「娘、娘，看爹爹給琬兒買的鹿皮靴！」

琬兒高高地舉著一雙褐色的鹿皮靴奔進廚房。

「娘，爹爹說這鹿皮靴還防水呢，說是穿到雪堆裡玩，襪子都不會濕呢。娘，妳快看好不好看？」

喬明瑾手上沾著麵粉，扭頭看了一眼，也沒法用手去摸，只應著女兒的話湊到近前看了看，方笑著說道：「嗯，好看。」

小東西臉上笑得眼睛都瞇得看不見了，揣著鹿皮靴在懷裡，小心翼翼地護著，仰著頭對喬明瑾說道：「娘，妳說爹爹疼不疼琬兒？」

看喬明瑾點了頭，她又得意地說道：「爹爹當然疼琬兒了。娘，爹爹還給娘買了一雙呢，以後娘陪著琬兒堆雪人就不怕鞋子濕掉了，娘，妳說好不好呢？」

「好。謝過爹爹沒有？」

小東西點點頭。「爹爹說，父母子女之間不用道謝。娘，妳說爹爹說的對不對？」

喬明瑾扭頭看到岳仲堯就跟在女兒的後面進了廚房，笑意盈盈地看著她，忽然有些不自在，對女兒點了點頭，又埋首在麵盆裡忙活。

「瑾娘，我來揉吧。這是要做什麼？蘭花根還是麵團子？」

喬明瑾正揉得兩手發痠，看他已是淨了手挽起袖子，不跟他客氣，把位置讓給他。

「娘，我把靴子放好也來幫娘。」

琬兒來來回回地看了自個兒的爹娘好幾眼，這才又轉身跑開了。

「慢點跑，路上滑著呢。」喬明瑾追到門口，對著女兒飛跑的身影揚聲道。

她在門口愣怔了半天，才慢吞吞地轉身回到廚房。

看到岳仲堯高大的身影站在桌前，兩手有力地揉搓著盆子裡的麵團，那麵團到了他手裡服服貼貼的，就跟玩具一樣，看他也是一臉的輕鬆。

喬明瑾忽然之間好像失語了一般，不知該說些什麼……

廚房裡。

岳仲堯揉好了麵，又笨拙地幫著喬明瑾搓麵條，搓成小指大小，準備炸蘭花根。

他不時抬頭看著對面的女人，這是他的娘子，是給他生下了骨肉血脈的髮妻，原該是他最親密的人，是同蓋一床被子耳鬢廝磨的人，為什麼竟這般生疏了呢？

夫妻兩人只隔著一張一臂寬的桌子，伸手可碰觸到的距離，可為什麼他卻覺得他們之間的距離這般遙遠？

兩人間的距離呼吸可聞，喬明瑾自是感受到來自岳仲堯的目光，只是她不知說些什麼好，只能無奈地沈默。

琬兒看了自個兒的娘，轉頭又看看自個兒的爹，不明白為什麼原先只她和娘在一起的時候，都熱熱鬧鬧的，加了一個爹，多了一個人，反而更安靜了。

「爹、娘，你們看，琬兒搓的麵條。」

琬兒本能地覺得高興，爹和娘都在身邊呢！

「站好了，可別從凳子上摔了。」

琬兒還沒有桌子高，偏又愛湊熱鬧，喬明瑾便只好給她搬了一張小板凳給她墊著。

「哇，咱們琬兒真聰明，搓了這麼多了呢。」岳仲堯不吝誇讚，反正在他眼裡，女兒做什麼都是好的，四年的缺憾，他想一點點補回來。

喬明瑾往女兒的小盆裡瞅了一眼，用手拉了一下，笑著說道：「這胖的又粗又短，瘦的又細又長，可要怎麼擺上供桌？過年時，娘可不好意思端給客人吃呢，看來都要留給琬兒自己吃了，一會兒炸好後，得專門給琬兒收拾一個罈子裝起來呢。」

小東西聽了她娘這一番話，嘟了嘟嘴，兩眼汪汪地看她爹。

岳仲堯哪裡捨得女兒委屈，趕緊說道：「妳娘跟妳開玩笑呢。我們琬兒做得多好啊，比爹爹搓得更好，端出去誰不稱讚啊，吃不完有爹呢。」

小東西聽了她爹這一番話，立馬咧著嘴笑了起來，動作很是迅速地又拉著麵團搓了起來，反正爹說了沒人吃還有爹爹呢，多搓一些，存起來，以後慢慢給爹吃。

喬明瑾瞥了這父女倆一眼，搖頭笑了笑。

岳仲堯看著對面臉露笑意的妻子，竟是愣在那裡。

娘子越來越好看了，臉上越發白皙水嫩，比剛嫁給他的時候臉色還好，更多了幾分成熟女人的韻味，越發吸引人了。

岳仲堯只覺得喉嚨發緊，對著妻子近在咫尺的粉嫩嘴唇吞了吞口水。

他有多久沒跟娘子親近了？久到他都快忘了娘子甜美的味道了。

岳仲堯癡癡地貪看著喬明瑾的臉。

喬明瑾不動聲色地皺了皺眉頭，發現對方還是呆愣愣地在那看她的時候，終於抬起頭問道：「怎麼了？」

岳仲堯臉上燒了燒，有些慌亂，急忙低下頭收斂自己的神色。

現在這樣就好，別嚇著了她，只要讓他能待在她身邊就好。

「沒事。搓得差不多了吧？我把鍋燒起來吧？」

喬明瑾往桌上看了看，麵團只剩下兩個拳頭大小了，桌上堆了好些搓好的蘭花根，便道：「我來吧。」轉身準備燒火。

岳仲堯連忙探身過去捉住了喬明瑾的手腕。「瑾娘，還是我來吧，妳在旁邊看著就好，萬一不小心給油燙到就不好了。」

不待喬明瑾反應過來，他就轉身去淨手。

很快，火燒了起來，岳仲堯又往大鐵鍋裡下油。

他一直攔著喬明瑾母女，不讓她們接近鐵鍋，生怕油星濺到母女兩人身上。

喬明瑾不好拂了他的意，任他去了。

待全部蘭花根和麵團子都炸好，他們也不急著收拾，就攤在籮筐裡放涼。

收拾廚房的事，岳仲堯不讓喬明瑾動手，很是索利地全部收拾乾淨。

直到晚飯前他才又再次進廚房，幫著喬明瑾把炸出來的蘭花根裝罈，準備晚飯。

「家裡不知道你今天回來嗎？」

這一整天了，竟是沒個人上門來喚他。

岳仲堯看了喬明瑾一眼，搖頭。

「你進村也沒個人看見你？」

「家裡沒人看見我回來。」

喬明瑾了然，怪不得呢。

岳仲堯小心翼翼地看了喬明瑾一眼，期期艾艾地說道：「瑾、瑾娘，我晚上能不能睡在這裡？」

喬明瑾有些吃驚地抬頭看他。

岳仲堯臉上又燒了起來，直燒到耳根。

「明琦回家去了，這又是在村子外頭，只有妳們母女兩人住在這，我不放心，夜裡萬一炭盆滅了，我也好給妳們添一添。」

喬明瑾搖頭。「那倒不用，晚上我和琬兒從沒添過炭盆，睡前就燒上了，兩個炭盆都能燒到早上。」

「我……我、我不放心，妳們兩個人住在這裡，萬一有事……」岳仲堯磕磕絆絆地表達他的意思。

他為什麼不能和自個兒的娘子住在一起呢？娘子還是他的娘子啊。

岳仲堯想到之前看過的那一幕，在這個廚房裡，還有一個男人，跟自己的妻子說說笑笑的，妻子臉上笑靨如花，晃花了他的眼，刺痛了他的心。

他張了張嘴，很想問上一、兩句什麼，可又發現著實張不了口，抬頭看到喬明瑾就那樣看著他，目光裡沒有一絲溫度，讓他覺得他們之間隔著萬重山。

岳仲堯心裡一陣陣地揪痛。

他很想伸出手去摸一摸妻子滑嫩的臉，再把妻子狠狠地攬抱在懷裡，貼在妻子的耳邊，柔聲細語訴說他的思念，說著他夜夜不能寐，想著妻子柔柔香香的身子。

「瑾娘，我就住廂房，好不好？我一個人住。我不能讓妳們母女孤伶伶地過年，我、我心裡難受。我在這陪妳們，我、我不住正屋……」

岳仲堯艱難地說完，很是忐忑地望著眼前的人兒。

救苦救難的觀世音菩薩、玉皇大帝、如來佛祖、地藏王、城隍爺、土地公、灶王爺，求祢們了，莫讓瑾娘拒了我，千萬千萬……

岳仲堯很想閉著眼睛跪在地上，向這些神明都挨個懇求一遍，可他又不想錯過妻子臉上的任何一個表情。

喬明瑾望著他，一直沒有張口。

琬兒聽到她爹不像以前那樣，看了她就走，而是要留在這裡陪她，小嘴幾乎都快咧到耳根了，但看她娘遲遲不應，急得不行。

她上前拽著她娘的衣襬，她搖了又搖。「娘，我要爹，妳讓爹爹留下來好不好？」見她娘只看了她一眼並不回應，她又搖了搖，眼淚都快出來了。「娘、娘，妳讓爹留下來好不好？我想過年的時候有爹有娘……娘，讓爹留下來陪琬兒好不好？娘，好不好？」

喬明瑾往下瞥了女兒一眼。女兒兩眼水汪汪的，仰著頭一臉的委屈樣，旁邊，岳仲堯則是一臉的忐忑，還帶著殷殷的祈盼與懇求。

喬明瑾深深嘆了一口氣，看了岳仲堯一眼，道：「你還是回家說一聲吧。」

岳仲堯一聽，猶如久旱逢甘霖，立刻高高揚著嘴角，點頭如搗蒜。「好，我現在就回去跟他們說一聲，妳們等著我，我一會兒來陪妳們用晚飯。」

他生怕喬明瑾後悔似的，一溜煙就出了廚房，很快打開院門，不見人影了。

「娘，爹爹可以留下來了吧？」

喬明瑾沒好氣地略略俯著身子，用手指戳了戳女兒的額頭，嗔道：「白養妳了，怎麼跟妳爹這麼親？」

小東西聽了，立刻扭著身子，趴在喬明瑾兩腿間不動了。

岳仲堯飛快地回了家，吳氏正帶著兩個媳婦準備晚飯，看見岳仲堯回來，愣了愣。「老三？怎麼這個時候回來，是衙門放假了嗎？」

眾人聽得人聲也紛紛從各屋裡出來。

岳仲堯匆匆往自己的屋裡進去，一邊回道：「是啊娘，衙門休假了，過了元宵才回衙門。」

吳氏跟著進來。「你怎麼兩手空空的回來了？不說備些年貨，你的行李呢？」

岳仲堯在屋裡收拾了兩套日常穿的衣服，邊回道：「不是捎銀子讓人帶回來了嗎？年貨家裡還沒備嗎？」

吳氏臉上抽了抽，這個兒子每次回來，或多或少都會帶些東西回來，這次竟連一包糖都沒帶回來嗎？

「你收拾衣服是要去哪？」

「喔，瑾娘和琬兒住在村外頭，我不放心，過年期間我就在那邊住了，白天我再回來。」

吳氏眉頭緊皺。「什麼？過年都住那邊了？這麼說你早就回來了，行李也放那邊了？」

吳氏想著兒子可能把一堆年貨放在喬明瑾那了，心裡就一陣陣抽疼，緊緊拖著岳仲堯要轉身出門的身子。「你要上哪？父母都在這呢，你過年竟是到別人家過嗎？這就是你的孝道？」

岳仲堯把吳氏的手撥了開來，道：「娘，她們娘倆哪裡是外人？而且我只是到她們那邊住罷了，白天還是會回來幫你們的。今天你們就當不知道我回來，晚飯我就在瑾娘那邊用了，明天一早我再回來。」

「不行！」

看拉不住岳仲堯，吳氏又嚷道：「你不能走，要麼讓她們回來住！」

「娘，她們在外邊住慣了，過兩日家裡要祭祖，我再帶她們回來，團圓飯我也會讓她早早過來幫忙的。」

他說著看了站在門口的老岳頭一眼，道：「爹，那我去了，明兒一早我再回來。」

他竟是急急地出門去了。

吳氏追到門邊，正待往外邁步，就被老岳頭一把拽了回來。

冬日沈沈的夜色下，只聽到吳氏陣陣尖亮的罵聲……

正屋母女倆住的房裡，琬兒正拉著張凳子，站在上面踮著腳去搆箱籠裡的棉被，自己搬不動，便一點一點地往外拽。

箱籠是大大的櫃子，非傳統的翻蓋型箱籠，而是讓何父等人做了雙開門式的。

雲錦一家子和明琦走後，喬明瑾把房間裡多餘的被子曬好，仍是收在各間廂房的櫃子裡，而她房間箱籠裡的都是嶄新的棉被。

眼看著連同底下的棉被都要被小東西拖出來掉到地上，琬兒卻忽然停了手，把手指伸到嘴裡咬了咬，才又踮著腳把底下的幾床棉被往裡推了推，她力氣小，推不太動，就又去拉最上層的被子。

不料那最上頭的棉被整個掉下來，把她兜頭兜臉地蓋住。

喬明瑾本是偷偷跟在女兒的後面，看她又是搬凳子，又是往凳子下面墊青磚的，明明小小的一個人兒，非要去抱厚厚的棉被。

她噗的一聲笑出來，這才上前把往外掙扎的女兒解救出來。

「娘。」小東西重見天日，鬆了口氣，轉而又怯怯地抬頭看向喬明瑾。

「為什麼不找娘來拿?嗯?」喬明瑾把棉被抱在懷裡，看女兒站在凳子上扭著手指。

「怕娘不答應。」小東西緊緊抿著嘴，眼睛眨巴眨巴地看著自個兒的娘。

喬明瑾瞪了她一眼。「娘說讓妳爹住在這，當然說話算話啊，還能不給他被子蓋嗎?」

「哇，娘真好!那再拿一床吧，就一床被子太冷了，爹爹會著涼的。」小東西轉身又要去拉棉被。

喬明瑾兩手正抱著那床棉被，這會兒正準備騰出手再去搬一床，旁邊就斜伸出一雙大手搶了過來。

「瑾娘，我來拿。」

他說著已是動作迅速地把另一床棉被搬了下來。

喬明瑾扭頭看了看他。

「爹!」琬兒興奮地撲過去抱住岳仲堯的腰。

「乖，慢慢下來，別摔了。」

他說著又騰出一隻手，把喬明瑾懷裡的棉被也一起抱了過去。

被褥棉被鋪好後，喬明瑾又給他準備了兩個炭盆。

琬兒此時正高興地在床鋪上打滾，一臉興奮地看著喬明瑾。「娘，琬兒今天能不能跟爹爹一起睡?」

喬明瑾恨恨地看了她一眼，小東西急忙改口道:「琬兒還是和娘睡吧，娘抱著琬兒睡;

不過，讓爹跟我們一起睡好不好？」

喬明瑾差點被口水嗆了，朝女兒瞪圓了眼睛。

而岳仲堯則一臉期盼地望著喬明瑾，眼睛裡有著濃濃的渴望。

「娘，不可以嗎？」小東西跪爬到床邊，搖晃她的衣裙，說完又小聲嘀咕。「楊柳都是跟她爹、她娘睡的啊……」

楊柳是蘇氏的小女兒，比琬兒小一歲，蘇氏經常會帶楊柳過來和琬兒一起玩。

岳仲堯見女兒這樣，心頭泛起濃濃的心酸。

這孩子一出生他就不在身邊，錯過了女兒成長的四年；回來後，女兒一開始也沒跟他親近，後來又跟她娘搬了出來，這孩子還真沒有享受到其他孩子應有的父愛。

岳仲堯喉嚨動了兩下，看著喬明瑾，鼓起勇氣開口道：「瑾娘——」

「天晚了，這夜裡冷，早點睡吧。琬兒妳要跟妳爹睡，可要好好睡喔，不要纏著妳爹，早些睡，娘也去睡了。」

喬明瑾打斷岳仲堯的話，急急說了幾句，轉身就出了廂房。

「娘！」

「別下床，快到被子裡去。爹去看看妳娘，妳乖乖待在房裡喔，爹馬上就回來。」

看女兒朝他點頭，岳仲堯這才追著喬明瑾而去。

喬明瑾正待關上房門，岳仲堯連忙伸出一隻手按住了門框。

「瑾娘，我能跟妳說說話嗎？我們好久都沒有好好說話了。」

喬明瑾看著他說道：「天晚了，我要睡了，有話明天再說吧。」

她說著又要去關門，岳仲堯仍是撐著不讓她關。

「瑾娘，我就想跟妳說幾句話，就幾句……我一直想跟妳說的，只是妳一直都沒給我機會。瑾娘，過了年，妳搬出來也快一年了……我、我從來沒想過要跟妳和離，從來沒想過，我只認妳是我的妻子，我也只想跟妳好好過日子，我們再生幾個兒女，就這樣一直相伴到老，平平淡淡地一直生活下去。媚娘的事，我會解決的，我沒想過要娶她。」

看喬明瑾仍是沒有什麼反應，就那樣望著他，他又急著說道：「真的，瑾娘，我從來沒想過要娶她，只是在她娘提出來的時候，我不好拒絕而已。瑾娘，我——」

岳仲堯正待繼續說，喬明瑾卻打斷道：「你想怎麼解決？」

岳仲堯不料喬明瑾會開口，反倒愣了愣。

在喬明瑾沒有耐心又要去關房門的時候，他急忙說道：「瑾娘妳放心，我想好了，可以認她做妹妹，這一輩子都幫她爹照顧她家裡；然後，我在青川城裡幫她找戶門當戶對的人家嫁了，這樣便沒問題了。」

喬明瑾沒料到他真的有考慮，聽他說完又道：「如果人家就是認定你呢？」

「什麼？」

待反應過來，他笑著說道：「呵呵呵，怎麼可能就認定我呢？我只是一個小捕快，還娶過親，有妻有女，人家為什麼會認定我呢？」

喬明瑾看他一臉不明白，也不想多說。

「等你解決好的時候再說吧。你要知道，我是絕不會跟別人共事一夫的，滿一年，我就帶著琬兒離開。」

她說完，不顧岳仲堯的臉色，把房門緊緊合上了。

岳仲堯眼睜睜地看著房門合上，嘴張了張，抬起手想去敲門，忽而又放下了。

他站在房門口聽到裡間喬明瑾窸窸窣窣脫衣裳的聲音，掀起棉被上床的聲音……好一會兒，待再聽不到任何聲響的時候，他才對著房裡頭說道：「瑾娘，我是不會和離的。瑾娘，我只想跟妳過。」

房裡的燈熄了，一片漆黑。

岳仲堯愣愣地在黑暗中站了好久，嘴裡低喃著。「我不會和離的……」一直小聲念叨了好幾次，才轉身走了。

喬明瑾聽著岳仲堯的腳步聲離去，睜開眼睛。

冬日的夜裡，黑沈得什麼都看不見。

喬明瑾輾轉反側，不知為何竟是感覺今天床上異常地冷，是小東西沒在一旁暖床的緣故嗎？

翻來覆去，直到天將明她才迷迷糊糊地睡了。

次日是臘月二十九。

喬明瑾一大早起來，往廂房瞟了一眼，房門關著，想必父女兩人還未醒來，舉步往廚房那邊去。

還沒走近，就聽到廚房裡傳來鍋杓的聲音。

喬明瑾臉露詫異，這麼早就醒了嗎？

廚房裡，岳仲堯正在小灶前煮粥，為防那米湯溢出來，他不時起身攪一攪。

「喔，瑾娘，怎麼起這麼早？早飯我已準備了，妳去陪琬兒再睡一會兒吧。」岳仲堯轉頭發現她，開口說道。

喬明瑾也不想跟他一起待在廚房，便轉身去了廂房。

廂房裡，小東西臉露笑意，睡得正香。

喬明瑾沒好氣地戳了戳她粉嫩的臉蛋，恨恨地道：「小東西，妳倒睡得香，小白眼狼一個。」

她在床邊看了一會兒，睡意襲來，也鑽進被子睡了。

岳仲堯做好早飯，走進廂房，就看到母女兩人正頭靠頭地躺在一起，睡得香甜，他嘴角揚了起來，輕手輕腳地在床邊坐了，撥了撥妻子臉上覆著的長髮，在妻子白皙的臉上刮了刮，愛不釋手。

喬明瑾再次醒來的時候，岳仲堯已經不在了。

母女兩人走出房門，發現各個房門都已貼上了紅紅的對聯，正屋門口、院門、廚房，連馬廄都不例外，一下子平添了幾分年味。

「哇，娘，一定是爹爹貼的！哇，紅紅的，每個房間都貼了呢。爹、爹，你在哪裡？」

小東西轉了一圈，沒看到爹，臉上帶了委屈。「娘，爹爹呢？」

喬明瑾摸了摸女兒的頭。「妳爹應該是到妳奶奶家去了，晚上就會回來了。走，娘帶妳吃早飯去。」

她說著就牽著呆頭呆腦的女兒進了廚房。

午飯時，岳仲堯沒有來。

小東西兩手攏在袖子裡，站在院門口，頻頻往村裡的小路上張望，在自家門前轉了無數回，幾次想抬腳往村裡走，又縮了回來。

喬明瑾也不去管她，只在屋裡看著明玨給她搜來的遊記、話本。

直到母女兩人做好晚飯，岳仲堯仍舊沒出現。

小東西死活要等她爹一起吃，被喬明瑾喝斥了幾句，終於消停了，悻悻地端起飯碗吃飯，吃飯速度跟蝸牛爬行差不了多少。

正當喬明瑾以為岳仲堯今晚不會上門的時候，想要去拴院門時，那院門就吱呀地響了起來。

「瑾娘？」

「我以為你今天不會來了。」

「今天家裡事情多了些，我和二哥、四弟還去集上買年貨去了，娘又非要讓我在家裡吃晚飯。妳們吃過沒有？」

喬明瑾沒有應他，看他轉身把院門落了門。

「爹爹！」小東西從房裡跑出來，撲到岳仲堯懷裡。

「妳爹還沒梳洗，今晚妳跟娘睡。」

「娘……」

小東西抱著她爹的脖子不願下來。

喬明瑾瞪了她一眼。「要不讓妳爹抱妳回奶奶家睡去吧。」

小東西一聽，立刻掙扎著下地，跑過去牽她娘的手。「娘，琬兒今天跟妳睡好不好？」

她說著一步三回頭地跟著喬明瑾走了。

岳仲堯往前追了兩步，愣愣地看著母女兩人走遠，不一會兒，就聽到房門吱呀地關上的聲音。

第三十六章

冬日的夜裡，岳仲堯往來廂房和正屋之間不下數十次。

昨天夜裡，他終於鼓起勇氣向妻子表達了無數次想說的話。

他想像著妻子新婚時，香香軟軟地躺在身邊，溫溫順順的。

他想像著還能像以前一樣，把娘子抱在懷裡，嗅著娘子泛著花香的頭髮，耳鬢廝磨，甜言軟語……

瑾娘的冷淡、陌生，無數次讓他感到窒息。他討厭那種感覺。是的，非常討厭。

他們之間還有一個孩子，不是嗎？瑾娘那麼喜歡琬兒，怎麼能忍受女兒受後爹的打罵和委屈呢？

他們一家人一定要親親熱熱、永遠地生活下去才好，他和她，帶著他們的孩子一起甜蜜地生活著。

「瑾娘……」他還想像昨天那樣，在妻子的房前再說上幾句，夜裡冷，沒準兒瑾娘心軟就把他拉到房裡了。

「夜深了，去睡吧。」

喬明瑾按住支起上身的女兒，清清冷冷地對隔著房門的岳仲堯說道。

岳仲堯未出口的話止在那裡，很快又順著喉嚨滾了回去。

寒涼的夜裡，他在床上翻滾了無數次，想著近在咫尺的妻子和女兒，湧起一陣陣無力。他要怎麼做，瑾娘才能像以前那樣，夜裡不論多晚都還給他留一盞燈呢？

次日，岳仲堯起晚了。

喬明瑾把早飯做好後，他才爬了起來。

「瑾娘，怎麼起這麼早？早飯怎麼不等我來做？」

「沒事，我都做好了，你吃過早飯就回家去吧。」

岳仲堯聽出了疏離。

每回他聽到妻子這般與他說話，心裡就像被人狠狠揪住了一樣，痛得他無法呼吸。

「瑾娘，今天是除夕，早上要祭祖，午飯要分食祭飯，晚飯……晚上的團圓飯也要在一起吃，吃完早飯，妳就跟我一起回去吧。」

瑾娘只是搬出來住不是嗎？就是分家的兒子，這一天也要回父母家一起吃飯、祭祖的，不是嗎？

喬明瑾埋頭想了想，似乎沒什麼理由拒絕，她還是岳家婦，琬兒總是姓岳。

「你帶琬兒回去吧，她也要祭拜，午飯就讓她在那裡吃吧，等吃完你再把她送回來；晚飯的話……晚飯我會過去幫忙的。」

岳仲堯往前邁了一步，盯著喬明瑾道：「瑾娘，琬兒姓岳，妳、妳還是我的娘子啊，怎能不一起回去？」

「祭祖要用的東西想必家裡已有人準備好，我就不去了，午飯我在自己家裡吃，晚飯的時候我再過去。」

往年祭祖，吳氏連琬兒都不打算帶著，還是老岳頭一定要讓孫輩們跪在地上磕頭，琬兒才能給祖先點上幾支香。吳氏一定不想看到她。

喬明瑾又叮囑他道：「你要帶著琬兒在身邊，她跟我出來後就沒再回去過了。吃飯的時候，最好也讓她坐在你的身邊；若是……不然祭完祖，你就領她回來吧，午飯她就跟我一起吃。」

岳仲堯勸了幾句，看著實勸不動她，只好作罷。

還好，瑾娘答應晚飯會回去，這樣已經很好了。他一直擔心她不肯回去的。

她是他的妻子啊，哪裡能過年不和他一起在家裡過呢？那樣算什麼？他又算什麼呢？

吃過早飯，喬明瑾給琬兒穿好嶄新的衣服，披了一件大毛披風，頭髮上綁著好看的髮帶，紮著可愛的蝴蝶結，腳上是岳仲堯給她買的鹿皮小靴。

小東西本來換上新衣服、新鞋子，高興得很，可聽到要去奶奶家，就蔫了。

聽到喬明瑾不去，她眼淚都快掉下來了，巴著喬明瑾不放，一副委屈的模樣。

「為什麼娘不去？娘不去，琬兒也不想去。」

「乖，聽娘說，以前過年的時候，琬兒不是還要給過世的老祖宗們磕頭嗎？是不是忘了？今年當然也要啊。妳乖乖跟爹回去，給祖宗上香磕頭，午飯在那邊吃完祭飯再回來。吃完飯，妳回來，娘陪妳睡午覺。妳要乖乖聽爹爹的話，知道嗎？」

「娘不去嗎？娘也去吧，娘跟琬兒一起不好嗎？」

喬明瑾看著緊抱著她脖子不放的女兒，嘆了一口氣。

過往的經歷實在不是很愉快，女兒對吳氏、對那個家有一種天然的畏懼。

喬明瑾看了岳仲堯一眼，不知道要不要請求他把女兒留下來。

岳仲堯看著喬明瑾，她眼裡明明白白的拒絕刺痛了他。

岳仲堯上前把女兒從她的懷裡抱了過來。

「娘現在不去，下午會過去的，琬兒跟爹爹一起不好嗎？有爹爹陪著琬兒呢，不怕啊。」

岳仲堯又是安撫又是勸說，琬兒這才答應和她爹一起去了，臨出門還頻頻回頭，渴望她娘能改變主意。

一路上，小東西牽著岳仲堯，一副沒精神的樣子。

岳仲堯配合著女兒磨磨蹭蹭的腳步，緊了緊拉著女兒的手，無語地給女兒一些鼓勵。

吳氏看到只有岳仲堯和琬兒回來，沒有看到喬明瑾的身影，立刻就發飆了。

「她以為她是出婦了嗎？我岳家還沒休了她呢！倒是會躲清閒，不知道今天要祭祖哪？

都等著我老婆子來捏飯糰呢？」

孫氏幸災樂禍地揚了揚嘴角。

她那婆母一大清早就不讓她們進廚房，等著喬氏過來全部讓她做，不過現在豈不是要讓她多做一些了？

「站在那裡挺屍呢，沒看到飯糰還沒捏嗎？都等著吃白飯呢！」

吳氏對著孫氏和于氏一頓罵，兩人暗自撇了撇嘴，在吳氏的怒視中鑽進了廚房。

吳氏罵完兩個媳婦，看到穿戴一新的琬兒，竟然還是穿大毛披風，腳上也不是棉鞋，走過來一路，竟然沒有半點沾濕的痕跡。

她兩個孫兒都沒有這麼好的料子做衣裳，大毛衣裳更是一件沒有，眼裡立刻就要冒火。

琬兒被吳氏盯得害怕，一個勁兒地往岳仲堯身後躲，連腦袋都不敢露了。

岳仲堯護著女兒，皺著眉頭看了吳氏一眼。「娘，妳幹麼這麼看琬兒？孩子都被妳嚇到了。」

「哼，她有那麼容易嚇到嗎？跟著她那個娘，都不知進幾次城了，人家都已是見過世面的，都快成富家小姐了，哪裡那麼容易就被我這個鄉下婆子嚇到。」

「娘，妳這說的都是什麼話？妳還當不當她是妳的孫女了？」

「人家都不要我這個奶奶，要去攀高枝了，哪裡還認我是她的奶奶？」

岳仲堯看到女兒緊抿著嘴，腦袋低垂著，眼淚幾乎就要掉下來，兩手緊緊地拽著他的衣纙，一副害怕的模樣，心痛地把女兒圈在身邊，對著吳氏揚聲道：「娘，我還在呢！妳都胡說些什麼！」

「你在有什麼用？過不了多久，她可就要喊別人爹了！」

老岳頭聽著不像話，從房裡走了出來，喝道：「大過年，胡說什麼呢？還不去準備祭祖的東西！是不是要我親自動手？」

岳仲堯看女兒又像以前一樣無聲地掉眼淚，心疼得無以復加，把女兒小小的身子抱了起來，大步走進自己房裡哄了好半天，琬兒這才不喊著要娘了。

「哥，我來帶琬兒吧，讓她和玲瓏玩，你先和爹還有二哥、四哥去祠堂那邊燒紙。」岳小滿走進房裡說道。

岳仲堯低頭吩咐女兒。「好好跟堂姊一塊兒玩，爹一會兒就回來了啊。」拉著她出了房門。

哪知岳小滿剛把琬兒拉到玲瓏的身邊，玲瓏就大力推了琬兒一把。「我才不要跟她一起玩！」

跟她一起玩，她算什麼？衣服沒那臭丫頭的好看，鞋子也沒她的好，頭上也沒有好看的頭花，她不要！她不要跟她一起玩！

琬兒被玲瓏推了一個踉蹌，眼看就要摔在地上，幸好岳仲堯就在旁邊，眼疾手快地把她拉住了。

「玲瓏，妳這是幹什麼？」岳家老二，玲瓏的爹在旁邊見了，忙喝了一句。

玲瓏也不答，轉身就跑進房裡。

岳仲堯看女兒委屈得眼淚噙在眼眶裡，心裡抽抽地疼了起來，抱起女兒道：「沒事啊，琬兒跟爹爹去祠堂。」

吳氏見狀喝了一句。「你難道要帶這丫頭去祠堂啊？」

岳仲堯不答，抱著女兒跟在老岳頭的身後出門去了，把吳氏氣得跳腳。

從祠堂回來後，岳仲堯又讓琬兒跟在身後，在院裡祭了祖，又跪在他的旁邊磕頭上香。

午飯時是吃祭飯，是早上捏的飯糰。

岳家一直是分兩桌吃飯，本來是三個媳婦帶著四個孩子在一桌吃飯，今天岳仲堯卻把琬兒帶在身邊一起吃，又惹來吳氏一頓罵，直到被老岳頭喝了幾句，這才消停了。

孫氏和于氏看到琬兒一身行頭，就忍不住心裡的妒火。自家的孩子和那死丫頭站在一起，就像是陪襯一樣，這才多久就養得白白胖胖了，像那年畫上白胖的童女，而她們的孩子要做件新衣還得看吳氏的眼色。

看來婆婆也很不滿呢，那就多罵幾句吧！

吃過飯，琬兒就拉著岳仲堯鬧著要回家，要去找娘。

岳仲堯聽著女兒說是要回家，心裡無數次地想跟女兒說，這就是琬兒的家啊，琬兒就是生在這裡的啊……

他卻總是張不開口，看女兒兩眼淚汪汪地望著他，只能暗暗地嘆氣，抱著女兒出了院門。

除夕這天，不管喬明瑾願不願意都不能賴在家裡，岳家她總是要走上一趟的。

申時的時候，老岳頭就打發岳小滿來叫她了。

岳仲堯跟在喬明瑾身邊，看她給女兒梳洗，又給自己淨面、梳頭，站在身後或不遠處看著，一副生恐喬明瑾不願去的模樣。於他來說，那多少也是個希望。

三人走出喬明瑾家門的時候，岳仲堯在後面關門，暗自長舒了一口氣。

他很歡喜，好似妻女回到家裡，他才有踏在實地的感覺。

喬明瑾回到岳家，岳家眾人就表情不一了。

吳氏早上沒等到喬明瑾，下午早就安排了一堆活計等在那了，她做為婆婆，想要拿捏媳婦，這般等的時間太長了些，不過好在還有這一次機會。

孫氏和于氏跟吳氏共處多年，怎麼會不瞭解她的心思？那幸災樂禍的表情明晃晃地掛在臉上。

岳伯陽和岳季文對上喬明瑾，則露出些許敬意。

這一年，他倆跟喬明瑾打過好多次交道，他們從喬明瑾那裡領過銀錢，又看著她把荒地上的作坊弄得有聲有色，她似乎再不是從前那個一味埋頭拿個繡針刺繡的喬明瑾了。

而老岳頭做為一家之主，一家子和睦在他心裡無比重要。

對於喬明瑾的到來，他表示了歡喜，還拉過琬兒說了幾句話，又親自領著幾個孩子在一處玩，他在一旁看著。

喬明瑾已經儘量穿戴得不起眼了，可是她那樣子，即便只是細棉布衣裳，渾身散發出來的氣質，就讓孫氏和于氏嫉妒眼紅。

喬明瑾本來就有幾分顏色，再加上這大半年來吃得好、養得好，自然不是被吳氏使喚得團團轉的孫氏和于氏能比的，所以那兩人樂得配合吳氏使喚她。

喬明瑾並不介意，打過招呼後，她就從容地應對起吳氏的使喚來。

她早料到吳氏不會輕易放過她。

吳氏讓她打掃庭院，她沒有多說什麼，拿起掃把就掃起地來，吳氏指哪，她掃哪，完全是一副聽話小媳婦的模樣。

而吳氏非但不解氣，看她那樣更是如自己使了力，卻是打在棉花上一樣，很快又指使她在廚房裡又是抹桌，又是清洗各種傢伙。她早就看喬明瑾那一身穿戴不合眼了，弄髒了才好呢。

孫氏和于氏自是樂意在一旁看著。

這一年來，本來三個媳婦幹的活，全讓她們兩人幹了，哪裡能那麼輕易地就放過她，這一天的活計哪裡能抵得過她兩人在吳氏面前蹉跎的大半年時光。

岳仲堯的視線一直跟著喬明瑾，他很想開口為妻子說兩句，可是又怕惹得他娘更不滿意，再想什麼招來為難瑾娘。

岳仲堯兩手攥緊了又鬆，鬆了又重新攥緊。

在吳氏打發喬明瑾去挑水的時候，他終於忍不住了。

「娘，我去挑吧。」

「你挑什麼挑？你一個大男人不在屋裡和兄弟、和爹說話，在廚房門口轉悠什麼！這些活哪裡是你做的？一邊去。」吳氏往一旁推開了岳仲堯。

「娘，早上我才挑滿的水，這就沒了？你們也太會用了吧？而且這挑水的活計哪是她能做的？」

岳仲堯今天已是挑過兩次水了，每次都把家裡的兩口大缸挑滿，可這才多久，兩口水缸裡的水就滴水不剩了？

「這活計她怎麼做不了？你二嫂和你弟妹哪個不是天天挑水的？她怎麼就做不了？難道她是大戶人家娶回來的大家小姐不成？」

吳氏今天擺明了就是要喬明瑾挑滿兩個水缸的水。

「娘，這院裡這麼多男人，之前沒水怎麼不說？到這會兒要用，瑾娘來了，妳再讓她去挑水？」

岳仲堯對他娘越發看不懂了，他不明白，自個兒的娘為什麼就是不讓他和瑾娘好好過日子，這樣瑾娘還能留在他身邊嗎？

兩人說話的聲音有些大，把岳伯陽和岳季文都吸引到了院內。

「娘，我去挑吧，今天三哥挑了兩輪，也該輪到我了。」岳季文在一旁說道。

「待一邊去，有你什麼事！」吳氏喝道。

喬明瑾看著這幾人在一邊推搡，搶過扁擔，挑著空桶就出了院門。

「瑾娘！」

「娘！」父女兩人齊齊追出門去。

「老三，你去哪裡？」吳氏追了兩步。

「大過年的，妳這是要鬧什麼？家裡這麼多人，妳非要讓琬兒她娘去挑水，妳就不怕別人說妳。」老岳頭拉回吳氏，擰眉說道。

「我怕什麼？她喬氏一個嫁過來的媳婦，不在家伺候公婆，一個人搬出去過清靜日子都不怕別人說，我怕什麼！」吳氏高聲回道。

老岳頭看了她一眼，又轉身回了正屋，這女人他說一句，她能頂三句，讓他頭疼得很。

岳仲堯追出院門，緊走上前搶過喬明瑾肩上的擔子，扛在肩上。

喬明瑾看了他一眼，又拉過小跑過來的女兒，跟在他的身後。

岳仲堯走了兩步，才艱難地開口道：「瑾娘，妳別把我娘的話放在心上，她就是要出那一口氣，妳今天順著她些，我、往後……往後我對妳好，不讓妳們母女吃苦。」

喬明瑾看向岳仲堯，岳仲堯就那樣癡看著喬明瑾，他的忐忑與不安如此明擺地掛在臉上，是怕她甩手就走吧？

喬明瑾嘆了一口氣，也沒回岳家，就那樣跟在他的身邊。

「娘？」琬兒來回掃了自個兒的爹娘好幾眼，才小心翼翼地開口。

「乖，我們跟妳爹去挑水。」

「嗯。」小東西高興地直點頭，鬆開喬明瑾的手，往前小跑了幾步，又格格笑著再跑回來，在兩人的身後轉著圈，又再跑過來拉著爹娘的手，高興地與爹娘說話，不復在岳家時的沈悶。

待三人挑水回去，吳氏遠遠看到那水桶果然是落在自家三兒的肩上時，氣得連喘了好幾口粗氣。

喬明瑾一進院，她就忙不迭打發她進廚房忙活去了，又是淘米又是洗菜，又是切又是剁的，哪裡能放過她一時半刻。

喬明瑾也沒二話，要她幹什麼她就幹什麼。

反倒是岳小滿看不過去，想要在一旁幫忙，吳氏哪裡肯讓她來做，忙把她拉到房裡去。

孫氏和于氏樂得在一旁圍觀，捧著一把瓜子在一旁指點，這該怎樣那該如何。

喬明瑾不見得按她倆的意思來做，只是並不開口反駁。

跟一些不相干的人說些什麼呢？沒得浪費體力。

大年夜的團圓飯，自然是喬明瑾一個人燒的。

從煮飯到煎炒烹炸、燒湯，也就岳仲堯不顧他娘的冷眼，在旁邊搭了一把手。

今天的晚飯吳氏倒是不吝嗇，有雞有肉有魚，還煮了白米飯，加上幾道素菜小菜，桌上擺得滿滿當當的。

孫氏看了一桌滿滿當當的菜，挾了一口到嘴裡，說道：「瑾娘，還是妳的手藝好，我和妳四弟妹就燒不出這樣的菜來，看來我們過年這幾天都能享到妳的口福啊。」

她說著頻頻往兒子和女兒碗裡添菜。

喬明瑾低頭給女兒挾菜，沒有應話。只有今天罷了，還想讓她往後幾天來伺候她們，她們這是哪裡來的自信？

「是啊，三弟妹這紅燒肉做得最地道，聞著就香，剛才在院子裡我的口水就差點沒掉到地上，終於又能吃上了。」岳伯陽咬了一口紅燒肉，一臉滿足地說道。

「是啊是啊，這些菜實在燒得好，看來今天是能好好吃一頓了。」岳季文在一旁也不吝誇口。

老岳頭一邊吃一邊點頭，他們家還真沒人燒菜的手藝比得上瑾娘的。

岳仲堯聽了心裡十分高興。

今天飯是兩桌併一起吃，岳仲堯往坐在他和妻子中間的女兒碗裡挾了幾筷子菜，又伸過筷子也給妻子挾了一筷子。

引得吳氏罵了一句。「沒手還是沒腳啊？」

岳仲堯瞪了他娘一眼，才去看喬明瑾的臉色，還好，瑾娘並沒有說什麼。

岳仲堯垂在膝上的手想抓住妻子的手好生安撫一番，只是隔著女兒，他只能訕訕地往妻子那邊頻頻掃了好幾眼。

飯後，喬明瑾把碗碟都洗乾淨，放進了碗櫃，便要拉著女兒回家。

「瑾娘，晚上就睡在家裡吧？」老岳頭對著喬明瑾說道。

「管她做什麼，愛去哪去哪！咱家這狗窩哪裡是人家願意待的！」

吳氏今天使喚了喬明瑾一天，非但沒有出氣，反倒更是有一種所有的力氣都打在棉花上的憋悶感，更添了堵。

「娘！」岳仲堯揚聲道。

「嚷什麼嚷？」吳氏的聲音一點都不比岳仲堯低。

「琬兒，跟爺爺說，我們回去了。」喬明瑾牽著女兒吩咐了一句。

「爺爺，我和娘回去了。」琬兒對著老岳頭說道。

老岳頭嘆了一口氣，道：「好，那琬兒明天早上再來喔。」又去吩咐岳仲堯拿油燈。

岳仲堯拿了油燈出來，妻女已是走出院門，他只好急急忙忙地跟老岳頭打了聲招呼，小跑著跟了上去。

從岳家回來之後，喬明瑾沒有給岳仲堯任何單獨說話的機會，做了一些簡單的吃食，然後燒水給女兒沐浴，最後是自己。

再然後，岳仲堯以為有機會的時候，喬明瑾已是抱著昏昏欲睡的女兒關門睡去了。

岳仲堯忐忑了一個晚上。

第二日他還是早早起了，給母女倆煮了早飯。

在軍中那四年，當伙夫他就當過不短的時間，煮個早飯有什麼難。

這日是初一，沒有下雪，但仍是清清冷冷的。

喬明瑾昨天沒有帶著女兒在岳家守歲，她知道岳仲堯的期盼，只是那與她又有什麼相干呢？

吃過早飯，喬明瑾替女兒打扮了一番，比昨天打扮得還好。

料子是嶄新的的杭綢，頭上用小米珍珠做的頭花圍著，還戴著一副純金項圈，綴著一塊羊脂白玉，披風也不是昨天那件兔毛的了，換上了一件狐狸毛的。

今天的行頭都是周晏卿送的，原本她一直壓在箱底，今天卻全翻了出來。

有什麼關係呢？不是特意低調，別人就會和顏悅色。

既然如此，就按她的意思過吧，無須在意太多。

喬明瑾在女兒的腰上掛了一個小荷包，在裡面裝了兩對小金魚銀錁子，給女兒做為新年紅包。

小東西果然高興得很，在喬明瑾臉上左右香了兩下，引來岳仲堯一陣妒嫉。

岳仲堯從來沒有父母給兒女紅包的這種概念，過往的經歷裡，他都沒有這樣的記憶，多是長輩會給一、兩文錢。

岳仲堯在廂房裡一通找，沒找到紅紙，也不敢找喬明瑾要荷包，怕瑾娘更看不起他，只好用自己的舊荷包裝了一串銅板及一小塊銀角子，給了女兒。

小東西這時候還沒有銀錢多寡的概念，只知道有禮物收就高興，果然也在岳仲堯的臉上左右香了兩下，岳仲堯這才平衡了些，臉上帶了幾分歡喜。

喬明瑾把女兒打扮好，就送了父女兩人出門，這才回身把院門掩上。

今天她是決計不會到岳家去了。

也不知道吳氏又留了多少活在那等著她，也許還備了不少刺耳的話。

好在琬兒在家已是吃過早飯。

初一習俗是不出遠門的，所以喬明瑾這天接待了好多平時跟她合得來的鄉鄰。

秀姊一家早早就來給喬明瑾拜年，還在喬明瑾家喝了一杯茶，說了好一會兒話才走；而秀姊的兩個孩子得知琬兒不在家，都坐不住，裝了喬明瑾家好些小吃食，鼓鼓囊囊地跑到別家去了。

秀姊一家走後，蘇氏和馬氏也過來坐了一段時間，然後是岳冬至和他父母，然後是石根帶著他的妻兒過來，都陪著喬明瑾說了一會兒話才走。

直到吃中飯的時候，喬明瑾家裡都來人不斷。

而午飯，琬兒並沒有回來吃。

岳仲堯帶著她回來了一趟，說是要帶著女兒在岳仲堯的大伯家吃飯。

老岳頭共有三個兄弟一個妹妹，岳仲堯的大伯岳富升，生了兩個女兒一個兒子，岳仲堯的四叔岳華升則是生了兩兒兩女，只有老岳頭生了三個兒子。

所以岳仲堯這一代的堂兄弟在下河村，算不上是人丁興旺。

岳仲堯跟他幾個堂兄弟的關係倒是極好，從小都能玩得來。當初喬明瑾剛來的時候，被犁頭砸了躺在床上，吳氏都捨不得出錢買些肉給她煮粥，還是岳仲堯向幾個堂兄弟借錢，才能給喬明瑾熬些肉粥吃。

而喬明瑾嫁到岳家的這幾年，那兩個叔伯家也是常走動的，過年過節都會在一起吃飯。

老岳頭的嫂子和弟媳跟吳氏是不同人，平常待喬明瑾和氣得很，喬明瑾就算是在搬出來後，也偶爾會跟她們走動走動。

這次聽說岳仲堯會帶女兒在岳富升家吃飯，她沒有說什麼，只叮囑了琬兒幾句就讓她去了。

下午的時候，又有好些人到喬明瑾家來拜年，喬明瑾的茶點備得滿滿的，讓來客及來討小食的孩子滿意非常，所以這天一直是熱熱鬧鬧的。

晚飯，那父女倆也沒回來吃，說是會在岳華升家裡吃。

本來岳仲堯是想讓喬明瑾一起去，只是喬明瑾知道吳氏是一定會在的，所以情願一個人待在家裡。

而秀姊得了訊，跑過來拉喬明瑾，讓她到她家吃，說是無論如何都不能讓喬明瑾大年初一的一個人在家裡吃飯。

喬明瑾很是過意不去，給秀姊的兩個孩子包了兩個荷包，換來秀姊的不好意思。

喬明瑾一直在秀姊家等到岳仲堯帶著女兒過來接她，三人這才回了家。

初一的夜裡有些暗，好在有孩童不時地點上一、兩枝炮仗，偶爾會閃過點點火星。

琬兒今天好像很是興奮，牽著喬明瑾的手，絮絮叨叨地說著今天哪些人給了她紅包，又有哪些人給她小吃食，掰著小手指一一數給喬明瑾聽，一路上興奮地說個不停，就是到家了也沒停下來。

回家給女兒梳洗後，喬明瑾翻看女兒的紅包，多是一文、兩文的，給六文的有三個，聽女兒說是大伯爺、四叔爺和老岳頭給的。

而在岳家她就收了一個，其他的紅包說是岳仲堯帶著她在別處收的。

喬明瑾幫她收好，放在一個小匣子裡，抱著仍叨叨不停的女兒上床睡去，她沒多理會岳仲堯，明天她還要回娘家呢。

次日，喬明瑾早早起了，發現岳仲堯也早早準備好了。

只是在三人要動身的時候，吳氏親自跑來，說是今天岳仲堯的大姊一家要回來，讓岳仲堯留在家裡。

岳仲堯很為難，看喬明瑾已是坐到了車架上，便對吳氏說道：「娘，大姊那麼遠過來，定是要在家裡住上一晚的，我先送她們母女去雲家村，吃過午飯再趕回來。」

「不行，你大姊都一年沒回來了，本來嫁得就遠，好不容易才回來一趟，你怎麼能不在家？你小時候，你大姊可沒少帶著你。」她一副不容拒絕的模樣。

岳仲堯看喬明瑾已是揮了鞭子，馬已經動了起來，心裡焦急，他好不容易有了與瑾娘靠近的機會，再說今天怎能讓瑾娘一個人回娘家？

「娘，我下晌就會趕回來的。」

岳仲堯匆匆撂下一句，小跑著追了上去，吳氏在後面追了兩步，只是她的腳程哪裡及得上馬車？只是累得她在原地不停喝罵罷了。

而喬家這天，不僅是喬明瑾回來了，明瑜的未婚夫婿今天也一大早就過來，比喬明瑾來得還早，只怕是天沒亮就動身了。

這分誠意贏得了喬家人的另眼相待，個個對他熱情得很。

岳仲堯是第一次見到這個周耀祖，見他待人寬和，彬彬有禮，很替明瑜高興，在飯桌上陪他喝了好幾杯。

吃過飯，岳仲堯就走了，聽喬明瑾說是要住到初六，愣了愣，不過他沒有多說，只說初六會來接她們娘倆。

喬明瑾在下河村著實沒有要走動的親戚，也不想見岳家的親戚，所以她索性在娘家多住幾天。

一家子熱熱鬧鬧的，總比她母女兩人冷冷清清強多了。

初二這天在自家裡吃過午飯，下午又送走周耀祖，晚飯一家人則是在外祖雲家吃的。

喬母的妹妹雲妮一家人也早早回來了，連著兩個舅舅及她一家，在雲家擺了好幾桌。

雲妮拉著喬明瑾說了好些話，得知喬明瑾現在過得好，總算是鬆了口氣；本來擔心她年紀輕輕的，得此變故，怕她會過不下去，如今倒安心多了。

這次在雲家，喬明瑾終於見到了雲大舅的小兒子雲沐。

這孩子一直在鎮上讀私塾，喬明瑾每次回來總是遇不上他，這回倒是見著了。

小夥子十五歲了，長得頗高，清清瘦瘦的，紮著學子方巾，很有讀書人的模樣，聽他說話談吐也不酸腐，還見識不俗，喬明瑾很替大舅高興。

她給了這孩子兩對銀錁子，惹來這孩子臉紅耳赤地道謝，引得眾人笑了一回。

初三，喬明瑾帶著琬兒，跟著外祖家眾人去韋姨父家裡拜年，在韋姨父家又吃喝了一天。

初四，外祖母弟弟的孫子滿週歲，一夥人又去鬧了一天。

初五，她哪裡都沒去，只在家陪祖母藍氏，跟藍氏說了一天的話。

初六中午，岳仲堯就到了。

吃過午飯，喬明瑾回了下河村。

往後幾天，沒什麼特別的事，她偶爾會去秀姊家或蘇氏家裡和她們說話，走動走動。

日子過得很快。

正月十四，周晏卿打發人送了一車東西過來，都是一些吃食瓜菜點心之類，怕她不收，就說肉食瓜菜都是莊上送來的，瓜果點心則是別人過年送的，多得家裡都堆不下了，拜託喬明瑾幫他吃些。

喬明瑾笑著收了下來。

大過年的她看石頭特意運一車東西過來，很過意不去，各打發了二兩銀子給石頭和車伕。

待石頭走後，喬明瑾便到廂房準備把東西歸置了。

岳仲堯一直跟在喬明瑾身邊，心裡很不是滋味，也酸澀得厲害。

那個男人，那個叫周晏卿的男人，為什麼對他的娘子格外不同？

為什麼年前送了年貨，年裡還要巴巴地大老遠派人送東西過來？

當他是死的嗎？

正月十四周府送禮來，喬明瑾神色如常，並無二致，對她來說，這不過是很平常之事。

但對岳仲堯而言，這實在是件讓人很不愉快的事。

他的妻女憑什麼讓別人這麼惦記著，他的妻女為何要讓別人來照顧？

正月十四日的晚上，岳仲堯並沒有回喬明瑾這邊。

喬明瑾也不覺得奇怪，她倒沒想別的，只以為吳氏又起了什麼么蛾子。

倒是琬兒想跑去村裡找她爹，可又不敢，她怕她奶奶，只好在門口往村裡的路上徘徊了數遍，在院門口走來走去，直到夜風漸涼，喬明瑾強行把她抱回房間，這才罷了。

次日是正月十五。

在鄉下沒有地方可以看花燈，自然也是如常一樣在家裡吃吃喝喝，守著炭盆子吃些炒貨，聊幾句家常。

喬明瑾這天在村裡幾個相熟人家那裡坐了坐，午飯就在蘇氏的盛情邀請之下，在她家裡吃了，直到下晌該燒晚飯時，才回了自家。

母女兩人回到家時，岳仲堯已在家裡了。

「爹！」琬兒非常高興地撲了上去，摟著岳仲堯的脖子絮絮叨叨地問他昨晚去哪了？為什麼不回家來住？

岳仲堯抱著女兒，往喬明瑾那邊望了一眼，期待妻子也能像女兒一樣問一問他的行蹤，表示一下關懷之意。

喬明瑾只看了他一眼，就轉身去做旁的事去了。

岳仲堯好不容易平復的心，再次像被人狠心割了一刀般。

他痛苦地閉了閉眼，一夜未睡，今日補了一天眠，那眼睛還是乾澀得厲害。

元宵這天，岳仲堯沒有再回岳家，而是留下來幫著喬明瑾準備了晚飯，一家三口安安靜靜地吃了，然後岳仲堯再抱著女兒到廂房，陪著女兒玩耍。

正月十五，喬明瑾家裡就那樣平平淡淡地過了。

而青川城裡，氣氛就要熱烈得多。

青川城不大不小，從正月起，街上各門面就掛起了紅綢子，各鋪面門前也高高架起了紅燈籠。

元宵的夜裡，青川城裡月圓燈明，人流如織。

周晏卿則像一副沒吃飽的樣子，被幾個表妹圍在中間，腳下無意識一般跟著往前走。前後僕從開道，一行十幾二十個人浩浩蕩蕩地走在青川最熱鬧的街市上。

幾個表妹都打扮靚麗，錦衣華服，香薰過的衣裙隨著小步款款，留下一路清香。

周晏卿被各種香味圍著，不知是頭油還是荷包或是別的什麼，他難耐地忍著。

母命在身，萬般無奈，吃過晚飯就得陪著幾位無處不香的表妹出來逛花街、看花燈。

他只是略略顯得不耐，略一走偏，就會有某個眼明手快的表妹把他拽回來。

「表哥，你這是往哪走啊？前面林家鋪子的花燈聽說做得比往年都好，我們快去看看吧？」周家大少奶奶的庶妹吳嬌挽著周晏卿的胳膊甜膩膩地說道。

旁邊的林碧玉見不得吳嬌一副黏在表哥身上的浪樣，一把擠了過去，巧妙地用手臂擠開了吳嬌。「吳姊姊，這大庭廣眾的，妳這樣可是要讓人笑話的，沒得讓人說你們知府家沒有家教呢。」說完用香帕捂著嘴笑了起來。

吳嬌氣得牙根緊咬，想搶白兩句，又怕壞了她在周表哥心中的形象。

只不過一個商戶之女罷了，竟敢看不起她？

她幾步走到周晏卿的另一側，挽起周晏卿的另一條胳膊，笑靨如花，對周晏卿甜甜地說道：「表哥，晚飯你吃得好少，這會兒怕是餓了吧？要不我們去前面的茶肆用些茶果點心，然後再繼續逛？反正現在時間還早著呢，這花燈要擺到明天早上呢。」

「是啊表哥，我走得腳都瘆了，我們都喝茶歇一歇？找個靠窗的雅間也能看到街市呢。」

兩女爭著搶著在周晏卿面前表現。

麗娘則默默地跟在幾個人的身後，安靜地像是不存在一樣。

兩個蠢貨，爺是那種妳纏著就會心軟的人嗎？只不過是越纏越惹爺厭煩罷了。

吳嬌啊吳嬌，妳那庶姊都已經嫁進來了，憑什麼以為老太太會讓兩個兒子都娶妳吳家女？

林碧玉，妳倒因為是老太太的娘家姪女，老太太對妳格外看重些；只是老太太的大兒子都娶官家小姐了，這最小、最疼愛的兒子，難道會讓他娶一個商戶之女進來嗎？

麗娘在後面低頭嗤笑。

雖然不知爺最後會娶回來什麼樣的奶奶，但這些年來，她一直陪在爺的身邊，又因為是京裡的周大人送給爺的，爺對她也格外不同些。

雖然爺好久沒到她房裡了，但只看今天爺願意帶她出來看花燈，爺心裡還是有她的。

如今她還是爺身邊唯一一個姨娘，只要她聽爺的話，爺定不會忘了她。

只要奶奶娶進來，爺再停了她的藥，她就能給爺生個一兒半女了，然後一直陪在爺的身邊。

這幾年，她安靜地待在爺的身邊，爺偶爾還會說她懂事聽話。

那個男人早就占住了她全部的心。

她瞭解爺，這幾個女人，爺哪裡會放在眼裡？

麗娘跟在幾個人的後面，安安靜靜，那幾個女人讓她做什麼她就做什麼，就算受些委屈也不要緊，方才爺不是還投過來一個含著歉意的眼神嗎？

麗娘高興地揚了揚嘴角。

一行人正好走到一家裝飾華麗的茶肆前，今天街上遊人如潮，茶肆裡也坐得滿滿的。

「爺，已沒有雅間了，只有二樓中堂的位置。」清冷的元宵之夜，石頭跑得滿臉汗。

周晏卿還未說話，那林碧玉就嚷了起來。「怎麼又沒有了？你沒報表哥的名諱嗎？」

石頭擦了擦額頭上的細汗，恭順地回道：「小的報過的，可是掌櫃的說，那雅間都是早早就訂下來的，方才來了好幾波人也都沒訂到呢。」

石頭說完吁了一口氣。都元宵了，他不得閒也就罷了，還要跟來伺候這幾位祖宗。

況且憑他家爺哪會訂不到雅間？他家爺可是早早就在最好的茶肆訂了一間雅間，要跟幾位好友品茗歡飲，秉燭達旦的，哪裡知道這幾位祖宗會不在家裡過元宵而是跑回來？

石頭無比怨念地掃了他家主子爺一眼。

周晏卿見了，朝他齜了齜牙，揚了揚拳頭。臭小子，沒看到你主子我也在一旁受著罪嗎？

一行人正待走開，前頭正好有幾個穿戴富貴的年輕公子勾肩搭背地朝茶肆走過來。

「呦呦呦，瞧瞧，這是誰啊？我說今天周六爺為什麼會推了我們幾個人的約呢，原來是要陪美人哪。」

「哎呦，可不是周六爺嘛？早早地約了我們，又讓人來推了，我們還當六爺你是有火燒眉毛的大事要做呢，呦，原來是要陪美人哪！」

另一個年輕公子也過來繞著周晏卿打量了一圈，嘖嘖道：「當誰家沒有美人陪呢？就你特殊！」

旁邊又有一個人打趣道：「去去去，你家有嬌妻美妾、有兒有女，咱們六爺還單著呢，哪裡就跟你一樣了？」

幾人說著說著便笑了起來，眼光不住打量圍在周晏卿身邊的幾個女子。

吳嬌、林碧玉等人都羞得低垂著頭，臉上又不免帶了些驚喜。

表哥這是看重自己呢，特意推了朋友的約陪自己去看花燈。

幾個女人心裡美得幾乎要冒泡。

周晏卿閒閒地掃了這幾個狐朋狗友幾眼。「有空在那裡磨牙，不如請我去喝一杯，在這等著天下掉金子呢？」

最先開口的年輕公子說道：「地方我們選，銀子嘛，自然是你周六爺來出；我們哪敢在腰纏萬貫的周六爺面前稱自己是有錢人哪，你們說是不是？」

一群人聽了跟著起鬨。

周晏卿捶了他一拳，幾個人便勾肩搭背地走了。

吳嬌緊追了兩步，嬌聲喊道：「表哥！」

周晏卿沒有回頭，只向後擺了擺手。

石頭掃了愣在原地的幾個女人一眼，撇了撇嘴，又吩咐了跟在身後的隨從和僕婦幾句，小跑地追著他家爺去了，餘下一眾女子在原地氣得直跺腳。

吳嬌和林碧玉兩人各自對視了一眼，又哼的一聲各自撇開了頭。

「回府！」

兩人就各自帶著丫頭、僕婦回周府。

原地又被熙熙攘攘的人流掩蓋，好像剛才那一群人從未出現過一樣。

而茶肆斜對面的一間花燈攤前，柳媚娘剛好看到了這一幕。

她早就認出了周晏卿。

在下河村時，她見過周晏卿好幾次，還跟他說過話。

周六爺真的是一個和氣的人，方才就是臉上不耐，也很有耐心地與幾個小姐說話，那幾個小姐那樣纏著他，在大街上拽著他、挽著他，他一點都不生氣，還臉帶笑意。

他笑得真好看。

她本來還想著要上前去打個招呼的，哪裡想到會有一群富貴公子過來把他拉走了。

裡面有一個是知縣老爺的兒子，她跟她娘去繡莊領過活，看過他領著自家母親去那裡買東西。

周六爺原來認識這麼多人，竟然連知縣老爺家都跟他交好。

那一群人頭戴玉簪金箍，腰纏玉帶，配戴各式玉珮，富貴非常。

那一個玉珮就夠他們家吃用好多年的。

她夜裡作過好幾回夢，每回夢裡都是她爹在戰場上立了大功，升了將軍，衣錦還鄉，她變成了官家的小姐，坐在梳妝桌前挑著當天要戴的首飾。

是帶那支鑲紅寶石嵌珠玉的金釵好呢？還是戴那套龍眼大的珍珠頭飾好？

她錦衣華服，坐在富麗堂皇的家裡使奴喚婢，聽著哪個大人家又派人來說親了，可她娘都沒應，說還要再看看……

柳媚娘看著那幾個年輕貴公子勾肩搭背遠去，目光閃了閃。

第三十七章

青川城最大的酒肆裡，周晏卿正和幾個狐朋狗友在華麗的雅間裡行酒令喝酒。

周晏卿許是因這幾個朋友解了自己的圍，心裡高興，席上自動放了幾次水，高高興興地被他們連著灌了好幾杯酒。

好在他酒量不錯，每人灌了一輪下來，他還是面色如常。

幾個人皆不服氣。

「你們別總想著把晏卿灌倒，平白便宜了酒家。」錢府大少爺錢有亮歪在椅子扶手上對幾個人說道。

知縣老爺家小兒子鄭遠，仰頭倒了一杯酒，這才悠悠開口說道：「便宜就便宜了，又不是我們出錢，這幾個錢，周六爺哪裡會放在眼裡？不過，我說晏卿，你倒是跟我們說說，你巴巴地在幾日前約了我們，今天卻差點放我們鴿子，難道真是好事將近？」

周晏卿斜了他一眼。「你管這麼多？這幾個酒錢你鄭公子還付不起？你會缺錢花？」

鄭遠白了他一眼。「你以為誰都跟你一樣生意做到京師去呢！我們家老爺子一個月才給我五十兩，都不夠喝一次酒的。」

旁邊，林府三爺林孝利笑著說道：「你爹給你的月錢可是不少了，不過你要靠著那幾個月錢過活，確實少了些；但你鄭公子哪像是缺錢的主？誰不知道你那娘子是帶著十里紅妝嫁進來的？那嫁妝鋪了青川城裡好幾條街，你會缺錢花？」

鄭遠朝他扔了一小把花生。「爺是那種花娘子嫁妝的人嗎？」

縣丞史家公子史景輝認真點點頭。「你是。」

於是他被鄭遠傾身過去追打了起來。

一桌子人圍著他們兩人笑了一會兒。

林孝利挪坐到周晏卿身邊，對他說道：「去年你家出的根雕可是掙了不少吧？那鎮店的孔雀開屏，聽說都有人出到三千兩，你還沒賣。嘖嘖，這一個沒人要的木樁就被你做成三千兩的生意，你周六爺是怎麼發現這個商機的？竟然不肯跟我們透露一二，讓我們也跟著掙些小錢，太不夠朋友了。」

鄭遠聽了停止打鬧，也對周晏卿控訴道：「可不是，你也知道我正缺錢用，有這麼好的點子都不跟我說說，太不夠朋友了，枉費我得了好東西總想著你。正月裡，有人送了一個雕成四時景致的根雕給我爹，說是在你們店裡花一千兩銀子買的。用一兩收的破爛木樁，你倒是好意思收一千兩銀子，嘖嘖，果然最奸不過商人哪！」

周晏卿白了他一眼，說道：「你以為那根雕像大白菜一樣，一天能出幾十上百個呢？我那作坊都開大半年了，也不過出了二、三十件作品，那四時花開是幾個師傅一同做的，足足花了兩個月呢！」

鄭遠一臉狐疑。「要那麼久？」

周晏卿點了點頭，又道：「軟木可能時間要短些，若是名貴的硬木，十幾套刀具都廢了，可能成品都還沒完成。」

幾個人都是門外漢，聽周晏卿如此分說一二，倒是對這根雕有了些許瞭解。

那林孝利聽周晏卿說完，又說道：「現在有好幾家木匠鋪也出根雕了，那李家的木匠鋪也有出，不過我去看了，作品很是粗糙，毛邊都沒怎麼處理，整件東西就像是硬著拼湊出來的一樣，失了自然，初初看了還覺得新穎，看久了就不想再看了，跟你家的完全不可比。不過他家賣的可比你家的便宜多了，對你家的生意會有些影響吧？」

周晏卿搖了搖頭，說道：「倒無妨。那根雕我們是做過防腐、防蟲的，護得好，放個百八十年沒問題；而且這又不是賣大白菜，我只賣傳世精品，做得粗糙的拉回家沒得還礙了地方，最後看膩了還得劈了當柴燒，我家的根雕那可是傳世之作。」

幾人聽了，又紛紛擠過來，逼著讓他答應給在場的每人都做一件傳世之作才甘休。

周晏卿拗不過，應了下來，不過錢還是要收的，幾個人便合夥罵了他一頓奸商，又狠灌了他一輪酒，這才算罷了。

而後鄭遠又想起今晚陪在他身邊的幾個美人，又戲謔道：「你莫非真的春心動了，打算成家了？」

林孝利也笑著說道：「他也該成家了，他那位可走了有好幾年。我兒子過完年都要請先生開蒙了，他膝下還是空的，他家老太太估計是等急了。」
「莫不是剛才其中的一位吧？是哪個？」史明輝也擠過來問道。
幾個人又八卦了起來，紛紛圍著追問。
周晏卿漸漸覺得頭大了起來，今晚是沒吃飽飯吧，酒量竟比往常差了不少……

元宵很快就過去了。
年過完後，先是岳仲堯回了城，接著雅藝作坊也要復工了。
岳仲堯臨走前一晚，在喬明瑾的房門口說了足有一炷香的時間，磕磕絆絆的，又是讓喬明瑾注意身體，又是叮囑喬明瑾不要太過辛勞之類……林林總總，沒個重點。
好幾次他都想衝進門去，再抱一抱妻子香香軟軟的嬌軀，可是那腿卻總是邁不動步。
就隔著一道房門，裡面明明是自己明媒正娶的妻子，他為什麼就是不敢推開那道門呢？
岳仲堯想不明白。
不知是不是怕闖進去妻子更要遠離了他，他只能惶惶地在門口徘徊，說一些無謂的廢話。
岳仲堯走後，雅藝作坊正式復工了。
復工的前一天，喬明瑾吃過午飯，正待抱女兒去歇晌的時候，院門就被拍響。
門前停著一輛牛車，牛車上堆滿了行李物品，明珏、明珩、明琦、何氏、何家父子，還有何父的兩個徒弟何三和何夏都笑盈盈地站在牛車旁邊。
琬兒見了，早就撲到明玨懷裡了，明琦和明珩也圍著她揉搓了一頓。
「我還以為你們明天才到呢，怎麼不在家多待一天？」喬明瑾邊說邊引著他們往家裡進。
「明天早上就開工了，要是趕早的話，得星夜就出門；再說，年也過完了，家裡現在也沒什麼事要忙的，早一日過來也好早一天開工。」何父笑著回道。
何夏和何三也在一旁搶著說道：「我們可是一直念著喬姊做的飯菜呢，早幾天就想著要過來了。這裡房子新鋪蓋新，院裡有井，洗澡吃飯上茅廁樣樣便利，住得舒服著呢。我娘生怕我們晚一天開工會虧了一天工錢，早兩天就給我準備好包袱，催著來了。」
喬明瑾聽了笑了起來，說道：「那鋪蓋都給你們曬好了。今天晚飯喬姊親自給你們整治一桌好吃的，讓你們吃個夠。」
說完，她轉頭又看到明珩幾人從牛車上搬了好些東西下來，便問道：「可是要從姊這裡去城裡？」
明珩點了點頭，說道：「我們在姊這裡住兩天，再從姊這裡去城裡。除了包袱，還有奶奶和娘讓我們帶過來的一些乾菜臘肉，及娘醃的雪菜和梅乾菜，還有炸的一些點心。娘還給三姊夫也帶了兩罈，說是初二那天醃的菜還不到時間，讓我們這次回城的時候順便給他送過去。」

喬明瑾點了點頭，指揮著他們兄弟倆把東西歸置了，又引著一夥人到廂房坐著烤火。

「舅舅，小姨，吃這個果脯，可好吃了，是前幾天周叔叔讓人送來的，琬兒給你們留的。」

琬兒從房間裡拿了一堆好吃的攤在明琦和明珩面前。

明琦在小東西臉上揉了一把。「是不是不好吃才留給小姨的啊？」

小東西偏了偏臉蛋，嘟著嘴說道：「才不是，是想給小姨吃才留的，也給舅舅留了。舅舅走的時候，我會給舅舅包一大包帶走的。」邊說著邊用手比了一大包的樣子。

明珩聽了高興，把小東西抱起來，往上拋了拋，引得小東西興奮地哇哇大叫。

喬明瑾笑著看舅甥幾個玩鬧，又和何父等人邊喫茶邊聊天，問了何父等人過年的情況。

晚飯的時候，喬明瑾帶著明琦、何氏，整治了一桌飯菜款待他們，席上擺得滿滿的，有葷有素，有酒有菜，吃得眾人滿意非常。

吃過晚飯，一行人便去作坊休息了，雲錦和何氏則留在了家裡，反正家裡廂房很多，雲錦和何氏住在家裡也便利得很。

十四那天，石頭帶了周晏卿讓他傳的話，說是又新請了幾個人，讓她把鋪蓋準備好，還要把作坊的房間空出來。

次日是復工的日子，巳時左右，吳師傅等人也陸續到了，一眾人等親親熱熱地打著招呼，隔了一個年，好像更親密了些。

隨後周管事也到了，同來的還有六位木匠師傅，都是周晏卿年裡新請的人。

年裡，周晏卿接了不少訂單，作坊裡堆了好多木樁都沒來得及處理，人手不足是一定的，即便請了六個人仍是不夠，但好在可緩解一些時日。

喬明瑾一一與六位新請的木匠師傅見過，並給他們在作坊安排了住處，看他們都沒做過根雕，便安排他們跟在老師傅後面當助手，先熟悉一段時間，再視情況讓他們單獨操作。

而復工當天，除了作坊的師傅，岳冬至和石根、馬氏也早早到了，作坊又恢復了往日的熱鬧。

新的一年終於來臨。

衙門開印後，青川縣衙眾人等各歸各位，恢復了往日的熱鬧景象。

衙門封印了大半個月，自然堆積了許多公務，每天衙門前人來人往，衙役們更是步履匆忙。

岳仲堯連日奔忙了大半個月，往隔壁縣跑公務往來了數次，日日策馬奔馳，兩腿被磨得生疼。

來往路上茶肆酒館食鋪，他皆食不知味，夜裡往客棧投宿，他進了房倒頭便睡。

現在他明明就在瑾娘的身邊，為什麼反而沒了以前戰場拚殺時，不知有無明日那般刻骨的渴望了呢？

岳仲堯心裡空得厲害，空得讓人害怕，好像有什麼東西正剝離遠去，就像戰場上身邊的人一個個離開，再不復相見，最後只餘了他自己……

連著過了大半個月不知晨昏的日子，這日，岳仲堯正從隔壁縣跑公務回到青川縣衙，被告知他能有一日假期。

岳仲堯愣了愣，一天哪……能幹什麼呢？

他眼前浮現女兒笑靨如花的小臉，那樣仰著頭，笑咪咪地望著他，等著他抱一抱。

岳仲堯嘴角不由自主地揚了起來。

忽地又閃過瑾娘淡漠疏離的臉，那樣淡淡的，古井無波地望著他，好像他只是個路人。

他眼神黯了黯。

這一日時間終究太短了些，路上一個來回大概就沒了，次日再趕過來，沒準兒還趕不上回衙，便不回了吧。

他轉身正要往縣衙外走，就被人叫住了。

聽說是縣太爺叫他，岳仲堯愣了兩息，急急轉身往縣衙後院去。

縣衙前院，是知縣老爺和衙役們辦公的地方，後院則是知縣老爺一家的住所，也不大，才半個庭院，鄭知縣帶著妻兒子孫住著。

「大人，您叫我？」岳仲堯被引著進了鄭知縣的書房。

「喔，仲堯來了，來來，快坐。」鄭知縣擠著一臉的笑，對岳仲堯說道。

岳仲堯連忙又是搖頭又是擺手。「小的不敢。」

「不必拘禮，這可不是前衙，就當是見個長輩吧。坐吧，這些日子辛苦你了。」

岳仲堯還沒敢真的坐了，恭恭敬敬地站在寬大的書桌前，行禮道：「大人言重了，這都是屬下分內之事。」

鄭縣令瞧著滿意，點頭道：「嗯，你很好，如今像你這樣有能力又肯吃苦、肯拚、肯幹的年輕人已不多了。」

鄭知縣不知想到了什麼，看向岳仲堯的目光更是帶了幾分欣賞，看岳仲堯一副恭謹的模樣，暗自點了點頭，對著岳仲堯說道：「我現在很是慶幸你被舉薦進縣衙，讓本縣得了一名能幹的下屬。這一年來，你的表現本縣都看在眼裡，任勞任怨，從不挑揀公務，本縣很是滿意，將來自有你的一分前程，只怕這小小的一個縣衙還留不住你呢。」

「大人過獎了，屬下惶恐。」

岳仲堯仍舊低垂著頭，恭恭敬敬地站在那裡，瞧不見臉上的表情。

他有些詫異，這知縣大老爺莫不是吃錯藥了？今天特地找他來就是要說這一番話？

鄭知縣見自己誇了岳仲堯幾句，這個年輕人仍是一副平常模樣，心裡越發滿意。

他就是要找這樣的人。

縣衙裡，他是第一把手，但他上任之前，二把手史縣丞和三把手林縣尉就把青川縣的衙門經營得滴水不漏了。

這兩個人都是本地人，有著無可比擬的人脈，雖說是他的下屬，面上對他恭敬，但心裡怎麼想的就不知道了。

那史縣丞是林縣尉小姨子的公爹，這兩人合起來，有時候在縣衙裡說的話比他說的還管用。

他在青川縣已是連任兩任了，沒人漏點功勞給他，也沒有自己人幫著辦事，他想往上挪一挪，並不容易。

按說憑岳仲堯的能力當個縣尉也是可以的，只是縣丞、縣尉的位置，他暫時還動不了，他只能往下面的位置想想辦法。

原先的捕頭是林縣尉的人，現在剛好這個捕頭使了大力氣，挪到鄰縣當縣尉去了，捕頭的位置空了出來。

鄭知縣往岳仲堯的身上又細打量了一通。

這個人選他可是考察了好久，雖然這岳仲堯並不曾向他投誠過，但他在縣衙裡人緣不錯，在縣丞和縣尉那裡也吃得開。

且這人有著赤子之心，身上沒那麼多彎彎繞繞，這種人雖然不會成為忠犬，但至少不會害你。

鄭知縣打定了主意，便對岳仲堯說道：「仲堯，你也知道孫捕頭已高升了，他那個位子如今空了出來，我瞧著你是個能幹的，比孫捕頭只強不差，我找你來，就是想問問你，願不願意接手捕頭這個位置？」

岳仲堯猛的一驚，迅速地抬起頭來。

「大人，您沒開玩笑吧？」

鄭知縣不悅地瞪了岳仲堯一眼。「你瞧著本縣空的很？沒事找你開開玩笑？」

「大人恕罪，屬下並不是那個意思。」

岳仲堯很是惶恐。這個知縣心思深沈，誰都不知道他心裡在想些什麼。

「屬下多謝大人抬愛，屬下雖然在戰場上拚殺了四年，但管理經驗不足，縣衙裡捕頭及底下的雜衙有數十名，小的怕管不好，倒耽誤了大人的事。」

鄭知縣臉上緩和了幾分，哈哈笑道：「不必擔憂，現如今四海平安，沒什麼要你拚命的事；底下的人也好管，只要你的身分亮出來，底下的人不敢不服，不服者，除非是不想在縣衙裡待了。」

岳仲堯快速地看了一眼坐在高背椅上的鄭知縣。「大人，孫捕頭好像推薦了一個人給縣尉大人……而且那人比屬下更有能力，再說，他們都比屬下做事的時間更長。」

鄭知縣恨鐵不成鋼，別人搶都來不及，這人是怎麼回事，拚命把機會往外推？

「孫捕頭是推薦了一個人，林縣尉也跟我說過了，只是本縣並沒有看中；本縣更看中年輕有能力，又願意吃苦的你。你是從死人堆裡爬出來的，自然比他們更懂得如何珍惜活著的機會，只有想努力活著的人，才能坐好這個位置。」

鄭知縣的話，岳仲堯並不是很懂，但有一點他清楚了，林縣尉推薦給知縣大人的人選，知縣大人給推了，大人反而看中了他。

岳仲堯覺得有些頭大。

這縣尉、縣丞和知縣大人面和心不和，在衙門裡也不是什麼秘密，他要是當了這個捕頭，林縣尉豈不是要把他吃了？

他只想向妻子證明自己是有能力的，他有能力保護她們娘倆，給她們更好的生活，他在縣衙做事，起碼不會有人輕易欺了她們。

他只想這樣罷了。

如今要夾在他們中間，他是應還是不應呢？

他只是一個小人物，得罪了誰都不是他能承受的。

鄭知縣大概也知道岳仲堯的為難，沒催著他，悠閒地坐在椅子上，慢慢地品著茶。

岳仲堯額頭冒汗，在原地站得都快成雕像了，埋頭想了一陣，良久才抬頭對鄭知縣說道：「屬下多謝大人抬愛。這事屬下現在不能給大人答覆，請大人允許屬下思慮一二。」

鄭知縣也不惱，放下茶杯，道：「不急，你明天休息，且回去好好想想，後天復工，再把你的決定告訴我。」

他說完又語重心長地說道：「仲堯啊，你的能力本縣看在眼裡呢，本縣正好缺你這樣的人手哪。」

岳仲堯連忙又客氣了兩句，這才告辭走了出來。他一路低垂著頭出了縣衙，耳邊還響著鄭知縣跟他說的話。

好在從這一刻起，他暫時沒事做了，可以回去休息，明天有休假一天，正好可以好好補眠。

岳仲堯步出了縣衙，往縣衙門前那條寬敞的大街上才走了十幾步，就聽到有人在後面叫他。

「岳大哥、岳大哥，你且等一等……」

岳仲堯站原地聽了聽，才嘆了一口氣，轉身。

他看到柳媚娘一臉驚喜地在前面幾步遠的地方，美貌娉婷，容顏如花。

「岳大哥，果真是你啊？方才我問了門口的衙役，他們說你不在縣衙，我還以為又見不到了呢；好在我運氣不錯，竟然在這裡遇上了岳大哥。」

柳媚娘小跑著過來，站在岳仲堯的面前還略有些喘息，杏黃色的衣裙襯得她更添了幾分顏色。

「找我有事嗎？」

柳媚娘嘟起嘴。「岳大哥，為什麼你每次和我說話，都是一副公事公辦的樣子？聽著像是陌生人，我不喜歡。」

岳仲堯又嘆了一口氣，儘量讓自己的語氣多了幾分溫度，接著問道：「可是妳娘身體不好？」

「不是，是娘這幾天老念叨，說過年因她身子不好，沒能去你家給伯父、伯母拜年，心下遺憾；前幾日她做了些吃的，讓我送去縣衙，可又總遇不上你。這回好不容易遇上，岳大哥，你要不要跟我一起去看看我娘？她老是念叨著你呢，我讓我娘給你做好吃的。」

柳媚娘說完，眼神含了幾許期盼，看向岳仲堯。

岳仲堯看了她一眼，良久才道：「走吧。」

柳媚娘聽了，一臉欣喜地跟在後面。

青川城裡東富西貴，南街北街則是平民住的地方，北街比南街還要更差一些，多是一些大府裡僕人住的地方，或是一些來城裡打零工者租賃的房舍。

柳家就住在北街。

一排低矮的房舍，狹小逼仄，小小的巷子有些髒亂，空氣中還泛著難聞的氣息。

岳仲堯來過幾次，每回來，心裡都會騰升一股難言的愧疚感。

若是柳父還在，他們孤兒寡母的何至於從南街搬來此地？

柳父生前身強力壯，雖是四處打零工，但還是能供得起唯一的兒子上學堂，能讓一家四口衣食無憂。

如今那母女兩人到處攬活，只為了柳家這最後的血脈能有一些出息，好讓柳父在地下能夠安心。

「岳大哥，快進來呀，莫不是認不出我家家門了？」柳媚娘盈盈笑著在門裡側向岳仲堯招手。

岳仲堯朝柳媚娘擠出一個笑臉，邁過了門檻。

極小的院子，兩間房間，一間廚房，院牆是與隔壁共用的，看得出來左鄰右舍原是一整間，後分割出來租給像柳家這樣簡單清貧的人家。

「娘，岳大哥來了！」柳媚娘在院裡揚聲喊道。

老舊木門吱呀響了一聲，柳母急急地走了出來。

「是仲堯來了啊？快到屋裡暖和暖和，今天竟是又颳起了風。」

柳母對著岳仲堯說完，又對柳媚娘嗔道：「妳這孩子，怎的這個時候拉妳岳大哥過來，可不得耽誤了公事？」

岳仲堯朝柳母笑了笑，說道：「伯母莫要怪她，是今日我剛從鄰縣回來，交完公務，知縣大人便許我可休息一天，方才正要回寢居休息呢。」

柳母聽了臉上多了幾分笑意，再吩咐柳媚娘去廚房準備飯菜，要留岳仲堯在此吃晚飯。

「有文呢？」

岳仲堯眼睛在院裡掃了一圈，沒看到柳有文的身影。

柳母臉上的笑容更添了兩分，只要他惦記著有文就好。

「他呀，這會兒還在學堂呢，還要一個時辰才會下學；要是他知道他岳大哥過來看他，沒準兒會偷偷溜回來。」

柳母一邊笑著說道，一邊引著岳仲堯進了柳有文住的房間。

他們家只有兩間房間。

母女倆住了一間，柳有文獨自住了一間，沒有待客的花廳，連個堂屋都沒有。岳仲堯來了，也只能到柳有文的房間裡坐坐。

母女倆住的房間畢竟不是很方便讓他進去。

而別說待客的花廳了，柳有文就是想要間書房都沒有，左鄰右舍還整日鬧哄哄的，自搬過來後，柳有文根本不能靜下心來讀書。

柳母便只好讓他一直在學堂裡待著。每天下學後，柳有文都是最後一個走的，好在先生看他勤奮進學，並不趕他，他才能一直在學堂把當天的功課做完再回家。

就算學堂休沐，柳有文還是會端著書本到學堂裡讀書。

柳母想到此，嘆了一口氣。

雖然有柳父的撫恤銀五十兩，可那都是一家人的救命銀，還要攢著給兒子考學用，另外還要備著女兒的嫁妝，她恨不得一文錢能掰成兩文、三文來花。

搬到此處也不過是貪圖租金便宜罷了。

所以她才想著快些解決了女兒的婚事，有女婿幫襯著，起碼家裡的境況會好上許多，而家裡有人頂了門戶，他們孤兒寡母的就不至於會被人欺負了。

這世間又有哪裡是寡婦孤兒的清靜地方呢？

柳有文的房間很小，放著一張不大的床，床裡側疊了一堆書籍，沒有書架。

那張床也僅夠一人躺，想要隨意的翻身都是件困難的事。

床頭置了一張書桌，一張椅子，床尾靠牆的地方支了兩張長板凳，放著一個箱籠，除此並無別的擺設了。

東西雖少，但房間看起來還是擠得很，連想擺張椅子都沒處安放。

岳仲堯往房間裡掃了兩眼，又往柳有文擺放的書本上看了兩眼，就垂著頭坐在那張唯一的椅子上。

「有文夜裡還攻讀呢？」

「是呢，這孩子說白天吵鬧得慌，只有夜裡清靜些，我都擔心那孩子把眼睛看壞了。」

柳母一邊說著一邊坐在柳有文的床上，然後給岳仲堯倒了一杯熱熱的開水，遞出去時還頗過意不去。

「咱家裡也就這個條件了，那茶葉不是咱們能買得起的，仲堯你就多擔待著些。」

岳仲堯握著粗瓷杯子暖手，對柳母說道：「這個就很好，我家裡也沒茶葉待客，過年客人來，至多就是一杯糖水。」說完笑了笑。

柳母點頭道：「是啊，咱們這種人家也不必做那種打腫臉充胖子的事。」

一副同道中人的樣子，這樣好，不會尷尬。

柳母頓了頓又說道：「過年時，我本想帶著媚娘和有文去給你們拜年的，哪知年裡我竟病了，兩個孩子擔心我，居然就沒有上門去給長輩們拜個年。」

岳仲堯搖了搖頭，看向柳母說道：「伯母身子可好些了？要不要我請大夫來看看？」

柳母連忙擺手，嗔怪道：「哪裡就需要花錢請大夫了？躺一躺，喝幾杯熱熱的開水就好了，哪裡需要費那些銀錢。」

岳仲堯便道：「您可不能怕花錢就不請大夫，這小病也能熬成大病的，下次身子不舒服，還是要請大夫到家裡看看。」

柳母笑著點頭，兩人又對坐著寒暄了幾句。

間歇，柳母看岳仲堯止了話頭正舉杯喝水，想了想，便又說道：「仲堯，年前你娘來看我們，吃了我們媚娘做的菜，讚不絕口，走時還一直拉著我們媚娘的手不放，還說不知什麼時候再有這等口福。」

柳母說完掩著嘴笑了起來，再對岳仲堯說道：「你娘定是對你說過的吧？」

岳仲堯緩緩放下茶杯，他娘自然是跟他說過的。

他娘還逼問他什麼時候才要把柳媚娘娶回家，只是……

他要如何說出口？

看著這個因了柳父去世，境況越發不如從前的家，先生都誇讚讀書有天賦的柳有文就快因為吃不上飯而要輟學了……

他該如何說出口？

可瑾娘那裡又怎麼辦？

讓琬兒喊別人做爹，還不如直接殺了他。

每次一想到他的女兒軟軟糯糯地喊著別人為爹，仰著笑臉等別人抱一抱，他就心如刀絞，還不如就在遍地屍骨的沙場上死了呢。

「伯母，我……」

看著一臉期盼地看著他的柳母，岳仲堯嘴張了數次，依舊不知要如何開口。

「岳大哥。」

正為難，就聽柳媚娘笑容盈盈地站在房門口喊他，岳仲堯未盡的話便被柳媚娘打斷了。

他無端鬆了一口氣。

「娘，妳幫我去廚房看看吧，看給岳大哥做些什麼好吃的。」柳氏對柳母說道，話語裡還帶著幾分小女兒般的撒嬌。

柳母看了女兒一眼，女兒眼裡的懇求她當然看到了，這丫頭，也不知道把她支開，到底是要跟仲堯說些什麼。

不過，兩人有話說就好，這樣婚後，兩人才會恩恩愛愛的。

她笑著對柳媚娘吩咐了一句，就起身出去了。

岳仲堯看著柳媚娘坐在床上，對她說道：「媚娘有話要對我說？」

柳媚娘偏著頭，笑著說道：「岳大哥怎知我有話要說？你莫不是我肚子裡的蛔蟲？」

岳仲堯笑而不答。

柳媚娘看了他一眼，便說道：「方才我娘對岳大哥說了些奇怪的話吧？岳大哥你不要太在意，我娘只是擔心我罷了。」

柳媚娘知道她娘要跟岳仲堯說些什麼。

每晚臨睡前，母女倆躺在不大的床上，她娘都要對著她耳提面命一番。

無非是讓她對岳仲堯主動一些，好討得他的歡心，將來岳仲堯自然會對她好，會愛屋及屋地幫扶她弟弟，幫她爹照顧他們家。

其實，她並不認同她娘的話。

若只是想找個人幫扶他們家，岳仲堯其實不是個合適的人選。

且不說他一個月才八百文的月錢，哪怕有些油水可撈，可他家又沒分家，聽說之前他的月錢都是他娘吳氏親自到衙門來領的。

就是現在不了，但岳仲堯那點微薄的月薪還是要交給他娘的吧？

除了養父母，還養著一大家子人，兄弟姊妹、姪兒姪女，還有多少能拿出來給他們柳家？那吳氏又豈是好相與的？

而他就是一個捕快，哪裡有通天的本事，可以幫扶到弟弟的仕途？

雖然心裡不甘願，但她娘日夜在她耳邊嘮叨，她也覺得這岳仲堯或許將來是個有前程的，且他懷著對她爹的愧疚之心、感恩之心，一定會對她好，對他們家人好的，定會不遺餘力地幫扶他們家。

這樣的男人聽話。

可是元宵夜裡，她看了那一幕之後，就不再那麼想了。

錦衣華服、僕從開道、僕婦兩邊圍著服侍、隨意拋出銀子打賞、一路被人追逐豔羨的目光……

這些，她也想要。

她被壓制的心開始蠢蠢欲動起來。

只有那樣的人家，才能徹底改變他們家的命運吧？才能支持她弟弟上最好的書院，才能有銀錢打點弟弟的仕途，才能讓他走得更遠。

而她弟弟有出息了，還怕她在大戶人家裡站不住腳嗎？

第三十八章

岳仲堯一直等到柳有文下學，然後在柳家吃過晚飯才離去。

這個下午，柳媚娘拉著岳仲堯講了半晌的話。

只是對岳仲堯來說，卻覺得頭似乎暈沈得很，媚娘說了那麼多，到底是什麼意思？

岳仲堯也不是傻的，他自然聽出這母女倆似乎想法不大一樣。

柳母幾次三番，話中無非是暗示他早日給媚娘一個交代，媚娘年齡漸大，不好再繼續蹉跎。

雖然是岳仲堯回來，母女倆才得知了柳父的死訊，不過按著柳父去世的時間來算，三年的熱孝已過，柳媚娘是可以婚嫁了。

再說，柳有文也快下場考試了，處處都需要銀錢打點，每日所須的筆墨就要不少錢，若不是一家人，她哪裡好意思開口？

柳母的意思，岳仲堯當然聽懂了。

但是媚娘又是什麼意思呢？

她好像不是特別在意，媚娘就是一副等得起的模樣。

還有，媚娘為什麼要向他打聽鄭知縣家的小兒子鄭遠？

鄭知縣有好幾個兒女，但鄭夫人所出的嫡子也就兩位；嫡長子不在身邊，在別處上任，鄭遠是鄭夫人所出的小兒子，從小溺愛，在他看來文不成，武不就的。

那鄭遠已是娶過親了，妻子還是隔壁縣富戶人家的女兒，嫁妝聽說鋪了青川縣好幾條街。

鄭遠這輩子哪怕沒有半點出息，光靠著妻子的嫁妝，這輩子就能衣食無憂。

再說鄭知縣也不是什麼兩袖清風的人物，聽說知縣大人一個月就撥了五十兩月錢給鄭遠花用。

五十兩，縣衙大半的雜役和捕快加起來的月俸可能都要不了五十兩。

只是鄭遠應該跟柳家沒什麼交集才對吧？

難道有什麼他不知道的事？岳仲堯心中疑惑，但並沒有問出來，只是把知道的、關於鄭遠的事一一說了。

不過他還是再三確認過柳家沒有過得罪什麼人，這才稍微放了心。

岳仲堯臨走前把荷包裡的幾個銀角子都給了柳母。

柳母推讓了一番，就收了下來。

一家三口把岳仲堯送到門外巷子裡，看著他離去，頗有些依依不捨的味道。

轉回院子，柳母就把柳媚娘急急拉到了房裡。

「妳這丫頭是怎麼回事？為什麼剛剛一副拒之三千里的樣子？岳仲堯心軟，因著妳爹對他的恩情，他是不會不管我們的，只要再加把勁，沒準兒再過一、兩月，妳就能當上岳家婦了，為什麼推三扯四的？還在他面前問不相干男人的事情？妳是存心氣我呢？」

柳母氣急，拉著柳媚娘訓了一頓。

柳媚娘心內嗤笑，只是面上又不顯。

她又不準備在岳仲堯這棵樹上吊死，當岳家婦又是什麼值得高興的事？總得讓她試過一番才會心甘。

柳母看了柳媚娘的模樣，皺了皺眉頭，有些不確定地說道：「莫非妳看不上岳仲堯？妳方才一直在問鄭知縣家的小公子，難道不是……」

柳媚娘抿著嘴不語。

柳母見了還有什麼不懂的，傾身過去在柳媚娘的肩頭狠拍了一記。

「妳這死丫頭！知縣大人家的公子也是妳能肖想的？不說他家是什麼身分，咱家是什麼身分，再說那鄭遠已經娶妻了，妳莫不是想去當妾室？」

看柳媚娘竟然並不否認，她恨聲道：「死丫頭，我是不會同意的！如果妳爹知道了，都能從地下爬出來罵妳一頓！趁早給我打消了那個念頭！」

柳母怒罵，竟不知道她女兒有了這樣的心思。

但柳媚娘聽了卻絲毫不以為意，在柳母又要狠拍她時說道：「娘，這當妾也有當妾的不同，給知縣大人家的公子當二房哪裡跟旁人一樣？」

柳母氣得不行。「妾就是妾，哪有什麼不同？再說了，我聽說鄭遠那妻子賢慧得很，當初嫁過來還不到兩個月，就把身邊兩個丫頭都開了臉，對鄭遠在外流連花叢也毫不在意，只怕鄭遠將來那後院女人多著呢！妳一個什麼都沒有的，還敢跟別人去爭？」

柳媚娘閒閒地說道：「她一個商戶之女，娘家還全指望著知縣大人呢，哪敢有旁的想法？再說後院女人多，正好說明鄭遠是個貪戀顏色的。」

柳媚娘說著，在自己姣好的面容上摸了一把，又道：「只要他貪戀顏色，女兒還怕降不來他嗎？再說，他鄭遠到現在只得了一個女兒，若是將來……」

柳媚娘臉上一副憧憬的模樣，好像已看到她抱著嬌兒寵冠後院的樣子。

她遂又對她娘說道：「女兒又不是蠢的，從小就跟著娘在大戶人家裡領活，看的聽的多了，女兒不怕應付不過來；再說咱家這樣，娘是覺得憑岳仲堯一個月八百文的月俸，能供得起文弟進學及仕途打點嗎？就算他掙得再多，娘覺得那個吳氏能把錢留給他？娘不是一直希望文弟將來有出息，能走仕途嗎？莫不是要白白耽誤了他？」

柳母聽了這一番話，揚起的手又陡然放了下來。

那吳氏，她看得還不清楚嗎？分明就是一個勢利的，岳仲堯掙的銀子她巴不得全部握在手裡，連媳婦的嫁妝都要算計的人，哪裡能指望從她手裡露出錢財來？

她原先打的主意不過是引著岳仲堯長住青川城裡，最好是與他們一家住到一起，這樣也好就近照顧她一家，而岳仲堯得的銀子，都能盡放在女兒的手裡。

她覺得這問題不大，吳氏總不會丟下一家老小跟著兒子住到城裡來。

只是，那岳仲堯掙得著實太少了些。

她自己和女兒能等他熬出頭，但文兒能等嗎？

文兒今年就要下場了，只要過了童試，她打算讓他去書院就讀，到時可是要住到書院去的，處處都需要錢。

可是讓女兒去做妾？不行，她是不會答應的！

「妳趁早打消了主意，再說妳要是當了妾室，妳弟弟的仕途也會受影響。」

柳媚娘白了她娘一眼，道：「娘，等到文弟有了出息，娘還怕女兒熬不出頭嗎？只要成了如夫人，將來或許還能有誥命加身，誰還敢笑話文弟？那鄭知縣就兩個嫡子，嫡長子已是出仕了，這個小兒子不可能沒個官身。就是考不出來，將來鄭知縣也必是要給鄭遠捐個官的，加上又有鄭遠的岳家不遺餘力地供錢財給他走門路，他怎會出息不了？」

柳母聽了又拍了她一記，恨聲道：「妳個死丫頭，妳也說了，鄭遠要靠著他妻子娘家呢，人家有個有錢的娘家又是嫡妻，妳有什麼？」

柳媚娘不以為然，她又不是個沒手段的，遂對柳母說道：「娘，女兒總要嫁人的，不是岳家就是別家，而咱柳家還是要文弟來繼承香火和支撐門庭；再說這兩年他的身子不好，偶爾要吃個藥、吃些好的補一補，娘覺得這些都不需要銀子嗎？還是妳覺得我們娘倆只要再起早一點，再睡得晚一些，多接一些活計來做就好了？」

柳母不出聲了。

她沒法反駁女兒。看著女兒起早貪黑地四處領活計做，冬日裡還要在冷水中幫別人洗衣裳，兩手凍得通紅，只為了給文兒掙幾個筆墨錢，她的心就抽疼得厲害。

相公死了，文兒就是他們柳家最後的希望。

相公在臨死前都心心念念著這個兒子，讓岳仲堯帶話回來，說她再苦再累，也要把這個兒子培養出來。

她要是耽誤了文兒的前程，百年後，哪有臉面去見相公？

再說文兒這些年身子不好，除了唸書，她都捨不得文兒做旁的事，文兒要是仕途有礙，將來要靠什麼生活？

可是她也不願讓女兒去給人當妾。

媚娘只看到大戶人家裡亮麗光鮮的一面，卻不知內裡的髒污狠辣。

「總之，趁早歇了妳的念頭，我是不會讓妳去給人當妾的。」

柳母生怕女兒再說出什麼話來，說完這句話就急步出了房間。

柳媚娘看著她娘出去，並沒有喊住她娘。

方才她娘對她說過的那些話猶如大風颳過，已不復痕跡。

她有她的人生要過。

岳仲堯，且當個後備吧……

青川城裡，發生了什麼事情，又生了什麼八卦，喬明瑾全然不關心。

雅藝作坊已復工一個月，有了六位木匠師傅的加入，果然緩解了不少緊張之感。

其實根雕是個慢活、細活，越是緊張，越是急躁，就越是出不來好作品。

即使只是細微處，都有可能影響根雕整體的形象，半絲都疏忽不得。

好在那六位師傅都是穩重的，即便喬明瑾讓他們跟在何父等人身邊當助手，也並沒有表現出絲毫不滿，對何父、吳庸等人，或是對哪怕只能算半個木匠師傅的岳大雷都恭敬得很，不恥下問，幹活極為細心、用心。

喬明瑾瞧著，很是歡喜。

就連作坊的師傅們在喬明瑾面前都不吝誇獎了數次，讓喬明瑾感嘆，周晏卿那廝挑人果然有眼光。

喬明瑾瞧了他們一個月，終於決定讓他們單獨設計並製作根雕作品。

她把六位新來的師傅叫到跟前，說了她的決定，又把作坊的規定跟他們說了一遍。

那六人來時只知道這裡有活計做，且工錢不低，並不知獨立完成作品，賣出後還能獲得花紅，而且還有機會當大師傅，月錢翻倍。六個人聽了，暗自高興且慶幸不已，對著喬明瑾謝了又謝，散了之後立馬就駐紮在工作室裡，只恨不能十二個時辰都待在裡面了。

這日，喬明瑾正在作坊製圖，馬氏扭扭捏捏地找上她。

喬明瑾看她那樣子，還以為出了什麼大事，嚇了一跳，沒想到一問才發現竟是好事。

「那我可要好生恭喜妳了，這個孩子妳可是盼了好久。」喬明瑾看馬氏一臉的不好意思，笑著說道。

馬氏略帶羞澀地點頭，言語中不無哽咽。「嫁過來多久，這孩子我就盼了多久。這都快兩年了……婆婆和相公雖然沒說什麼，但我這心裡……若不是家裡條件不好，我都想給相公納妾了。每天看著姪兒、姪女在嫂子跟前打鬧，我就好生羨慕；我娘家也偷偷給我尋了好些藥，只是雖然吃下去不少，可都……廟裡也不知偷偷去拜過幾次……都以為這輩子沒子女緣了……」

喬明瑾聽完笑道：「妳這嫁過來才多久，就說這輩子沒有子女緣了？有些孩子來得晚，也有些人要三、四十歲才生頭一胎呢；而且妳那婆婆是十里八鄉難得的寬厚人，哪裡會因妳沒有孩子就給妳氣受？妳那相公更是事事緊著妳，哪裡會因妳暫時生不出孩子就看輕妳？誰不知道你們倆是上、下河村難得的恩愛夫妻。」

喬明瑾的一番調侃讓馬氏更是面染紅霞，羞得頭都要垂到胸口了。

喬明瑾見了，一陣惆然，她兩世為人，都沒有這般甜蜜的時刻。

馬氏看喬明瑾臉色有些不對，忙開口道：「如今我也算守得雲開見月明，婆婆待我是真好，每次我回娘家，我那幾個姊妹無一不羨慕我嫁了戶好人家；只是公公、婆婆和相公對我越好，我心裡就越是難受。如今有了身子，我總算能鬆口氣了。」

喬明瑾斂了神色，笑著說道：「如今妳也算償得夙願，可得要好好安胎。妳婆婆說的是對的，這頭三個月最是關鍵，萬不可疏忽了。」

馬氏點頭，有點不安地看著喬明瑾說道：「可是我要是不來了，這一時半刻的也不知能不能找到合適的人選？萬一沒找到合適的，會不會對作坊的活計有什麼影響？」

馬氏到作坊工作已經快一年了，每天主要是負責給作坊的師傅們做飯，順便給他們漿洗縫補，再兼而負責作坊的清潔。

活計並不多，這些活計她就是在家裡也是每日要做的。如今在作坊做活，家裡不給她安排活計了不說，一個月還有一兩的月錢貼補家裡，全家高興得很。

現在得知她有了身子，她婆婆和相公要她在家裡養胎，她一是很高興家裡人的態度，二是怕喬明瑾找到合適的人選之後，將來等她養好胎或是生完孩子，作坊就沒了她的位置。

喬明瑾把她的不安看在眼裡，笑著說道：「妳且安心在家裡養胎吧。這作坊以後招的師傅們還會更多，不怕沒妳的活計做，現在能把這孩子平安生下來比什麼都重要。人選方面，妳不用擔心，現在春耕還沒開始，秀姊應該能幫上一段時間，我再慢慢挑人好了。」

馬氏得了喬明瑾的諾，心下高興，臉上也帶了笑，說道：「有秀姊幫忙再好不過了；不過秀姊家裡沒有老人幫襯，她還要照顧孩子，家裡和地裡也有一攤事，瑾堂嫂妳還是要早些找人才好。」

「妳放心。」喬明瑾應道。

不一會兒，喬明瑾就把秀姊找了過來，而表嫂何氏那邊也得了訊，很快四人就坐在一起商量找人的事。

秀姊和何氏先是打趣了馬氏一通，把她羞得差點奪門而出，三人圍著她笑了一陣，這才說起找人的事。

秀姊對喬明瑾說道：「這哪裡算得上什麼事？也值得妳發愁。村裡多少人就等著妳弄個活計出來呢，還時不時地找我問一問；如今要是給人知道妳這裡要人，估計妳家裡的門檻都要被人踏平了。這一兩的工錢可不少，那大老爺們到青川城裡找活做，一個月還掙不到一兩銀子呢，還要挨人打罵，又離鄉背井的。」

喬明瑾聞言笑了笑。

要找個人替換馬氏，還真算不上什麼事，她平時也經常被村裡人攔著問有無活計做，但是找替換的人不難，找個合意的卻不容易。

她用馬氏已經快一年了，從作坊還在興建到投入使用，雙方都很熟悉，作坊的雜事有了馬氏和何氏，她幾乎沒操過什麼心。

這突然要換人，也不知新找的人能不能持久的做下來，性情又如何，萬一做得不好，請人容易，要遣走可不好開口。

再說也不知能不能找一個像馬氏這樣，能一來作坊就安心待到下工，且家裡又沒什麼麻煩事，又不用時不時找她請假回去照顧家裡的人選。

馬氏和表嫂何氏都是能全力投入工作的人，這兩人自上工以來，一直沒讓喬明瑾操過什麼心，現今哪裡找這樣的人？

何氏從方才就一直坐在那裡，安靜地聽著幾個人說話，喬明瑾幾次眼神掃過去，都看到她一副欲言又止的模樣。

「表嫂是不是有什麼話要說？」

何氏看了喬明瑾一眼，這才鼓起勇氣說道：「瑾娘，我……我倒是有一個人選，只是……」

何氏剛張了個口，看秀姊、馬氏和喬明瑾都看向自己，未盡的話又吞回肚裡。

喬明瑾覺得好笑，對何氏說道：「表嫂，妳有什麼話難道跟我還不能說的？」

秀姊也在一旁點頭，道：「妳跟自家表妹還有什麼話不能說的？這親得不能再親了，妳是不是有什麼合適的人選？」

何氏向喬明瑾推薦的人選是自己的親娘，何父的妻子夏氏金桂。

何滿倉的老父、老母皆已過世，夫妻倆就生了何氏冬梅和何曉春姊弟。自何滿倉帶著兒子和兩個徒弟到喬明瑾這裡做木匠活後，家中就只有夏氏一人。

何家原本的家境極為艱難，家無兩畝地，何父便常年在外攬些木匠活計貼補些家計，後來何曉春大了，何滿倉又手把手地教會了兒子手藝，把兒子帶了出去，指望著多個人能多掙份銀子。

家裡日子慢慢好過了些，慢慢置辦了幾畝田地，後來父子兩人在喬明瑾處得了一些錢財之後，又多置了一些田地；只是因著何滿倉父子不常在家，只有夏氏一人，夏氏一人也種不來那麼些田地，只好把家中的田產多數都佃租給相熟的人家種。

她一個人目前倒是清閒，吃喝不愁又有田租收，說不上每天都能吃大魚大肉，但日子卻也滋潤，只不過一個人的日子未免寂寞了些。

何氏早就想問喬明瑾是不是能把母親接到下河村的作坊來，一家人皆在一處，也免得兩處牽掛，又好叫何家父子更專心於工作。

只是一直看作坊中沒多餘的工作，她自己一家又受著喬明瑾的恩惠，就一直沒好意思對喬明瑾開口。

喬明瑾聽何氏支支吾吾地說完之後，笑著說道：「表嫂，這哪有什麼不好意思的？我還巴不得妳娘家一家人都能在這裡，何師父和曉春沒了後顧之憂，豈不是更能安心工作？再說，就算妳娘不是代替杏娘，我也有活兒安排給她做，就是幫著給根雕打磨、上臘、刷漆、烘乾木樁也好哪，就能給師傅們多騰一些時間出來，讓他們做更重要的事，我還等著妳開口呢！」

何氏聽完，挺直的背脊立時軟了下來，略有些不好意思地說道：「我爹、我弟還有我們夫妻，有時候雲巒也在，幾乎一家子都在這了，妳給的工錢又實在太多，我實在是不好再麻煩妳。現在我娘家好過多了，去年蓋了新房，我娘現在日子清閒得很，只是一個人守著大大的新家，多少有些寂寞無聊，而我爹和曉春也不放心她，又老是惦著她……」

秀姊在旁聽了也笑著說道：「妳們親親的表嫂、表妹，有什麼不能商量的？這作坊當初在蓋的時候，瑾娘就專門蓋了好幾間小套屋，就是備著給木匠師傅一家子住的。她呀，大概巴不得有一家子全來給她做活呢，沒牽沒掛的，把作坊當家，她也好多使喚別人一時半刻的，好多掙些銀子進口袋呢。」

幾個人聽了都笑起來，坐在一旁的馬氏也打趣了何氏幾句。

事情便這樣子定了下來。

隔天中午，夏氏就到了。

原先喬明瑾經常聽表嫂何氏嘮叨她娘，只不過一直都沒機會見面，記憶中是有見過那麼幾次，只不過已是太過模糊。

夏氏比喬明瑾想像的還要年輕得多。

也是，何氏冬梅也只不過二十出頭而已。

雖然因著前幾年日子辛苦，夏氏一人要在家操持，但或許是近兩年日子過得好了，整個人看起來很是精神，穿著一身嶄新的細布棉衣，盤著整齊的頭髮，還抹著頭油，髮上簪著幾支小指粗的銀簪子。臉圓圓的，笑起來一排整齊的牙齒，一副和氣的樣子，一下牛車就急走兩步到喬明瑾身前打招呼，拉著喬明瑾的手叨叨了好幾句，還把越來越不認生的琬兒抱在懷裡揉了幾把。

喬明瑾見之，對夏氏的印象更好了幾分。

何家父子得訊後，也迎到作坊的門口。

何曉春急步上前幫著他娘親拿行李，而何父只是抿著嘴在一旁笑著看，夫妻倆在人群中對視了那麼一眼。

不過這一眼，已足以讓喬明瑾豔羨了。

夫妻間有時候不須多言，多少牽掛，有時候就全在那眼神裡。

夏氏的住處，何氏早已收拾好了。

夏氏的行李很簡單，幾個包袱細軟，早被何曉春扛在肩上送到屋裡了，另外有一個粗布包袱裹著的，放的是一個醬菜罈子。夏氏說那是她自己醃的醬菜，就這樣一路抱在懷裡是要拿給喬明瑾的，另外還有幾個油紙包的小吃食，多半也是給喬明瑾的。

東西說不上精緻，但這分心意，喬明瑾記下了。

在當天晚上，為了迎接夏氏，作坊添了好幾個菜。夏氏的到來讓作坊的師傅們放開了幾分拘謹，說說笑笑，吃得很是開心。

眾位師傅看著何師傅一家子皆在一處，羨慕地連聲問喬明瑾是不是也能照顧一下他們的家人，說是銀子都被何家掙去了……

夏氏到了之後，馬氏就正式被相公接回家裡養胎去。

而夏氏手腳麻利，原先就在家裡操持，如今到了作坊亦是如魚得水；許是一家子都在一起，臉上天天帶著笑，做的飯菜也很合老小師傅們的口味，和作坊的師傅們處得極融洽。

喬明瑾在旁瞧了幾天，才安心地放手。

目前作坊一切皆入正軌，喬明瑾也沒什麼多的事要操心，圖紙也出得少了，現在師傅們只要瞄幾眼木樁便心內有數，知道要創作什麼作品，都不用畫圖看圖，剪枝去鬚、打磨拋光，隨手就來，而她只不過從旁提一些意見罷了。

倒是人手的事，喬明瑾和隔三差五來作坊的周管事商量了，準備再請一些人做些輔助的活計，好讓師傅們多騰一些時間出來。

雖然在青川城裡，雅藝的根雕是首創，但目前一些看準商機的木匠鋪子或是木匠師傅也有在做一些根雕販賣，成本低，售價也低，雖然粗糙但卻不乏市場，對雅藝作坊有些衝擊，好在影響不大。

他們重在利，而喬明瑾重在做傳世精品。接下來的訂單還有很多，而年裡周晏卿又接了一些京裡和鄰近市縣的訂單，他們要把這些訂單緊著趕出來，因此人手上要緊了些。

只是這東西素來最講究慢工出細活，且每一個師傅創作的手法又不同，就是對著同一幅圖創作，不同的師傅接手，能做出兩種不同的樣貌，故無法量產。

不過可以找些人幫著做些輔助的活，只有石根和岳冬至兩人似乎還不夠。

喬明瑾讓周管事知會周晏卿之後，又在村裡挑了六個青壯，讓石根和岳冬至兩人帶著做一些輔助的雜活，或是和雲錦往城裡送貨，做些來回運木樁之類的活計，速度倒是顯見提升，作品也出得比往常快了些，如期收到貨的客商反應皆不錯。

又隔了幾天，久未至的周晏卿終於紆尊降貴，到下河村來了。

這廝還是那樣，衣著光鮮地搭著石頭的手緩緩從馬車上下來，視線緊緊盯著喬明瑾。

「這才多久竟不認得了？看得這麼入神，可是想得緊了？」

喬明瑾聞言，翻了一個大白眼，這奇葩到底是從哪個角落裡鑽出來的？

「周叔叔！」琬兒掙開喬明瑾的手撲了上去。

周晏卿欸了一聲，把琬兒接住並高高地向上拋起，一大一小先在院門口笑鬧了起來。

喬明瑾看著他抱著自個兒的女兒，嘴角抽抽地道：「若是喜歡，自個兒生一個玩去，別老是折騰我女兒。」

「嘖嘖，妳這女人真小氣，別人讓我揉搓，六爺我還不耐煩呢，是不是啊小琬兒？」

琬兒歡喜地在周晏卿的懷裡直點頭，哄得周晏卿越發高興，一個勁地吩咐石頭給小東西掏禮物。

喬明瑾看著笑得眼睛都瞇起來的女兒，轉身進了屋子。

周晏卿見了，也忙抱著琬兒跟在後頭。

青川城裡，岳仲堯一遍遍地走在縣裡的幾條主要大街上。

他本就高大魁梧，此時頭戴襆頭，一身黑青的緇衣，腰上別著佩刀，腰封上還綴著繩索，兩手綁著手袖，腿上也紮著，再配一雙黑色的皂靴，面容肅穆，讓人不敢直視，來往街上的行人紛紛避讓。

不少人還偷偷交耳兩句：出什麼事了？捕頭都親自上街巡視來了？

不少相熟的店家、攤販，納悶的同時還會揚聲與岳仲堯打聲招呼，岳仲堯卻沒應話，只略略點頭，手執著腰刀從旁大步跨過。

幾個捕快遠遠地跟在後面，不時對視一眼。

這新進的捕頭比老捕頭還要有威嚴哪！也不知是什麼事，竟親自上街溜達，還不讓我們靠近。

走在前頭的岳仲堯耳聽著小販抑揚頓挫的叫喚，面無表情，心裡卻更是煩躁，總是回想著瑾娘的那句。「滿一年，我就帶著琬兒離開。」

滿一年……

族長之意是一年之內瑾娘能生個嫡子，這樣平妻進門，瑾娘的地位就不會有任何改變，也能全了他仁義兩全的心思，亦能不辱岳家的聲名。

而他是想著一年內能把問題都解決了。

他從沒想過要娶柳媚娘，可拖了這一年，似乎並沒見效。

而瑾娘的一年，又是什麼呢？

等著他的結果？還是要全了他的名聲？

一年之期，就要到了呢……

而喬家大院裡，春日午後帶著和煦的陽光，暖暖的，曬得人昏昏欲睡。

「這才初春，你可別貪陽，小心著了風寒。」

喬明瑾把一床毛毯遞給躺在樹根做成的榻上休憩的周晏卿，示意他蓋在身上。

周晏卿沒動，眼睛睜開一條縫，看了喬明瑾一眼，又舒服地閉上了眼，只道：「有勞小娘子服其勞了。」

喬明瑾聽了，差點把一床毛毯直接扔在他身上，當她是他家後院的丫頭呢！

小琬兒在周晏卿的身側翻起身來，搶過毛毯對喬明瑾說道：「娘，我來給周叔叔蓋上。」笨手笨腳地把毛毯蓋在周晏卿身上，倒也蓋了個嚴實。

周晏卿大手一把攬過小東西，把小東西壓在胸前，道：「還是我們家琬兒疼周叔叔，妳娘就是一個……」

他偷偷看了喬明瑾一眼，又附在琬兒的耳畔悄聲嘀咕了一句，隨即兩人抱在一起哈哈大笑。

喬明瑾瞪了一眼偷偷看自己的琬兒，徑直走進房裡。

片刻之後，周晏卿躡手躡腳地抱著琬兒進來。

喬明瑾連忙起身，幫著他把琬兒放到床上，讓女兒舒服地睡好，並蓋好被子，和周晏卿走出房門到堂屋裡坐了。

喬明瑾看他舒服地癱在高背椅上，對他翻了個白眼。

這廝也不知在家裡和在外頭是個什麼模樣，反正在她家裡是怎麼舒服怎麼來，完全沒有一點形象。

喬明瑾給他倒了一杯熱茶，自己也把茶杯捧在手裡，汲取溫暖。

周晏卿啜了一口茶，斜了喬明瑾一眼，道：「妳倒是在家享清福，卻害我在外跑斷腿。」

言語中不無幽怨。

喬明瑾沒有放下茶杯，學著他也斜了他一眼，道：「要不您老在家歇著，換我在外頭跑腿？」

周晏卿嗆了起來，瞪向喬明瑾。「別！那我周六爺可成什麼了？」

看喬明瑾一副不以為然的模樣，他只好道：「我也就是抱怨一句罷了，瞧妳……」

喬明瑾定定地看向他，道：「是不順利嗎？京裡沒回應來？」

「那倒不是，就是太順利了，我才差點跑斷腿。京裡回應來，族叔對我們送去的根雕極為滿意。咱送往京裡的，幾乎都是半賣半送，都是讓族叔順水做了人情。聽說如今上門遞拜帖的人比往常多了數倍。」

喬明瑾聽完，往後靠了靠，定定地看著杯子裡沈沈浮浮的茶葉，道：「送往京裡的根雕都是極為精緻的傳世之作，又是好料，又是好刀工、好意境的，只得回那麼些錢，有點可惜了。」

周晏卿正了正身子，看了喬明瑾一眼。「比起木椿的成本，這已經不少了；當然若是賣與其他人家，咱確實能多得好幾倍的價錢。我也知道妳選了我，是有些虧了，若是選了林家、謝家這樣的，就少了與官家糾纏的這一項。」

喬明瑾看了他一眼，道：「這倒也沒什麼，凡事有利有弊，錢雖掙得少，但好在咱這一年也沒別人來搗亂，我要的只不過是安安穩穩掙幾個零花錢罷了。」

周晏卿嘖嘖道：「那妳這個零花錢可不少，這往後，說不定沒幾個男子能供得起妳這樣的零花錢。」

喬明瑾呸了聲，道：「小女子這點零花錢還能讓六爺放在眼裡？現在留在我手裡的現銀可沒幾個。」

「又置產了？」

「那倒沒，只不過之前置了莊子、鋪子，就沒剩多少了。」

周晏卿傾身說道：「可是缺銀子使了？要不我讓人提前給妳結算出來？」

「是不用，我在鄉下又沒需要多花銀子的地方，那三處鋪子如今也有月租收，還有那處山，如今也有進項了……」頓了頓，她問周晏卿。「對了，你有沒有什麼門路，哪處要雞蛋多的？」

「雞蛋？很多嗎？」

「嗯，你也知道我買了一處幾百畝的山，交給我娘家打理。我娘家在山上闢了三處養雞，如今已是有近一千多隻了，這個月一天能收幾百個雞蛋，往後只怕會越來越多；現在賣一半，一半現孵，數量不算多，天氣還涼著，倒也不愁，不過怕以後多了會滯銷。」

喬明瑾買的那七百畝的山地，如今交給雲家兩位舅舅管著，除了在山上種了果樹及一些竹子外，不能做旁的之用，那塊地本來就貧瘠。

幾家人後來便一起商量起養雞的事來。

目前除了喬明瑾，還有兩位舅家及喬明瑾的娘家都有分。

要是雞賣不出去，雞蛋又滯銷，怕是對幾家都會有影響。

「妳倒是能幹，那一處沒人要的山地也能被妳弄出名堂，好在妳種的果樹是耐旱的，不然光澆水就是個大問題。」

周晏卿想了想又道：「這事也不是什麼大事，我回城後幫妳問問。城裡幾個大的酒肆和幾個大的府裡，都是日日需要的，想必會賣我一個面子；退一步，往鄰近縣鎮賣也不過是多貼幾個銅子罷了。」又笑著說道：「就像妳之前做的那樣，找人像妳一樣，從妳家的山上拿雞蛋去賣，多賣的錢都給他們，多的是人幫妳賣，妳還要愁什麼？」

喬明瑾聽著一愣，這廝竟把她最初替人代賣雞蛋的事翻了出來。

當初最難的時候，她腦子裡想的全是如何做一些無本的買賣，靠著替村裡人賣雞蛋，一日就能給母女倆掙出幾個飯錢，倒也安穩度過了那段極艱難的時光。

不過，讓家裡找人代賣雞蛋，他們只包養不管銷售，真不失為一個好辦法。別人有了活計做，又得了錢財，還怕她家的雞蛋賣不出去？或許家裡的其他東西都能照這樣賣呢。

不然又要管生產又要管銷售的，恐怕會累死。

再說原先她看著她娘家挺多人的，可現在田產、山產多了，就覺得人有點不夠用。而她也不想娘家的父母、祖母太過操勞。

她原意還是想著讓娘家人舒舒服服地過著鄉紳日子，讓她報答一二。

周晏卿看她埋頭苦思，一臉得瑟地道：「好像我又給妳提了一個好建議呢。欸，這人哪，就是不能太聰明，妳說我這腦子都是怎麼長的？嘖嘖……」

喬明瑾思緒被他打斷，再聽他這麼一說，拚命忍住翻白眼的衝動，斜睇著他道：「這算是下策，若是上策，該是別人驅著馬車來我家搶著要雞蛋，在星夜捧著錢排隊來買，那時你再到我面前邀功不遲。」

周晏卿訕訕地摸了摸鼻子，道：「一天一千個雞蛋，我周六爺還不能幫妳銷出去嗎？太小看人了。」

喬明瑾沒理他。

周晏卿看了她一眼，又道：「不過，專門闢地養雞的算是極少，雖有人那麼做過，不過這萬一有什麼事，一死可是全死光，到時搞不好會血本無歸，妳可想過？」

喬明瑾沒把周晏卿的嚇唬放在心上。「那是別人。」

「喔，妳還有密藏養雞的秘訣？」

「哪有那麼多秘訣？再說我那山上可有七百多畝呢，養一千隻雞有什麼問題？再多來一、兩千隻也算不上事。」

「這倒也是。」他隨即又一臉戲謔地道：「那我周府往後所需的雞、雞蛋什麼的，可得……」

「只要給錢，還有什麼不行的？颳風下雨、半夜都給你送去。」

「妳這女人，眼裡就認得錢！」

「不認得錢，你讓我們娘倆喝西北風？」

這回換來周晏卿一個大白眼。

他看著對面閒坐喝茶的喬明瑾，那般優雅地用杯蓋拂著茶葉末，端莊嫻靜，纖纖素手端起，粉紅的櫻唇輕啟，一手略抬著杯底，把杯子往唇邊湊去……

周晏卿只覺得喉嚨有些發緊，整個人都熱了起來。

第三十九章

周晏卿是逃出喬家的。

他覺得自己甚至有些狼狽。

直到坐在自家寬大舒適的馬車上，臨近青川城門，周晏卿仍是未理清自己紛亂的思緒。

怎麼就忽然熱了起來呢？喉嚨緊得吞嚥都有些困難。

隨即想到他這一趟至下河村的目的，他又有些懊惱。

什麼事都沒說沒做，這就回來了？還有些灰溜溜的。

周晏卿在自己的大腿上狠狠拍了一把。

坐在外頭車轅上的石頭和車伕只聽得啪的一聲，嚇得縮了縮脖子。

周府。

周晏卿面無表情地走過諂媚地迎他進門的兩個小廝面前，長腿跨過周家高高的門檻。

兩個小廝看石頭小跑著跟在後面，愣了愣。

六爺這是在外頭受氣了吧？

真是不容易，這一家老小，裡外百幾十人，所有的生計都壓在六爺身上。

兩個守門的小廝盯著周晏卿的背影，直到他轉過影壁不見，才敢抬袖在臉上抹了一把。他們家六爺太不容易了，那背影看著實在是疲憊至極呢……

周晏卿向後揚手示意，小跑的石頭便忽地停了下來，生生在房門前剎住了腳步，還把陸續跟來的丫頭也給擋在門外。

周晏卿一腳把房門踹開，一路又把層層幔帳掀起，再任著它們落下、合攏。進了內室，直接躺倒在那張寬大舒適、鋪了層層溫暖軟和被褥的架子床上。

他盯著頭頂上的幔帳發呆。

許久，他懊惱地吼了幾聲，扯過一床繡著金絲富貴牡丹的錦被蒙住自己，爾後又用兩腿把床板踢得悶悶作響。

石頭在外頭，一邊攔著要往裡獻殷勤的美豔丫鬟，另一邊又要豎著耳朵聽裡頭的動靜，辛苦得不行。

他家六爺那一頓發狂，他自然是聽到了，但有那麼些瞭解，又好似不明所以。

而見周晏卿進了院子，急著跑上前伺候的丫鬟來回盯著房門和石頭的臉色，想著要一探究竟。

有一美豔丫鬟不甘心，端著一盆洗臉水走近房門口，幾乎貼在門板上，捏著嗓子對房裡頭柔聲喚道：「六爺，奴婢給您送水來了……讓奴婢給您淨淨面吧？奴婢這就進去嘍……」

裡頭無人應答，美豔丫鬟正竊喜，三寸金蓮正待往裡進，就聽到有什麼東西重重地砸在門上，把她嚇了一跳，手中的銅盆差點掉在地上。

石頭斜了她一眼，呿了聲。

美豔丫鬟看著周遭的丫鬟也有樣學樣，對她嗤笑，又羞又氣，跺了跺腳，恨恨地轉身去了。

門口的丫鬟均悄悄往外挪了挪腳步。

又過了一會兒，只聽裡頭喝道：「滾進來！」

石頭張手攔了攔，迅速把房門推開一條縫，擠了進去。

候著的丫頭一陣騷動。

幾個丫頭看著門又關上，咬著下唇無計可施，不敢進更不敢走，誰知道爺下一個是不是叫她們？

內室中，周晏卿已是端坐在圓桌前了，衣裳齊整，看著並無二樣，還拿起桌上放置的茶壺，抓起一個倒扣的杯子，給自己倒了一杯溫茶喝。

石頭不敢多話，垂手站立在一旁，低眉順眼。

周晏卿瞥了他一眼，又啜了一口茶，道：「吩咐下人準備熱水，爺要好生洗洗；晚飯……就不過去主院吃了，你親去跟老夫人稟告一聲。」

看石頭一一應下，他清了清嗓，又道：「晚上……嗯，晚上接麗娘過來。」

石頭還以為他聽錯了。

「爺說誰？接誰過來？」

周晏卿抓起茶盤裡的一個杯子擲向他。

「狗奴才，聾了還是啞了？要爺說兩次才懂！」

石頭還算機靈，在周晏卿朝他扔杯子的時候，就逃到了房門口，沒被砸到。

他偷偷看到他家爺的耳朵不知是因為羞的還是惱的，爬上可疑的紅暈時，這才算是明瞭，爺沒在開玩笑。

直到石頭連連應聲，倒著退出房門，他仍沒想明白。

他爺怎麼會要接麗姨娘過來？

這麗姨娘雖然跟著他家爺也有幾年了，可被爺接來聽風院也沒幾次啊。

他一度還以為是麗姨娘不得爺的喜歡呢。

可是爺卻不接另外兩個通房過來伺候，那兩位還是前六夫人身邊得寵的大丫頭呢！這幾年念著六夫人，爺都沒再娶，按說就是惦著六夫人，爺也會偶爾接那兩個通房來伺候一二不是？

難道爺有什麼別的癖好，或是有什麼隱疾？

不是只有他一個人這麼偷偷想過，聽風院的丫頭也有議論，就連老夫人那邊都請大夫給爺看過幾回，麗姨姨也偷摸著給爺燉過幾回大補湯。

不過，最後都是白惹了爺發一頓脾氣罷了。

而他自從爺一睜開眼，就幾乎跟爺形影不離，沒見爺去過什麼秦樓楚館，偶爾爺還是會叫麗姨娘和兩個通房，只是一年到頭的次數，掰著手指頭就能數得清。

怎麼爺這會兒忽然想起讓他今晚去接麗姨娘了？

石頭想不明白，搖了搖頭決定不再費神，一路小跑著去主院和偏院通知去了。

主院的老夫人聽說么兒今晚不過來用晚餐，沒太在意。

兒子經常在外有應酬，就是回了家，她也想著讓兒子一個人鬆乏鬆乏，倒不強求兒子日日來陪她這個老太婆。

不過看石頭一副急著要走的樣子，她又多嘴問了一句。

石頭覺得這沒什麼不能說的，便對老夫人說是要急著去偏院通知麗姨娘，晚上要接她到爺的聽風院去。

這番回話倒是讓老夫人吃了一驚。

兒子多久沒找後院那三個女人了？她一度以為兒子有暗疾，或是嫌棄麗姨娘三人長得不好，也找了幾個更年輕美豔的，又叫了他幾個表妹來家裡，個個千嬌百媚，可也沒見兒子有半分心動哪，這是怎麼了？為什麼忽然叫姨娘侍寢了？

石頭看老夫人一副要追究到底的架勢，腦門直冒汗。

「你家爺今天都去了什麼地方？」老夫人語氣極盡柔和地問道。

石頭的頭都快低到地板上了，回道：「爺今天一早去幾個鋪子巡視了一遍，便去了下河村的雅藝作坊，在那裡用了午飯，然後就回來了。」

老夫人與站在後頭伺候的老嬤嬤對視了一眼，又問道：「沒去過其他地方？」

「沒了，小的不敢有絲毫隱瞞。」

老夫人沈吟片刻便揮手讓石頭下去了。

石頭嚇出一身冷汗。

今天爺還在街上挑了禮物，有布疋首飾及各色玩意等，這他可不敢說，也不能由他嘴裡說出來。

他擦了一把腦門上的汗，飛快往偏院跑去。

麗姨娘住在偏院，不過有得了一間獨立的小院子，叫煙雨閣，雖小，但景致還不錯。

念著她是京裡送給周晏卿的，上至周老夫人和周晏卿，下至各房夫人，及下面的管事、小廝、丫頭等，均對她還不錯。

雖然面上瞧著周六爺對她淡淡的，但她走在周宅各處，也得了「麗姨娘」一聲尊稱。

因為周六爺房裡還沒有續夫人，周晏卿又不耐煩處理內宅事務，就讓她打理起六房的事務，所以麗姨娘在周府過得還不算壞。

這會兒她正獨坐在房裡做著針線活，聽見石頭的稟告，吃了一驚，手上的針差點沒刺進肉裡。

「你說什麼？爺要接我過去聽風院？」

看石頭點頭，她遲疑了一番，又小心翼翼地問道：「爺讓我過去小廚房做晚膳？陪爺用飯？」

石頭聽了，心裡對這個麗姨娘多同情了幾分，恭敬地回道：「麗姨娘，晚膳小廚房的廚娘們會精心準備，姨娘只要打扮得好看一點，晚上盡心伺候著就是了。還要快著些，爺一向沒什麼耐心，這去得晚了，晚膳吃不上不說，說不準聽風院的門都要上鎖了。」

這回煙雨閣伺候的幾個丫頭才醒悟過來，她們沒聽錯，是真的，爺要接她們姨娘過去伺候呢。

眾人大喜，然後是一番忙亂，打水的打水，翻箱籠的翻箱籠，找首飾盒的找首飾盒，人仰馬翻……

而正當周晏卿的耐心告罄，煩躁得為他今天說了要接麗娘過來的話不知如何收回的時候，石頭便領著麗姨娘過來了。

環珮叮咚，引得周晏卿轉身去看——一身粉紅色的煙羅長裙，上繡著層層疊疊的蝶戀花圖案，隨著麗姨娘娜娜行來，翩翩起舞；腰上長長的繫帶，隨著夜裡的輕風向一側輕輕翻騰。那裡，只須那麼輕輕一拉……

周晏卿看著娉婷娜娜，面染紅霞且不勝嬌羞的朝他走來的趙麗娘，面上閃過一絲不自然，捏著拳頭置到嘴邊，清了清兩下嗓子。

「坐吧。」

他沒看趙麗娘，徑直在圓桌邊坐下了。

「婢妾謝過六爺。」

趙麗娘朝周晏卿屈了屈膝，拚命壓制住內心的萬丈驚喜，在周晏卿的對面緩緩坐下。她抬了抬眼皮，迅速地看了一眼對面的周晏卿，只覺六爺今日更是儀表堂堂，一舉手一投足皆讓她心動不已。

趙麗娘只覺得心跳得越發厲害，連忙又快速地垂下眼瞼，端正坐好。

沒等來周晏卿的隻言片語，她想了想，抬頭往桌上看去。

桌上擺了五、六個清淡的小菜，還有兩碟點心，一壺溫著的美酒，兩個酒杯。

趙麗娘一雙素手拿起桌上正溫著的酒壺，略往前傾身，往周晏卿面前的細白瓷杯裡倒了一杯。

周晏卿看她一雙軟弱無骨的纖纖素手，此時無比優雅地往面前的酒杯裡倒酒，動作優雅好看，像是一幅畫，讓人賞心悅目。

難怪世間男子都喜歡紅袖添香，喜歡燈下看美人。

但這卻叫他曠了許久的心起了一絲浮躁。

只是他又不願把這股情緒表露出來，急急端起面前倒滿的酒水飲下，藉以掩飾。

趙麗娘看著他把一杯酒水盡數倒進嘴裡，動作看著竟是瀟灑萬般。

那細白好看的脖頸，喉節還上下滾動了兩下，薄薄的嘴唇上被酒水沾著，水潤潤的讓人想撲上前去咬上一口……

趙麗娘看得心內怦怦亂跳。

面前的良人，近在咫尺……她難耐地舔了舔嘴唇，又覺這樣輕佻恐會讓眼前的良人輕看了她，遂惶惶低下頭，面上紅霞盡染，若雨後初荷，嬌羞無限。

周晏卿餘光掃了她兩下，並沒開口。

趙麗娘又斟了幾盅，周晏卿也一次不落，均仰頭喝盡。

「妳也喝吧，這酒純香，後勁倒不大，喝個幾盅，無妨。」

「是，婢妾謝六爺賞。」

趙麗娘這才給自己也倒了滿滿一杯，和著滿腔濃得化不開的情意，吞下了肚。

果然，如六爺所說，香得讓人四肢百骸，每個毛孔聞著都無比舒暢，竟是有些醉了呢。

兩人沒說話，只是相對飲了幾盅，已是讓趙麗娘歡喜異常。

「也吃些菜吧，不然容易醉了，廚娘們做的這些下酒菜還不錯。」周晏卿難得地軟聲道。

醉了才好呢。趙麗娘心裡嘀咕，面上仍嬌羞道：「是，六爺也吃些。」

她隨即舉箸給周晏卿挾了好幾筷小菜，看周晏卿吃了下去，垂著眼又歡喜道：「聽風院廚娘們的手藝可是連老夫人都誇讚的，妾這是沾光了。吳嬌、林碧玉她們已經纏著婢妾好幾回了，只說羨慕婢妾得緊，想來聽風院吃一回飯，可婢妾自己都沒那麼大的福分能天天吃到呢。」

周晏卿聽完，抬眸看了她一眼。

麗娘垂著眼沒聽到周晏卿應話，心裡咯噔一跳。

是她逾越了，可別讓六爺惱了，她急忙擠著笑，端起酒壺又給周晏卿斟了滿滿一杯，道：「今日爺是在家裡頭，倒也不怕醉了，一會兒婢妾會好生服侍您的，爺儘管盡興。」

周晏卿又是一個仰頭喝光了杯中酒，爾後挾了兩口小菜，細嚼了嚼，便放下箸，慢慢起身掀起幔帳往內室走去。

麗娘端起酒壺，正待再倒，看見周晏卿起身，愣了愣，待她反應過來，忙放下酒壺，提起裙襬跟在後面。

「婢妾給爺寬衣。」

麗娘緊走兩步，繞到周晏卿的前面。

看周晏卿虛張開雙手，她輕手輕腳地給周晏卿寬解了衣帶及外裳，並褪下其身上的佩飾。

看他沒有彎下身來，她只好又踮著腳替周晏卿解了束髮，並把髮上的金箍和髮簪褪了下來。

待把這些東西在梳妝桌上一一放好，周晏卿已是著了一身月白中衣躺在床上。

微敞的衣領隱約可見那緊實誘人的胸膛。

趙麗娘面上發燙，偏了偏頭斂住神色，又快速地走到銅盆邊，拿過一條乾淨帕子沾濕，擰乾了，上前去幫周晏卿淨了面和手腳。

周晏卿全程閉著眼，不聽不看。

趙麗娘把周晏卿打理妥當，站在輕煙一般的幔帳後往架子床上看去，床上那人閉著眼睛，側躺著，中衣微敞……直看得她面紅耳赤。

趙麗娘唯恐周晏卿睡著了，連忙快手快腳地把自己的外裳脫了，髮飾也解了，又去了釵環，急急掀起幔帳往床邊走去。

她家這位爺一向沒什麼耐性，可別讓他等得發惱了。

今天的她特地打扮了一番，卻沒換來六爺的一聲誇讚，趙麗娘心裡多少有些失落。

不過想到接下來的事，她又面染紅霞，萬般欣喜。

屋裡多餘的燈已是被吹滅了，只餘了內室床頭櫃子上的一盞宮燈，泛著暈黃暖和的光。

趙麗娘躡手躡腳地從床尾小心地避過周晏卿，剛爬到床內側，還不待她躺下來，就被一直閉著眼睛假寐的周晏卿一個翻轉，壓在身下。

趙麗娘一聲驚呼還未得及滾出喉嚨，周晏卿已是略顯粗魯地撕扯著她的中衣。

趙麗娘那聲驚呼便又嚥了回去。

感覺到周晏卿在她身上急躁的撕扯，還略帶了幾分力氣，趙麗娘粉唇緊抿著，內心只餘化不開的甜蜜。

六爺多久沒這麼對她了？久到她都快忘了六爺的味道了。

趙麗娘貪婪地嗅著周晏卿身上屬於男人的味道，心裡蹦跳不休，一顆心好似捂不住，就要跳出去一般。

周晏卿把麗娘的上身撕得一絲不剩，看著蹦跳出來的兩團軟肉，慾火灼身，隨即一條腿壓住麗娘的下半身，整個人趴了上去，兩隻大手在那軟肉上一陣揉搓，趙麗娘渾身酥麻，不知是痛的還是歡喜的，嘴裡發出一聲聲誘人的吟哦，等著身上那人把她拆解入腹。

周晏卿被她磨蹭得越發躁熱，越發難耐了起來，頭上沁著密密一層細汗，渾身潮紅，迅速支起上身，三兩下把自己上身的衣裳褪了個乾淨。看麗娘兩腿交錯，似乎想把下身的束縛蹭掉，便幫著一把扯下了她下身的褻褲。

趙麗娘難為情地用手在私處遮了遮，面色潮紅地盯著周晏卿，嘴裡吟哦更甚，發出聲聲邀請。

周晏卿額上細汗沁得越發多，胸前也已是憋出一層細汗，全身更是泛紅，燒燙得他急欲想找一個發洩之口，看著趙麗娘玉體橫陳，潔白馨香的女性胴體滾著細細的香珠，無一不在勾引著他。

周晏卿腦子昏昏沈沈的，舔了舔有些乾澀的嘴唇，動作迅速地把自己下身的束縛也扯去，隨即整個人便朝趙麗娘壓了上去。

趙麗娘歡喜異常，緊緊摟抱著周晏卿精壯的腰身，等著良人來填滿她的空虛。

此時她臉上又是歡喜又是期盼，眼睛瞇著，全身顫慄。

在周晏卿頂開她的雙腿，緊握著她的腰肢時，她迫不及待在心裡吶喊，盼著六爺要了她，快要了她……

她只有那麼一個念頭，就是盼著眼前的良人快快與她合而為一，融為一體。

她是爺的，爺也是她的，任誰都不能分開……

「爺，麗娘要……嗯……」

周晏卿看著她面色潮紅，玉體水蛇一般扭動地蹭著他，那吟哦聲也越吟越大……

他忽然就覺得意興闌珊了起來。

周晏卿從趙麗娘身上翻過身，扯過床尾的中衣披在身上，以極快的速度掀起床前的幔帳，翻身下床。

趙麗娘的吟哦瞬間止在喉口，愣愣地不知發生了何事，一時之間，似乎也未明白自己身在何處。

看周晏卿已是披衣下床，她這才驚醒過來，撲了過去，想抓住周晏卿的手臂，卻抓了個空。

「六爺！」趙麗娘急急喚道。

「起來收拾一下，我讓人送妳回去。」

周晏卿腳下未停，閃身進了淨房。

趙麗娘半身趴在床沿，透過輕煙般的幔帳看著周晏卿消失在屏風後面，如從雲端一下子墜到地面。

趙麗娘眼眶迅速湧上一層水氣，片刻間便聚成淚珠，滾落了滿腮滿臉，貝齒緊緊咬著下唇，雙手緊拽著身下的被褥，未敢哭出聲，身子卻已是抖了起來。

得知六爺接了麗娘過來侍寢，淨房裡已是備著滿滿的一浴桶熱水。這會兒熱氣未盡，尚有餘溫。

周晏卿把自己埋進浴桶裡，輕輕合上了眼。

有一個人明眸皓齒，在他眼前閃了閃，很快又消失不見。

那女子語氣淡淡地問他。「可要在此用午飯？」淡淡的，似乎沒有溫度，面上更不見一絲嬌羞，通身也沒有誘人的香氣。

可他就是記住了……

周晏卿緊了緊雙眼，又把自己往浴桶裡滑了滑……

聽風院點了趙麗娘夜伺，不到半個時辰又把人送了出來，次日天未明就傳遍了周宅。

周老太太正被幾個兒媳伺候著用早膳，聽聞此事，手裡的玉箸頓了頓，掃了一眼同桌上幾個面色不自在的未嫁娘子，並沒有出聲詢問。

待吳嬌和林碧玉等人退出外間，她才詢問大太太細況。

大太太面有難色。

且不說她協理中饋，怎麼也議論不到小叔子的房中事，再說她家相公可是與六爺同出一娘胎，她也不敢得罪了眼前偏寵么兒的老太太哪。

幾個庶子媳婦倒是沒什麼顧忌，家婆有事詢問，自應有問必答，答無不盡。

且她們又不打算取笑六爺，是那麗娘不得六爺歡心才被連夜送回，不然六爺一個血氣方剛的熱血男兒為什麼不留下她以度良宵，反而把人送走？且連半個時辰都不到？

周老夫人聽完幾個庶子媳婦如身臨其境一般講述了一遍後，若有所思。

隨後她招來昨夜裡聽風院當差的幾個婆子、丫頭細問了一次。

當然她最想問近身伺候的石頭，只不過，聽說一早六爺就帶著石頭出門去了，主僕兩人連早飯都沒用。

周老太太又悄悄招來煙雨閣昨晚服侍趙麗娘過去的兩個貼身丫頭，一番詢問後，這才揮手讓人去了。

「秋影，妳說這是怎麼回事？」

待正屋裡只剩下從小伺候她的林嬤嬤時，周老太太輕聲問道。

秋影是林嬤嬤的閨名，從小伺候林家大小姐，也就是周老太太，得以賜了林姓，陪嫁到周府後，終身未嫁，一直忠心耿耿地守著周老太太身邊。

「老太太，您說六爺會不會是……」

即便與周老太太情分再好，她還是沒敢把六爺有暗疾那句話說出口，但又不能不提醒著些。

林嬤嬤說不出口，周老太太依舊能知道她要表達什麼，主僕兩人這幾十年的默契又不是假的。

「上次不是請人來給卿兒看過了嗎？大夫也說沒什麼問題啊。」

周老太太露出一臉疑惑。

林嬤嬤斟酌了一番，道：「要不要再換個大夫看看？六爺已二十好幾了，府裡幾位爺，只有六爺還沒個子嗣；您看是不是要抓緊著給六爺說門親事，沒準兒成親了就好了。」

周老太太緩緩點了點頭。

雖然她不願承認她生的兒子有什麼毛病，但多準備一些還是好的。

「那就再換個大夫，不行的話，就讓人從州府那邊請一個來。」片刻後，她又道：「秋影，妳說會不會是家裡的人他都看不上？要不讓京裡他族叔給他挑一門合適的？」

話出口，她想起上回被打斷的念頭，越想越覺得不錯，遂又急急對站在旁邊的林嬤嬤道：「麗娘也是他族叔送的，妳看卿兒留了她那麼多年，現在整個聽風院的事都交給了她處理。他族叔在京裡認識的人多，卿兒以後還要多仰仗他族叔，結門京裡的親事，不拘嫡女、庶女的，只要岳家是京官就成，以後對我們府上、對卿兒也會是個大助力。」

她說完手指點著椅子扶手，越發覺得這主意不錯，又說道：「一會兒我親自給他族叔寫封信，把卿兒的婚事鄭重託給他。」

林嬤嬤也點頭應了。「要不在青川城裡也找媒婆看看？沒準兒六爺沒惦著府裡的，是看上城裡的哪一個呢？」

周老太太偏了偏頭，想了想，才道：「以後每天妳都要找石頭來問一遍卿兒的行蹤，看卿兒去了何處見了什麼人，這些我都要知道。這些年我不拘著卿兒，但也不能縱了他。」

「是。」林嬤嬤連忙又點頭應了。

周府有些什麼事情，喬明瑾完全不知道。

她的日子過得平淡且溫馨。

明琦雖回了雲家村，家裡少了一人，但她和琬兒並沒有受到什麼影響。

小東西在她忙的時候，自己會找樂子。

那幾個新招的工人，皆是有兒有女之人，父親來作坊上工，孩子們經常會跟在後面跑來作坊玩。

因為大家都當喬明瑾是個替人管事的，有著極大的權力，故不管是大人還是孩子，對喬明瑾都帶著敬畏。

對小琬兒願意融入他們的圈子，自然是歡迎之至，也沒人敢欺了她。

女兒日漸開朗，再不黏著她要她陪，喬明瑾自然就騰出了好些時間。她靜下心來，想著要做一些別的事，話本小說、史記典故她看了不少。借著姚家之力，每回姚家在外頭收了舊書，都會先送到她這邊來，等她看過，若要留下便留下，若不留下，再交給姚家拿出去販賣。

有時看著心愛的書籍或覺得可高價出售的書，她就會執筆抄寫下來。抄寫本自己留下，舊書仍交給姚家去賣。

抄了書，也得以練了字。

先前的喬明瑾雖得藍氏從小教導，會讀書認字，但因著家境不好，沒法浪費筆墨紙張地去練字，寫的字只能算工整，而她更是拿軟軟的毛筆沒有辦法。

日子好過之後，她添了紙筆，去了炭條，得空時偶爾練上一、兩回，那字倒也能寫得見人了。

喬明瑾很是豔羨祖母藍氏的簪花小楷，只是她練了這麼久，都沒見有其一、二分精髓，遂覺得這可能得從小學起，練個十年八年的，興許能有所小成，就採購了大批紙張，讓琬兒和明琦對著字帖練字。

明琦在的時候，有她看著琬兒還能定定心，這一不在，琬兒的手卻是越發軟了，有時候練上幾張紙，喬明瑾都沒找到一個讓她滿意的字，因此晚上必是要抓了女兒收心練字的。

好在琬兒並沒有多抗拒。

有時候閒時，看跟著琬兒玩耍的小童願意跟著學，她也會在地上寫幾個字，教他們唸和寫，引得村裡的娃子們更是一起床就興沖沖往村外跑。

因此若是沒岳家那兩妯娌時不時來說一、兩句酸話，喬明瑾和琬兒的日子過得可說是十分愜意。

這中間，喬明瑾回了兩趟雲家村。

現在她有馬、有車子，又不用向人回稟、得人同意，當然是想什麼時候回娘家就什麼時候回，想住多久就住多久。

再說目前她買的一些產業還讓娘家人管著，為了母女倆的生計，還是必要經常過問一二的。

偶爾，明琦也會過來陪娘倆住幾天，然後再回去，倒不像之前一直長住下河村了。

反正喬明瑾現在有人幫襯，喬家眾人多少放了一些心，不再像先前那麼掛念。

只不過自那日周晏卿倉皇離開，已是大半個月沒見他再來，喬明瑾也沒空詢問。

很快，一年一度的春耕又到了。

喬明瑾買的那一百畝的良田及幾十畝的次田、荒地，如今就要找人耕種了。

上回她回雲家村，巡視了一遍，又聽娘家及外祖家向她交代過，得知已是請到人幫忙，穀子及各種作物種子都已備好，均不須她操心，所以她沒像別人那樣有那麼多要操心的事。

作坊新招的工人跟她請了幾日假，說要回家忙過幾日再來，她全允了。

所幸這些輔助的工人雖休了假，對作坊也不會有太大影響，工匠師傅們倒是沒有一個人請假。

就是家裡田產多人丁少的幾位師傅，都寧願送錢回去讓家裡人多花些錢請人來種，也要留在作坊。

喬明瑾收拾了大半車的東西讓雲錦送了回去。

因著作坊好幾人請假，何氏和夏氏在作坊更忙碌了，連作坊男人做的活她們也被抓了過來，烘烤、去枝去鬚、打磨、上蠟、上漆……兩人忙得沒空多說一、兩句閒話。

作坊門前的孩子也幾乎沒有了，都被家人拎著回家幫活去。

喬明瑾帶著琬兒幾乎吃住都在作坊，為了趕客人要的東西，幫著做一些輔助的活。

岳家要下田插秧的頭一天，岳仲堯從城裡回來了。

第四十章

岳仲堯這回沒能直接往喬明瑾家來，精明的吳氏早早派了兩個媳婦在村口候著他。連等了數日，終於等到岳仲堯的身影，把扛著大包小包的岳仲堯拉回了岳家。

岳仲堯心下懊惱，可又無計可施。

他知道嫂嫂和弟妹有些不著四六，但沒想到她們竟不講理到了這分上，上手就搶，纏得他下不了手把包裹搶奪回來。

裡面除了他給瑾娘母女買的東西，可還有大姊給琬兒扯的幾尺布頭及納的一雙布鞋，看來是留不住了。

待回到家，孫氏和于氏見吳氏早早就守在門口，兩人一路上打定的那些主意是決計沒法施展了，不由有些懊惱。

有吳氏盯著，這幾個包裹是無論如何也進不了他們房的，她們只好對著吳氏奉承了一番，把幾個包裹遞給了吳氏。

吳氏對兩個媳婦這番表現自然是滿意非常。

岳仲堯看著自個兒親娘把他一路精心護著的幾個包裹抱進了她和老岳頭的屋，急急跟在後頭。

他娘的性子他還不知，進了他娘腰包的東西是無論如何也別想拿出來了。

「娘，裡頭除了我給家裡人帶的東西，還有我自己的東西呢，妳這是要拿去哪？」

「臭小子，翅膀硬了，在衙門當了幾天差，竟然敢吼起老娘來了？沒有老娘，你還不知在哪裡等著輪迴呢！」

老岳頭瞧著不像話，在後頭喝道：「這是做什麼？也不怕旁人見了笑話！」

「放屁！老娘幫自個兒兒子歸置行李，哪個敢笑話老娘？」

岳仲堯聽到岳老頭在院裡揚聲喚道：「三兒，你快去看看琬兒，隨後回來跟爹下地。」

岳仲堯也覺得他在這，他娘更是作死作活地拿捏，還不如避了開去，遂拿起炕上的一個包裹轉身往外走。

吳氏翻下床，急走兩步喝道：「岳老三，你這是要去哪！」

岳仲堯連頭都沒回，只說道：「娘，我去去就回。」邊說著邊埋頭急走，幾個箭步就出了院子。

通往村外的小道上，兩旁林木已煥發了春的氣息，鬱鬱蔥蔥，迎風輕擺。

岳仲堯憋悶的心情隨著這灌入了幾許清風，頓覺身輕了些，不覺腳步漸快，想到即將要見到日思夜想的嬌妻佳兒，嘴角往上揚了揚。

但喬明瑾和琬兒此時並不在家裡。

岳仲堯愣愣地撥了撥門上的鐵鎖，這是真的鎖上了。

去哪了？是為了農忙，回雲家村了嗎？

岳仲堯埋頭想了想，又抱著包裹繞到屋子左右看了看。

籬笆地裡，各種菜冒著芽，地上似還留有澆水過的痕跡，另一邊的雞窩裡，只有待下蛋的母雞圈在籠裡。

他又繞到屋後的馬房看了看，只有拉車的馬在裡面，牛卻不在。

岳仲堯心裡定了定，轉身往作坊走去。

豈料在雅藝作坊裡也沒找到人，母女倆均不在。

夏氏百忙之中特意見了他，接過他的包裹並問了他好幾句話。

夏氏已是聽自家女兒說過這個男人無數次，耳朵沒得都要起繭了。

她沒有像何氏那樣，一提起岳仲堯就咬牙憤恨不已，她已是快當祖母的人了，在她的心裡、眼裡，還是一家和睦最為重要。

當然，男人也要有所擔當，不然還不如沒有男人。

夏氏把岳仲堯上下打量了一次，又聽他說包裹裡是他要帶給喬明瑾母女倆的東西，心裡暗自點頭。

她詢問了他好幾句，才給他指明了方向。

岳仲堯辭了作坊眾人，便外出尋妻女。

雖然雲錦和何氏對他仍是不鹹不淡的，但他倒也沒失了禮數。

瑾娘娘家表哥自然也是他的表哥。

喬明瑾母女此時正在林子裡。

喬明瑾的雞一直是雲錦每日晨起用牛車拉著去林子放養，中間或喬明瑾或秀姊去添水、添食。

這幾日因著農忙，喬明瑾除了自家的雞，把秀姊家的雞也一併攬了過來照顧。

這林子，她也多日不曾來了。

林子裡的木樁已幾乎被挖之殆盡，就連經年砍伐下來的木樁都被挖了出來。

林子裡乾淨得像是富戶家的後園，能讓人放心大膽地下腳了。

猶記得自己帶著琬兒剛搬出來時，在林子裡找食，挖陷阱逮野雞、砍柴捉野兔，如昨日般還歷歷在目。

如今地上像被起了一層皮似的，哪裡還找得著野物的足跡？連野物的糞便都看不見。

喬明瑾往雞槽裡添了水，這才四下看了看，爾後牽著琬兒找到林子後頭的那條小河。

如今河還在，水仍舊清澈，河裡的蒲草也密密地長著，想必很快又能採了。

因她保密功夫做得佳，至今下河村的村民還不知蒲草竟是能吃的。

小河裡除了蒲草茂密，間或還有其他的雜草，河的另一頭水草也仍然豐澤。

喬明瑾在河沿邊走了兩步，看著對岸笑了笑。

過往的苦楚，都已是隨著清風消逝。

日子流轉，再尋不到往日的蹤跡。

一年了。

不知他們現在好不好……

琬兒一直安安靜靜地任喬明瑾牽著，在林子裡四下逛，此時見喬明瑾愣愣地看著河對岸出神，等了一會兒，看娘親越發如雕像般挺直不動，琬兒輕輕扯了扯喬明瑾的手，看喬明瑾仍無反應，有些嚇到了。

林子裡一片靜謐，嚇得她幾乎貼在喬明瑾的大腿上，癟著嘴帶著哭聲喚道：「娘……」直喚了兩聲，喬明瑾才回過神來，又左右張望了下，看女兒向她張著手，她連忙俯身把女兒抱了起來。

看琬兒緊緊攬著她的脖頸，她拍著女兒的背脊柔聲道：「琬兒怎麼了？娘在這啊。」

「娘，妳不要離開琬兒，別不要琬兒……」

這孩子自小就沒有安全感，若是自己把她拋下了，留在岳家，也不知這孩子以後會怎樣。

喬明瑾嘆了一口氣，自己沒有經過分娩的痛楚，平白得了這麼一個小東西，可是自從她的小手抓著自己不鬆開的那一刻開始，早已是血肉相連。

喬明瑾把女兒小小的身子往上顛了顛，轉身返回。

「瑾娘，琬兒……」

一個聲音高高低低地傳來，喬明瑾頓住腳。

琬兒也聽到了，支起小身子，扭頭往前路望去。

「瑾娘、琬兒……」聲音再次傳來，越發清晰。

「娘，是爹爹、是爹爹！」

小東西掙扎著要下地，頓了頓，又怯怯地望向喬明瑾。

喬明瑾又嘆了一口氣，把她放下。琬兒倒沒往前奔去，只是牽著喬明瑾的手等在那裡，看聲音好像要偏向別處，她著急地抬頭看了喬明瑾一眼，便往前傾著身子，揚聲道：「爹爹，琬兒在這裡！」

腳步聲急急傳來，伴著枝葉相撞的聲響。

「瑾娘、琬兒！」

岳仲堯臉上帶著驚喜，大步走到母女倆的面前。

琬兒早已是撲到了他的懷裡，被岳仲堯高高地向上拋了拋。

這是父女倆最愛的遊戲，琬兒笑聲清脆。

岳仲堯抱穩了女兒，讓她好調整氣息，看著眼前的妻子，心下歡喜，揚著嘴角柔聲喚道：「瑾娘。」

喬明瑾向他點了點頭。

「剛回來？」

「嗯，我到家裡和作坊找妳，妳們都不在，說是在林子裡，我這便來了。」

喬明瑾嗯了一聲。

岳仲堯盯著她貪看了一會兒，對她淡淡的態度也不以為意，轉身問琬兒。「和娘到林子裡來做什麼？」

小東西一手圈著她爹的脖頸，一手比劃。「和娘來給雞添水，還幫秀姨的雞添水。我和娘還摘了幾叢黑木耳，到這裡來看野鴨，可是野鴨都沒來。」

岳仲堯耳聽著女兒軟軟的聲音，心下無比滿足，圈緊了女兒兩分，又道：「野鴨想必是不敢來了。琬兒要是喜歡，下次爹給妳帶幾隻小鴨崽讓妳玩。」

「真的嗎？那小鴨子全身毛茸茸的，還會用嘴啄人，可好玩了！上次凳子偷偷從他家裡拿了兩隻來給我看，那鴨子走路還搖搖擺擺的呢！」

琬兒直說得兩眼放光，岳仲堯看得歡喜，正想著下次給女兒帶幾隻回來玩，就聽到女兒說道：「還是不要了，我要看就到凳子家看好了，我和娘都沒時間養牠們。」

岳仲堯不忍女兒失望，正待想些什麼辦法，又聽琬兒說道：「我只是覺得好玩，下回想看就去凳子家看就行了，爹還是別買，可難養了，還要趕著牠們去吃水。」

岳仲堯看了喬明瑾一眼，撫著女兒道：「好，那等我們琬兒有空的時候，咱們再養。這次爹給琬兒帶來別的好玩東西呢。」

「真的嗎？在哪裡？」

喬明瑾看著父女兩人開開心心地說著話，率先往來路上走去。

岳仲堯抱著女兒，緊緊跟在後面。

他看著半臂距離的嬌妻，嘴巴張了數次，就是沒能說出一句半句溫情的話。

日思夜想的嬌妻就在眼前……

「瑾娘，我這次有幾日農假……」

喬明瑾輕輕嗯了聲，並不接話。

岳仲堯竟一時又不知該如何開口，只恨不得捶幾下腦袋。

「爹爹，這次你能在家裡多待幾天嗎？」琬兒很是高興，眼睛眨巴著帶點期盼望向岳仲堯。

岳仲堯笑著對女兒點頭。「嗯，爹能在家陪琬兒好幾天呢。」

小東西聽了，立時高興地直拍手。

「娘，爹能在家待好幾天呢！」

「嗯，娘聽到了。」

「那娘，我能不能跟爹爹一起睡？」

喬明瑾腳步滯了滯，岳仲堯聽了有些尷尬，又帶著些期盼，直盯著半臂距離的她，差點沒把她盯出洞來。

喬明瑾沒應話，只是埋頭往前走。

琬兒又問了一次，仍沒換來喬明瑾的回應，父女倆不免有些失望。

岳仲堯拍了拍女兒的背，小東西便抿緊了嘴巴，又趴在了岳仲堯的肩頭上。

「有幾個衙門的同袍家裡沒什麼田地，我請他們到岳父那邊幫忙幾天，他們也應了下來，後天——」

「不用了，我家那邊爹娘已是請了人。」喬明瑾打斷道。

岳仲堯愣了愣，請了人了？

「這……花這個錢幹麼？反正他們也是閒著。」

「不用，我們都已是安排好了。」

岳仲堯一顆心忽地往下墜，只愣愣地看著喬明瑾走遠的背影……

岳仲堯回下河村幫忙春耕，吳氏恨他掃了面子，又念著那個被奪去的包裹裡不知是什麼寶貝，只氣得肝疼胃疼心口疼，一句多餘的話都沒跟岳仲堯說，恨不得連飯都不煮他的分。

岳仲堯倒也硬氣，拎著幾件舊衣就往喬明瑾家去了。

如今他知道娘子還是有幾分顧著女兒的，只要話沒說死，他就不懼。

反正瑾娘總不會攆了他。

喬明瑾果然對他抱著舊衣偷摸到廂房的舉動沒說二話。

於是這愣貨天黑了便在喬明瑾家吃飯睡覺，天未亮便起身往岳家地裡忙活。

這日，天剛濛濛亮，他就摸著回了岳家，也不跟人打招呼，扛著農具拉了牛車，挑起秧苗擔子就往地裡走。

老岳頭也早早起了，岳仲堯出門後，他默默跟在後頭。

如今另兩個兒子已娶了親，有妻有兒女，他在窗外喚過一遍，他們沒起，他這個做父親的也不好衝進去掀了兒子的被子，強拉他們下地。

好在還有一個三兒。

若是這三兒在家，哪裡要他這般辛苦？

沒準兒父子倆聯手墾荒，那荒地現在都能開了多少畝了，地再貧瘠，一年一畝地還產不了一兩食糧嗎？還用得著搶兒子帶給媳婦孫女的包裹？

老岳頭佝僂著身子，手背在後頭，盯著前方兒子牽著牛繩的高大背影，暗自嘆氣。

岳仲堯走在老岳頭的前面，沒聽到老岳頭的哀嘆，只想著這兩日瑾娘對他的態度。

他厚著臉皮，雖是在瑾娘家裡住下了，女兒每夜都跟他擠在被窩裡，這讓他又高興又欣喜。

瑾娘做飯的時候，會給他多做一份，看他這兩日在地裡起早貪黑的，那飯食做得極有油水，都是大肉、骨頭湯，菜也是他愛吃的。

瑾娘對他雖冷淡，但好在還念著夫妻情分，讓他吃的住的都異常滿足。

雖然瑾娘完全沒跟他多說幾句話，但能讓他待在母女倆的周圍，他就知足了。

只是他娘吳氏不知從哪裡知道他要請幾位同袍到喬家幫襯岳父母做農活，這兩日鬧得更是不待見他，除了沒備他的飯菜，還日日遣他，要他去請幾個同袍來下河村幫忙。

他娘是從哪裡得知的？那天他只說給瑾娘一個人聽。

他家就幾畝地，家裡勞力又多，三個兄弟、兩個弟妹，爹娘加上妹妹，八個勞力十來畝地，哪裡還需要人幫襯？

而岳父家就岳母一個人，所以他才想著趕緊把家裡的活計做完，再帶了人去幫襯，哪知竟被他娘知道了。

岳仲堯也低低嘆了一聲。

村子裡大多數人家也和他們父子倆一樣，天剛濛濛亮就往地裡去，都要趕在日頭出來之前，把秧苗插上，才好多做一些活計。

「你父子倆這麼早啊！」

村人見了紛紛向他們打招呼。

岳仲堯一臉笑意，一邊應和一邊也跟別人打招呼。

「老岳頭啊，多虧你有這個三兒子哪，不然你一個人可要做到什麼時候？你有福啊，三兒進了縣衙，如今已經是總捕頭了，還這麼有孝心地趕著回家來和你一起下地。」

老岳頭滿是乾澀的心裡，猶如注進了一汪碧泉，美得直冒泡。

「是啊是啊，我三兒子孝順。」他笑得臉上的皺紋都擠到了一處。

當天日落，把農具籮筐都往牛車上放妥當，又扶著老岳頭在牛車上坐好，岳仲堯沒跟著回岳家，而是徑直在田間和老岳頭等人分開，往喬家走去。

回到喬家，岳仲堯很是殷勤，什麼活都搶著幹。

雖然勞累了一天，已是很疲乏了，岳仲堯還是一番忙碌，柴禾都劈了好幾堆，又給琬兒洗了澡，也把自己沖洗乾淨，才帶著女兒一同坐到飯桌前。

喬明瑾沒特意做什麼他愛吃的吃食，也沒特意減少些什麼。

桌上的飯食都是母女倆平時慣常喜歡吃的，而岳仲堯連白水配飯都能吃，更何況是這有湯有肉有菜的晚飯。

他也不客氣，給女兒和喬明瑾各挾了兩筷子菜，就捧著碗吃了起來。

在喬明瑾這裡，初時，他是有些縛手縛腳的，可來的次數多了，又在岳家越來越感覺不到溫暖，妻女這裡早已是他日思夜想的歸處。

每回從城裡回來，最先想回的地方就是這裡，而不是那生養他的地方。

不知是飯菜太過好吃，還是白日裡在地裡消耗太過，岳仲堯捧著碗連吃了三大碗，才停了下來。

喬明瑾只淡淡地看了他一眼，就連著給他打飯又盛湯。

「爹爹，娘煮的飯好吃嗎？」

女兒軟糯的聲音傳到耳際。

岳仲堯對著女兒笑著點頭。「好吃，妳娘做的飯食是爹吃過最好吃的。」

喬明瑾聽了，抬頭看了他一眼，恰巧岳仲堯也正扭頭看過來，喬明瑾在岳仲堯烏黑的眼睛裡清晰得看見自己的倒影。

「還有一些湯，琬兒還要不要？」

喬明瑾拿著碗起身。

小東西看了自個兒的爹一眼，又看向自個兒的娘，心裡只覺得歡喜無比。

「要！琬兒還要喝湯。爹爹也要的吧？娘煮的湯也是最好喝的。」

岳仲堯笑著點頭，他娘子煮的湯是最好喝的！

喬明瑾背著他從灶上的砂鍋裡舀湯，一舉手一投足都落到岳仲堯的眼裡、心裡。

廚房不大，他卻覺得心裡脹得滿滿……

天地間一片白茫茫。

喬明瑾走在這一片迷霧裡，分不清來路，也看不到去路。

她只看見自己著一身白色寬鬆的細棉布睡衣，赤著腳一步一步往前挪。

團霧般的輕雲從她身邊掠過，輕飄飄地籠罩在她的周圍，掩住了來路，辨不清前路。

她困獸一般茫茫地往前走著。

忽見一片亮光，暈暈黃黃的，讓人溫暖得不由朝它走近。

光暈裡，一個頭髮白了一半的中年男子，捧著一個相框用軟布極其細心地擦拭，那樣的細心，像護著最珍愛的寶貝。

除了手中的相框，桌上還放有一個同樣大小的相框，裡頭有年輕女子揚著嘴角甜甜地微笑，相框前擺了四色果子，兩支香燭，幾支檀香。

「……紅霞，妳還生我的氣嗎？怎麼都不來看我？妳定是不肯原諒我，我都知道……我沒想過求妳原諒……我也想隨妳去了；可逢年逢節，又有誰給妳和茹茹燒紙添衣呢？想必妳也是不願見我的……」

把手中的相框擦拭完，他又捧著癡癡地看了一會兒，才小心地再放到原位上去，又捧起另一張相框擦拭。

「茹茹，爸爸沒騙妳，妳是爸爸最疼的寶貝……在那邊，妳要好好幫爸爸照顧妳媽媽……爸爸沒用，連死都不敢……」

中年男人的眼淚一滴一滴地落在黑白相框上，那裡面的年輕女子仍舊笑得燦爛。

喬明瑾往前伸了伸手，暖暖的暈黃之光不見了，轉眼變成刺目的白。

公墓裡，一年輕男子正跪在墓前燒紙，一張一張燒得極為仔細，生恐有一角沒燒完，成了殘缺。

一陣輕風吹來，燃盡的紙灰四處飛散，男子愣愣地看著，目不轉睛。

「……不知妳能不能收到。今天是妳的生日，我給妳買了妳最愛的百合……給妳燒了童子童女……讓他們伴著妳吧，妳最怕孤單了……夜裡黑，妳不敢睡就點著燈，別怕浪費錢……我四時八節都給妳送錢去……她嫁人了，我沒娶她，我知道妳不喜歡……」

男人臉上落了淚，小聲地嗚咽了起來。

「我不好，是我不好……我混蛋，我不是人……」

男人幾乎趴在地上，雙手撐著地，肩膀跟著抖動了起來。

眼前不復清晰，白霧再次籠罩。

白茫茫的不見來路，也不見歸處。

喬明瑾臉上冰涼一片，往上抹了一把，滿手滿臉的淚。

岳仲堯已在妻子的房門前徘徊好幾炷香的時間了。

他早想著要跟妻子好生談一談。

瑾娘說的那一年之期，時刻在他心裡，震得他肝膽俱裂。

妻子房裡靜悄悄的。

哄著女兒睡著後，他就來了，這會兒瑾娘睡得更熟了吧。

晚飯後，他想找瑾娘說說話的，只是瑾娘一直沒給他機會，而他也不敢。

「瑾娘，我們好好過日子吧！我從沒想過要娶別人，我只想著先應了她，拖一段時間再給她找個更好的，或是養著他們娘仨，等她弟弟有了功名，也許她自己就看不上我了……我什麼都不會，只有一身蠻力，只有瑾娘妳不嫌棄我……我大字也認不了幾個，不像別人一樣會看一本一本的書，也不會唸好聽的詩……

「瑾娘，妳是喜歡那樣的吧……就像周家六爺那樣的，翩翩世家公子，識文斷字，儀表堂堂……可是我不捨得呢……瑾娘，我心裡像刀割一般的……」

岳仲堯小聲地念叨，明知道瑾娘聽不見，可還是忍不住。

這番話老是滾在他的喉間，只是見了瑾娘，又不由自主地吞了回去。

黑暗裡，岳仲堯說一番，停頓一番，似乎在跟妻子交談，等著聽妻子的反應。

暗夜裡，他自嘲地對自己笑了笑。

「瑾娘，妳定是聽不到的吧。」

岳仲堯高大的身軀倚在牆上，輕輕地嘆了一口氣……

嗚咽？為什麼會聽到嗚咽聲？

岳仲堯偏了偏頭，又細聽了聽，嗚咽聲又沒了。

他暗自笑了笑。

為什麼會覺得是瑾娘在哭呢？他這是傻了不成？

「瑾娘，不怕不怕，我在這裡，為夫守著妳。」

岳仲堯看著房門，許是戰場上歷練出來的，黑夜裡，他一雙眼也能視物。

嗚咽聲再次傳來。

這回他聽得真切了，真是妻子房裡傳出來的，聲音越發大了。

岳仲堯打了一個激靈。

「瑾娘？瑾娘？」岳仲堯焦急地想推開門，手剛碰到門板卻又縮了回來。

瑾娘不喜的吧？

耳邊，喬明瑾細碎的哭聲傳入他的耳朵裡，也砸在他的心頭。

「瑾娘、瑾娘，妳怎麼了？」

岳仲堯在門口輕輕喚著妻子。

裡頭，嗚咽仍然不止。

再不是細碎的哭聲，似受了極大的委屈，暗夜裡，哭得岳仲堯心神俱碎。

岳仲堯狠了狠心，把門推開，急走到床頭，兩手急急撥開帳幔，整個人探身入內。

「瑾娘、瑾娘！妳醒醒！」

喬明瑾似是困在一片輕煙中，進不去也出不來。

岳仲堯急得額上冒汗，坐在床沿，把喬明瑾扶起摟在懷裡。

妻子哭得滿臉是淚，岳仲堯拭了又拭，那淚卻還是潺潺而下，濕了他的雙手，疼了他的心。

岳仲堯心焦如焚，輕輕地拍著喬明瑾的臉頰。「瑾娘，妳快醒醒，妳這是怎麼了？」

岳仲堯虎目含淚，緊緊抱著妻子的嬌軀，疼得不能自已。

不知是不是每一夜，妻子都這樣一個人躲起來哭。

都是他不好！他混蛋！讓瑾娘傷心難過……

岳仲堯貼著喬明瑾的臉，輕柔地蹭著。「瑾娘，我在這，為夫在這裡……」

喬明瑾悠悠地醒來，發現自己被緊緊地箍在岳仲堯的懷裡，想拿手去推他，只是岳仲堯箍得死緊，自己全身乏力得很，兩隻手似乎使不上一絲力氣。

喬明瑾偏著身子，往外掙了掙。

「瑾娘？瑾娘妳醒了？」

「你箍得我難受。」喬明瑾柔弱無力地道。

「喔喔，是為夫不好。妳怎麼了？夢魘了還是白天受委屈了？是不是身上不適？哪裡不舒服？是不是小日子來了？」

岳仲堯鬆開喬明瑾，仍用兩手摟著喬明瑾的肩膀，此時又正要往喬明瑾的腹部探去。

喬明瑾自穿過來後還從來沒和岳仲堯這麼親密過，此時他的一隻手已探到她的腹部，心下大為尷尬。

「不是，不是因為那個。」

「那妳是怎麼了？是不是身子不舒服？要不要我去請大夫？」岳仲堯又伸手去探喬明瑾的額頭。

喬明瑾搖了搖頭，撥開了他的手。「都不是。」

岳仲堯的手愣愣地懸在半空。

「是不是因為我?妳……妳是不是在怪我?」

岳仲堯放軟語氣，又略帶著些惶恐不安。

喬明瑾聽著一陣煩躁。

「都不是。我要睡了，你也去睡吧。」

喬明瑾推開岳仲堯，往床裡側躺了下來，背對著他。

岳仲堯看著妻子背著他躺下，一頭青絲順著纖細的肩頭滑了下來，鋪在枕上、床上。

岳仲堯貪看著，不願錯過一絲一毫。

「我幫妳把燈點起來吧。」岳仲堯起身摸索著點了燈。

油燈豆大的光在屋裡細弱地亮了起來，還左右跳了跳。

岳仲堯又走到床邊，輕輕在床沿坐下。

「你去睡吧。」喬明瑾頭也沒抬地說道。

「妳安心睡吧，我在這陪妳。」

岳仲堯執拗得讓喬明瑾拿他沒辦法。

趕不走，又累得很。喬明瑾眉頭皺了皺，索性不理，眨著眼，只想著方才的夢境……

竟是那樣的清晰。

再不想見的人，不知為何竟入了夢來……

喬明瑾咬著唇，往被裡埋了埋。

岳仲堯看得心痛難抑，想摸摸妻子的頭，手伸出去卻又愣在那裡，只幫妻子理了理被子。

喬明瑾昏昏沈沈的，直至天明才迷迷糊糊地睡去。

岳仲堯一夜未睡，腦子裡閃過無數個念頭。

天光大亮，岳仲堯扳過妻子側睡的身子，扶著妻子平躺好，又掖好被子，方推開門走了出去。

喬明瑾醒來的時候，已近正午，父女倆都不在屋裡。

廚房裡有岳仲堯煮好的早飯，一大碗瘦肉蔬菜粥，兩個白水煮蛋，這會兒粥已乾掉了。

喬明瑾沒什麼胃口，剝了一個水煮蛋吃了，又回房躺著。

剛躺下沒一會兒，院裡就響起了岳仲堯和琬兒的聲音。

她隨即又聽見腳步聲音朝她跑來。「娘、娘，妳沒事了吧？」

喬明瑾彎了彎嘴角。

第四十一章

連著忙了幾天，就算岳二、岳四再不怎麼出力，岳家那十來畝地的活計全幹完了，作坊請了假的人也陸續回來復工。

喬明瑾也跟著鬆了一口氣，總算能閒下來安安心心教女兒認幾個字了。

而岳仲堯該回城了。

臨走前，他搓著手在喬明瑾面前說了好一番話。

喬明瑾聽得有些莫名，很是詫異地望向他。

岳仲堯暗惱自己，每回碰到妻子，舌頭就不住打結。

他在衙門裡說話，沒見過有一絲猶豫的啊。

「瑾娘……我回城裡處理些事情……待好了、好了，我就回來……琬兒先陪著妳，往後、往後……我守著妳。」

喬明瑾聽他說完這一番話，看著他沒應聲。

岳仲堯又抬頭，飛快地看了她一眼，又道：「妳、妳夜裡若是害怕，就點著燈睡，我跟表哥、表嫂說過了，讓他們回家睡，陪妳……」

喬明瑾皺了皺眉頭。

「不用，家裡牆高門厚，村裡路不拾遺、夜不閉戶，沒什麼可擔心的，我和琬兒相伴就好。」

岳仲堯對喬明瑾拒絕他的心意這件事，完全不以為意。

自從他回來後，妻子對他就一直淡淡的，他早已習慣，總覺得有一天妻子的心還會熱起來，他能把妻子的心捂熱了。

「那妳睡時就點著燈睡，別怕費油，回城後我再找人尋些煙燒得少的蠟燭回來給妳用。」

「不用了，你安心當差就行。」

岳仲堯聽了，嘴巴張了張，似乎想說些什麼，又緊緊抿住了。

他招來琬兒吩咐了幾句，就告別娘倆回了城。

對於岳仲堯的離開，喬明瑾沒什麼感覺，倒是琬兒萎了好幾天。

直到村子裡農活忙完，孩子們又跑來找她玩的時候，這丫頭才活了過來。

而莫名其妙消失了小半個月的周晏卿，又駕著他那輛甚為招搖的大馬車到下河村視察來了。

這廝此次盯著喬明瑾的眼神，讓她覺得甚是奇怪。

帶著審視，像初次才相識，眼神好像又有些熾熱……嗯，好像也不對。

說不上來，有點像熟悉的陌生人。

喬明瑾笑了笑，道：「你這是中邪了？」

那廝愣了愣，還點頭，道：「恐怕是。」

石頭偷偷在兩人的臉上打量，沒發現什麼，心裡偷偷鬆了一口氣。

而周晏卿這些天被拘在家裡看美人圖，直看得頭昏腦脹，卻不能甩手離開，只覺得整個人麻木得厲害。

他也曾翩翩風流過，戀慕少艾過，心裡也曾存有一抹暗香在懷，只是看了幾十幅木頭一般的美人像，他便麻木了。

大魚大肉吃多了，就想尋一味鹹淡相宜、湯清味淡的細品。

他管不住腳步，總想去下河村，心裡說不清、道不明的情愫又讓他卻步。

由著老娘親一幅一幅的把美人圖端到近前，一個又一個的私媒、官媒請回府，相看了一二，他厭倦了。

昨夜竟是越想越盛，若不是月黑風高，他都要叫小廝備車了。

今早朝食他都沒用，早早就吩咐石頭及馬伕駕著車來。

這廝照例和琬兒玩鬧了一會兒，又到作坊勉勵了眾人一番，跟喬明瑾埋頭對了一會兒帳，就留在喬家等午飯。

石頭麻利地吩咐跟來的車伕到廚房幫忙，他則寸步不離地守在六爺身邊。

石頭這些天也是過得水深火熱。

他家那位老太太不知發了什麼瘋，原本一直縱著他家六爺，這些天倒是日日留意起來。不僅派了幾個丫頭、婆子進了聽風院，還日日派人提他到正院詢問六爺每日的行蹤。爺幾時出的門，這一日見過哪些人，做了什麼事，吃了什麼東西，又與哪些人應酬……皆要一一細稟。

本來石頭覺得跟了爺是他上輩子、上上輩子，連著祖上都燒了高香，不知在何處的祖墳上還屢屢冒著青煙，讓他這一個撿來的孤兒竟成了爺的貼身小廝；跟著爺吃香的、喝辣的不說，賞錢還收到手軟，外面的人見了他，還得諂著笑躬著腰叫他一聲「小爺」，連住的房子都是單間而不是通鋪。

他是難得的好運道，不知紅了府裡多少人的眼。

可這些天，他卻每天都要戰戰兢兢跑到正房回話，連爺一天上了幾次茅房都要一一交代清楚，他便覺得自己的好日子似乎有些到頭了。

老太太的意思他還不明白嗎？若是勾著爺到一些亂七八糟的地方，他這條小命就算提前交代了。

他笨，大字不認一籮筐，可不代表他不會察言觀色啊。

很早以前，他就看出他家爺對這位小娘子起興趣了，只是他家爺自個兒不知罷了。

不然他以為這幾年清心寡慾的人，何以一下子就正常了起來，懂得觀花賞月了？

「你這段時間是不是也中邪了？幹麼貼著我？」

周晏卿斜倚在高背椅上，一雙腳擱在前方矮几上，手裡捧著帳本，斜著眼問道。

石頭嚇了一跳。寧可得罪他的爺也不能得罪府裡那位老太太哪！得罪爺還有機會翻身，得罪了府裡那位，可就沒機會翻身了，小命還得玩完。

「哪裡哪裡，我就是怕爺悶著。啊，這天也快熱起來了，小的給爺搧風。」

他說著拉起衣袖，呼啦啦就給周晏卿搧起風來。

周晏卿奇怪地看了他一眼，又往外看去，太陽是已有些曬了，不過還好，還不到太熱的時候。

還是要趁著天不熱，多跑幾趟，不然到了用冰盆都壓不住熱的時候，他還真不想出門。

石頭看他家爺又埋頭在帳本裡，悄悄吐了一口氣。

好在他家爺不喜歡追根究柢，不然他哪裡能在爺面前過關。

中午，周晏卿又是美美地吃了一頓。

他不明白，這女人燒的菜頂多算一般，跟他府裡四處搜刮、擅做四方各色菜餚的廚子們不能比之一二、而且精細度、形色搭配，更是比之不得。

這女人似乎只講究味道，講究吃好、吃飽，管不來什麼菜配什麼盤子，要擺什麼形狀，配什麼花樣。

可心倒是做得不錯，悅目就差了點。

但為什麼這不能比之一二的菜，他就是想之又想呢？每回來，都念著要在此地吃上一頓午飯，哪回吃不上就跟缺了什麼似的。

這真是要人命。

「六爺吃的可還滿意？」

周晏卿反應很快，回過神，裝腔作勢地道：「嗯，尚能入口，妳有心了。賞。」

喬明瑾明顯不屑地呿了一聲，轉身就在堂屋的椅子上坐了。

「六爺也有心了，這回又帶來不少訂單，辛苦你了，看來再過不久，我這又能進帳了，真好。」

周晏卿聽了一臉得意，看她高興，心裡也格外歡喜。

「可不是？我腿都跑細了，也沒見有人感恩戴德，連茶都欠奉。」

喬明瑾給他倒了一杯茶，哼了一聲。「說得好像你在替我幹活一樣。」

兩人打趣了一陣，又說了作坊的一些事，聊了一炷香的正經事。

周晏卿看著喬明瑾一臉正色，眼睛卻轉開了。

「……要突破……是不是這個人，得花時間多接觸，這過日子可跟逛青樓不一樣，吃膩了就換換口味……」

周晏卿耳朵邊閃過三、兩個狐朋狗友的肺腑之言。

他深覺有理。

這段時間，他夜夜不得安枕，也鬧不清他這是想長久地吃這一味呢，還是偶爾來換換口味？

他坐在喬明瑾的對面，能看到對面女子白皙的臉上那細細的茸毛，臉上一定也很滑……

周晏卿覺得自己好像又渾身燒了起來。

他作勢清了兩下嗓子，對喬明瑾說道：「妳、妳要不要搬到城裡？」

話音剛落，喬明瑾便抬眼望向他。

周晏卿臉上有一絲不自然，眼裡卻明明白白的透露著認真。

似乎感受到喬明瑾的疑惑，他還朝她點了兩下頭。

喬明瑾揚了揚眉。「理由？」

周晏卿覺得身輕了些，直了直身子，一臉正色，道：「這理由就多了。」瞥了喬明瑾一眼，又飛快垂下頭，掰著手指細數。「妳看啊，這作坊總不能光是我一人跑吧？六爺我累了一年了，是不是也該換妳受累一回？」

喬明瑾點頭。

周晏卿一看，果然有戲，這女人就是不願欠人情，這招最管用。

「妳想啊，我周府多少的生意？五花八門，但凡州府及大的城池均有我周家的生意。我就兩個嫡親的兄長，大哥在北邊，三哥有意仕途，幾個庶兄也各分管一處，我總不能只盯著這作坊，是吧？」

「不是有周管事嗎？就算周府生意你統管一半，也沒見你各間鋪子都跑，不過就四時八節對一對帳罷了。」

周晏卿被喬明瑾的話噎了噎。「這哪是一樣？我平時忙著呢；再說，周管事……嗯，周管事只不過是一個管事，有些訂單帳本什麼的，還是咱倆知道就成，妳說對吧？」

「那我豈不要累死？」

「哪能讓妳累死，不過就是提議妳搬到城裡，離我近些，商議事情便利，理帳、收貨出貨、核單，處處也便利罷了。這天也漸漸熱了，路上三不五時地跑，我也是夠嗆，累出病來妳不心疼？」

喬明瑾斜了他一眼，不應話。

周晏卿連敲幾下腦袋，飛快地想理由，可不能冷場了，要一鼓作氣，越戰越勇！

一個激靈，他又道：「再說了，妳兩個弟弟不是在城裡唸書？不是還住在別人家裡？只怕再過幾個月就要轉到城裡的書院了吧？妳不想在城裡買屋，然後和他們住到一起，再把娘家父母接到一處照顧？」

喬明瑾聽了，手指在椅子扶手上敲了起來。

爹娘和祖母大概不會願意住到城裡，他們似乎不大願意出門。

不過明玨和明珩再過兩、三個月就要轉到書院就讀，總不好再住在綠柳山莊。

住在自己家，明玨才能更好地讀書吧？

明玨跟明珩不同，這一年他是要潛心往科舉一途上用功的，明珩還不到那一步，家裡安靜，沒諸多紛擾，他更能靜心讀書吧？

周晏卿偷偷打量喬明瑾，這個女人對她娘家似乎頗為上心，對幾個弟妹也是掏心掏肺的，她那位大弟弟是長子吧？想必背負著全家的希望呢。

「我已經出嫁了，有閒錢買個屋也不錯，但我不一定要住到城裡吧？再說，這作坊誰來管？」

周晏卿不以為意。「照章辦事，誰還能做亂不成？再者不是還有周管事和妳那表哥？妳表哥能力不錯，再給他一些時間，他便能獨當一面了。」

喬明瑾又斜了他一眼，不說話。

周晏卿看了她一眼，再狠敲了一通腦袋，小心翼翼地開口道：「再說，一年之期不是到了？妳也不想再與他們歪纏吧？那婆子想必早盼著呢，妳不正好帶著琬兒住到城裡，眼不見為淨？」

喬明瑾愣了愣，一年之期嗎？

不知為何，周晏卿看著喬明瑾此時發愣的神情，忽然心裡像被人揪了一下，悶悶地疼了起來。

這個女人從來都是溫溫淡淡的，沒見過她大笑，也未曾見過她大哭，想來，她就算哭也會躲起來，在別人看不見的角落裡默默垂淚吧？

她該有一個更好的男人守在身邊，陪著她笑，在她哭時給她肩膀和胸膛，或是幫她把淚水擦乾，讓她重展笑顏。

她大笑起來，定是極好看的，就如那傲雪獨放的梅，笑在枝頭，就算被雪掩了，仍是暗香襲人，再抖落那一枝的厚雪，又能現出本來的面目。

在城裡，我才能日日見到妳，好看妳是日日吃不膩的白米飯，還是只是偶爾換換口味的清淡小食。

這話，周晏卿沒有說出口。

他不可能說出來，連他都不清楚自己的心意，他要替她下一個決定，而他也要靠她撥雲見日。

「妳知道，我家裡年後又添了兩門生意，交到我手裡的帳本越發多了，我就是一天少睡幾個時辰，那帳本仍理不過來。」

喬明瑾聽他說話，回過神來看向他。

周晏卿見她望過來，笑了，眉眼彎彎，又道：「早在妳在青川城裡賣算盤的時候，我就看出來妳不僅算盤打得好，心算也厲害。這作坊開了之後，我更是確定了，妳看帳本的能力在無數人之上，查帳理帳算帳記帳核帳、做總帳列細帳，妳樣樣都能來；算盤加減算得好的，不在少數，但妳似乎乘除也算得跟加減一樣好，還不用算盤，這不能不讓人側目。」

周晏卿說完認真打量著她。

一個秀才爹養出一個女帳房嗎？

喬明瑾聽著周晏卿略有些敬佩的語氣，暗笑。

周晏卿出神地看著那女人嘴角邊淡淡的笑，那略略向上彎的嘴角，抿成薄薄的一條唇線，淺淺的酒窩，恰到好處，自信又不張揚。

他心裡亂撞了起來，像個毛頭小子一樣，他拚命地壓制住，這才算是緩了過來。

「怎麼樣，替我理理帳，好歹讓我多活幾年。」

周晏卿借著說話掩飾自己莫名的情愫。

「沒那麼誇張吧？你府裡的帳房還少了？不差我這一個。」

「差的，就差妳一個，妳一人能頂三、四個帳房，人多了還占位置，看著還礙眼得很。工錢絕不會少了妳，定讓妳滿意，怎樣？」

看著喬明瑾有些意動，他高興地揚起好看的劍眉。「我記得妳說過『沒人嫌錢少』這話吧？『女人多攢些銀子在手比什麼都強』，這也是妳說的沒錯吧？」

「難為你還記得。」

「我是誰啊！」周晏卿一臉的得意，好似勝券在握。

喬明瑾沈吟了起來。

那話的確是她說的沒錯，她不會嫌錢少了，也一直覺得女人多攢一些錢在手不是什麼壞事。

如今作坊的師傅們日漸成熟，設計的東西更貼近時下人們的需求，而她每天似乎除了例行巡察、教養女兒，就再沒別的什麼事可做。

如此悠閒的節奏，是前世養老的節奏，她骨子裡還是上緊了發條的快節奏吧？還真有些不習慣。

「一人做三人活，總不會只開一人工錢吧？」

喬明瑾偏著頭，朝對面的周晏卿開玩笑道。

周晏卿歡喜得哈哈大笑。

「早知我就不費那麼多口舌，只拎這一項來說就成。放心吧，哪能少得了妳的？我還不想坐冷板凳呢。雖然妳這女人燒的菜只能算湊合，沏的茶更是一點美感也無，但六爺我還不想連頓飽腹的飯也吃不上。」

喬明瑾聽了這一番話，撇了撇嘴角，真是得了便宜還賣乖。

「什麼時候搬？我派人來幫忙。房子也不需要太大，有院子，有幾間房間就成，太大了，妳平時一個人帶著個孩子，我不放心。」

喬明瑾飛了他一眼。「誰說我要搬到城裡的？」

「什麼？」

周晏卿愣了愣，他沒聽錯吧？那女人說了什麼？

「我說幫你幹活，但不代表我一定要搬進城裡啊。」

喬明瑾閒閒地端起茶，啜了兩口，她幫他幹活和她搬到城裡有衝突嗎？

「可妳不搬到城裡，如何幫我看帳、理帳？」

周晏卿有些著急，似乎有什麼事偏離了原先的軌道。

喬明瑾白了他一眼。「就像現在這樣啊，我留在這裡守著作坊，外頭的事，你讓周管事多多帶帶我表哥；你也說了他是個可栽培的，總不能讓我在外拋頭露面應酬拉訂單吧？」

看周晏卿不語，她又道：「我倒沒什麼排斥的，只不過要等一段時間，若是立了女戶，我就不介意了。」

周晏卿又被狠狠震了一回。

「立什麼女戶！妳沒家人親戚嗎？我是擺設啊？」周晏卿氣得直瞪眼。

這女人腦子怎麼長的？虧她想得出來。

「你是不是擺設，跟我要立女戶有什麼關係？」

周晏卿額頭青筋直跳，這女人有把人活活氣死的功力。

「立女戶的人都是沒家人朋友投靠的，妳別以為那是什麼小事，以為立了女戶就萬事大吉，未免想得太簡單了些；況且，我不同意！」

喬明瑾撇嘴。「你憑什麼不同意？再說我還沒到那一步。」

周晏卿只感覺被狂風驟雨欺凌過的心又活了起來，試圖說服她，又言道：「妳搬到城裡也不為別的，如此我們才好做事，妳幫我打理帳房之事也便利得多；像現在這樣雖不是不成，只是這一來一回的，豈不是白耽誤工夫？」

喬明瑾不以為然。「平時記帳的事又不用我來，我只是不定時核帳，幫你做總帳而已；莫不是進出貨物都要我來登記吧？那不是我幹的活，會識字的人都能幹。」

周晏卿被她噎得不輕。

這女人似乎打定了主意便很難更改，看來他要徐徐圖之，如溫水煮青蛙，可別把她嚇著了。

「真不搬？」

喬明瑾看了他一眼，他眼裡帶著幾分堅定，盼她改變主意，等著她點頭，好像她不點頭，那雙眸子裡立刻就會浮上滿滿的失望一樣……

喬明瑾掩了掩神色，偏頭不看他，道：「我現在還不能搬到城裡。」

周晏卿看著對面垂首的女人，面上似乎能瞧出惹人萬般心疼的落寞。

他的心莫名地揪成一團。

喬明瑾不待周晏卿開口，又道：「對了，你可以讓人幫我看看有沒有合適的房子。你也說了，我兩個弟弟再過不久就要轉至書院就讀，在城裡有個落腳的地方他們更方便些；平時休沐，還有個地方可供他們休憩，家人探望也便利。」

周晏卿幾不可聞地嘆了一口氣。

這女人，眼裡心裡總是先想著家人，然後才會想到自己，任境況如何艱難，也不見她臉上有一絲波動，總是淡淡的，好像沒什麼事能進心一樣。

周晏卿又嘆了一口氣，說道：「放心，一回城我就幫妳辦了。對了，早兩天我讓周管事跟妳說那雞蛋的事，妳可都知曉了？」

喬明瑾笑著點頭。「嗯，我已是帶話給家裡了，他們都很高興。這天漸熱，雞蛋不好存放，家裡的雞也孵不了那麼多蛋，還是賣雞蛋更划算些，亦不用操太多心。現如今有了你提供的門路，倒是不用愁了，我娘還說要再多養一些呢。」

周晏卿看她歡喜，自己心裡也歡喜了起來，對自己來說這只不過是舉手之勞的事，可她都記著呢。

「嗯，且養吧，再多一些蛋我仍舊能幫妳銷得出去，青川及鄰近幾個城裡，我還是有一些人脈的。」

喬明瑾聽了便鄭重地朝他道謝，弄得周晏卿哭笑不得。

這女人欠著人情就渾身不舒坦，總迫不及待要還。

石頭在外頭看著這兩人的互動，急得直搓手。

他家爺今天有些熱情過頭了……不成，得想個辦法。

石頭又是敲頭又是跺腳的，抬頭看了看漸漸偏西的太陽，眼睛一亮，衝進來對周晏卿說道：「爺，您瞧我這記性，早上出來時，老太太還讓人交代讓爺今天早些回府呢，說是有什麼事要和您商量，還說她等著您一起用晚膳，您這要是回晚了，老太太怕是要空著腹乾等您了。」

周晏卿偏頭看向他。「有這事？」

石頭連連點頭。「有呢有呢。您看，這回去還要花不少時間，咱還是快些趕路要緊，老太太還等著爺呢。」

周晏卿哼了一聲。「你就沒問什麼事？」

「爺，您說笑呢？小的哪敢問。」石頭往外縮了縮。

喬明瑾看了石頭一眼，又轉向周晏卿道：「你回吧，有事讓周管事帶話過來就成。」

周晏卿沈吟了一會兒，又看了看外頭的天色，好像是得趕路了，不然估計他們得摸黑進城。

「也好，這幾日我倒是有空，待我理一理，就把帳本給妳帶來，有妳幫忙，我正好能騰出手做一些別的事。」

很快，那廝又駕著他那輛招搖的馬車絕塵而去。

已是下半晌了，琬兒自午飯後還未睡醒。

喬明瑾覺得眼睛有些乾澀，進屋摟著女兒補起午覺。

家裡只有她母女兩人在，哪怕睡到天黑，也沒人管得著她們。

這日子，喬明瑾極為滿意。

農忙剛過沒兩天，雲錦回了一趟雲家村，回來的時候，把雲巒和明琦也帶來了。

有了明琦，喬明瑾不再帶著琬兒在作坊蹭飯，三個人親親熱熱地一起洗菜做飯，一起燒水洗澡，夜裡又擠在一張床上嘻笑玩鬧，有說不完的話。

每回明琦過來，喬明瑾都能鬆快幾天，家裡也體貼她，每個月總會打發明琦過來住上十天半月的。

明琦來後的第三天，周晏卿捧著厚厚的幾箱子帳冊又來了。

各種帳冊，細帳、總帳，今年的、去年的、往年的，且類別也多，鋪子的、田莊的、酒樓的、作坊的一個不落。

這是做何？當她是家裡理事執掌中饋的？弄得這麼齊全，不知情的還以為他們家宅門裡正在清算換血呢。

「沒必要把你家的生意全攏來給我看吧？再說，你這樣做是不是有些不妥？」

喬明瑾揚了揚自己手中的幾本帳冊，這些應該是非周家關鍵人物都不能得知的細帳吧？就這樣拿給她看？

周晏卿自然知道她手裡拿的是什麼帳簿，不以為意。「這些原本全是我要看的，每個月光看這些帳簿，就費去我大半的時間，如今全交給妳，也好讓我鬆快鬆快，我都好久沒去春香樓了。」

喬明瑾挑了挑眉。「春香樓？」

周晏卿恨自己嘴快，手忙腳亂地解釋。「不是……不是妳想的那樣，就是約上幾個好友，去聽聽小曲、喝喝小酒而已。」

唯恐喬明瑾不信，他急著說道：「真的真的，就只是聽曲喝酒而已，爺沒那個癖好，若是有了可心的，我定是會收進府裡，絕不會在外頭胡來……」

話說到這，他又恨不能咬掉自己的舌頭，急忙道：「也不是，我就是說吧，就是喜歡，也要堂堂正正……也不是……就是不能放在外頭跟別人一起用吧？不，我的意思是說，爺不是那隨隨便便的人……」

喬明瑾看著他手忙腳亂的模樣，笑了起來，隨後拍了拍厚厚的帳本，道：「這些都是真的？還是做給人看的？」

「給妳看的當然都是真的。」

喬明瑾點了點頭，又道：「可要我幫你分開做兩種帳冊？」

周晏卿很意外。「妳還懂內帳、外帳啊？」這明顯一副老手的樣子，哪裡像個鄉下秀才養在深閨的女兒？

喬明瑾笑了笑，沒應話。

周晏卿不是會追根究柢的人，朝她道：「我府內有兩個帳房深諳此道，別的不是心腹之人，我不敢讓他們做，若妳願意，自然更好。」

「我像心腹之人？」喬明瑾戲謔道。

「不，妳不是。」

「那我是什麼？」

周晏卿定定地看著她。

久到喬明瑾覺得那廝不會回答了，才聽他說道：「我信妳，就跟信我自己一樣。」

喬明瑾有剎那的錯愕。

什麼時候，她在他心中竟上升到這個高度了？

「你沒開玩笑？」

「我像是在開玩笑？」

喬明瑾不語。

兩人皆沈默了起來。

片刻後，喬明瑾抬頭看向他，沒想到周晏卿還定定地看著她。

喬明瑾目光閃了閃，略偏了偏頭，說道：「我如今看了這些帳冊，又攬下幫你做內帳的活，你難道真不擔心？」

周晏卿往椅背上靠去，伸了下懶腰，道：「我說過了，信妳跟信自己沒什麼區別。我都拿過來了，妳不是也見著了？我可沒藏著掖著；為了方便妳核帳，往年的一些帳冊我也都有帶過來，這些夠妳忙活一段時間了。以後若再拿到帳冊，我就給妳送來。」

喬明瑾點頭，虧他想得周到，拿來往年的帳冊，不然不說做內帳，只說核對，沒個比較，就不是件容易的事。

剛翻了幾頁，一堆字看得喬明瑾眼冒金星，還得把那些數字換成她習慣的符號，這跟翻譯有什麼兩樣？喬明瑾撫額。

周晏卿看她眉頭緊皺，道：「帳房的水平參差不齊，妳就湊合著看吧，不急，妳慢慢看。」

喬明瑾頭也沒抬，道：「下次來給我帶幾刀宣紙來，再備幾支細細的毛筆，紙不須多好，能寫字就成，筆也不要太好的，但一定要細。」

周晏卿點頭應了。這對他來說哪是什麼要緊的事？若是在城裡，只要他吩咐一聲，一炷香都不到，立馬就有人送過來了，這老遠的，就是不方便。

這一趟來，周晏卿除了給喬明瑾帶來帳冊外，還給她帶來一張房契。

一進半的院子，一間正屋，左右廂房共六個房間，兩個耳房，前院加後院有半進，有廚房有水井，還有個門房可住人。

院子是不敢想的，沒什麼景致，只有院內種了兩棵小石榴樹，雜草可能也有一些，旁的就沒了。

小是小了點，不過據說離書院很近，附近住的都是讀書的人家，很安靜，沒有小商小販從早到晚的吆喝。

房價不便宜，一進半的屋子要了整整一千兩，還是現銀。

這還是對方看在周六爺的面子上，好不容易拿到的。

將來若是真的要搬到城裡，若覺得離街市太遠，以這個價錢換到內城，還能換個更大的房子，書院周圍也不愁賣不出去。
喬明瑾把房契接到手裡，仔細看了看，才折了收起來。
又有產業了呢……
前世她攢錢買個公寓千難萬難，一生的夢想最多就想混個有錢有房有糧。
周晏卿走後，喬明瑾一頭埋在帳冊裡，很是忘我，飯也不煮了，家事也不做了。
好在明琦這次來，也不急著走，倒解了她的困。
喬明瑾自從拿到帳冊後，在家裡埋頭苦算，除了一天去一趟作坊，外頭的事竟是一概不知。
岳家那頭，忙完了農忙，吳氏便閒了下來，去了兩趟青川城，柳母是見到了，媚娘卻沒見到。
柳母只說她女兒到外面攬活做了。
吳氏喜得連聲誇，攬活做好啊，多掙幾個錢，嫁妝才會越豐富不是？那帶到她家的還會少了？
頭一次來，柳母對她很是熱情，拉著她說著兩家兒女的親事，照例提起她那個待她如珠似寶的相公，又說死去的相公如何疼寵兩個孩兒，多麼不捨得母子三個吃一分苦……若是他還在，女兒找個城裡殷實的人家，兒子讀書用功，科舉有望，該是多讓人豔羨的事？
怎奈上蒼不公，這債如何能不還？

可第二次待她拿著鄉里做的小食，大包小包的再去的時候，那柳母……怎麼瞧著好像跟上次有些不一樣了？

不拉著她的手回憶往昔不說，也不那麼急切了？她女兒又大了一歲，她反而不著急了？

吳氏一向覺得自己看人看得極準。

難道老三對她們說了些什麼混帳話？還是人家找到比她那鄉下兒子更好的人選？

不行！這門親事可不能沒了！

她可再不想把那個姓喬的迎回家當媳婦，就算她如今有了錢也不行。

就她那冷心冷情、一副清高的模樣，她如何使喚得動？

吳氏急得很，一刻不停地往衙門裡尋她兒子。

沒想到竟像上次一樣沒見到人，只聽人說他去鄰縣了，還要好些天才回。

她不能在城裡乾等著，她一日不在，家裡那兩個媳婦就能翻了天；再說城裡也沒人供她使喚，吳氏只得心不甘情不願地回了。

人雖然沒見著，但是想到她升官的三兒子，她眼裡直發光。

一個月三兩呢，可比原來的八百錢多多了。

到那時，每月發餉的時候，她就到縣裡來，親自來領。

有三兩了，家裡能寬裕多少，兩個孫子能時不時吃到肉，她女兒小滿也能有多幾個錢打點嫁妝了。

還好她之前把說給小滿的人全拒了，如今兒子可是升任捕頭，說給小滿的人自然是要再上一級的。

吳氏從城裡回來後的第三天，岳仲堯風塵僕僕地從鄰縣回來了，臉都沒來得及清洗，衣服也未換，打聽到知縣大人的去處，就交差去了。

他把公文遞上去，又把此次的任務細細回稟了一遍，看知縣大老爺一邊聽一邊點頭，還一邊跟他道辛苦。

岳仲堯搖頭道：「不值得大人的誇耀，這都是屬下分內之事。此次因得了鄰縣大人的幫助，倒也順利，比原定的時間還早了幾天完成，屬下幸不辱命。」

「嗯，很好，你辦事，我放心得很；不過……你真的要脫了這身緇衣？」

——未完，待續，請見文創風240《嫌妻當家》4

239

嫌妻當家 3

國家圖書館出版品預行編目資料

嫌妻當家 / 芭蕉夜喜雨著. --
初版. -- 臺北市 : 狗屋, 民103.11
冊 ; 公分. --（文創風）
ISBN 978-986-328-376-8（第3冊 : 平裝）. --

857.7　　103019961

著作者　芭蕉夜喜雨
編輯　張蕙芸
校對　沈毓萍　馮佳美
發行所　狗屋出版社有限公司
地址　台北市104中山區龍江路71巷15號1樓
電話　02-2776-5889～0
發行字號　局版台業字845號
法律顧問　蕭雄淋律師
總經銷　知遠文化事業有限公司
電話　02-2664-8800
初版　103年11月
國際書碼　ISBN-13　978-986-328-376-8
原著書名　《嫌妻当家》，由起點女生網〈www.qdmm.com〉授權出版

定價250元
狗屋劃撥帳號：19001626
網址：love.doghouse.com.tw　E-mail：love@doghouse.com.tw